Eisenhut
Aconitum napellus

Stechapfel
Datura stramonium

Seidelbast
Daphne mezereum

Wasserschierling
Cicuta virosa

Tollkirsche
Atropa belladonna

Mord im Grünen

Mord im Grünen

20 Krimis mit vielen Gartentipps

Herausgegeben von
Andrea C. Busch und Almuth Heuner
Gartentipps von Heinz Siedler
Illustriert von Bengt Fosshag

GERSTENBERG

Mörderische Parks

Trügerische Idyllen

Mörderische Parks

Ein gut aussehender Bursche

ANN GRANGER

Aufgewachsen bin ich bei Großmama in London, im Kentish Town. Heute kommt diese Gegend langsam in Mode. Damals war sie es ganz und gar nicht. Wir wohnten in einer heruntergekommenen Mietskaserne aus den Fünfzigern. Dort war alles grau. Die Hauswände, der Eingang, nichts als grau. Die Vorhänge an den Fenstern verblassten zu einem fahlen Hintergrund, auf dem das Rosenmuster dahinwelkte. Die Menschen hatten graue Gesichter.

Durch diese farblose Welt marschierte Großmama, eine kleine, untersetzte Frau voller Energie, deren geranienrotes Haar tapfer gegen die allgegenwärtige Eintönigkeit ankämpfte. Ihr zu folgen war, als folgte man einem prächtigen Banner in die Schlacht, und ich wäre ihr überallhin gefolgt.

Sie bekämpfte das Grau, indem sie unsere Wohnung mit der Farbenpracht Dutzender von Pflanzen füllte. Zartlila Alpenveilchen raunten von sardischen Wäldern, Usambaraveilchen in leuchtendem Purpur waren wie Schnipsel von einem kaiserlichen Gewand, Flammendes Käthchen zeigte seine winzigen orangefarbenen Blüten wie über die fleischigen, dunkelgrünen Blätter getupft, knallrosa Springkraut wiegte sich auf durchscheinenden Stängeln, und im Winter blühten Krokusse und duftende blaue Hyazinthen in Töpfen und Schalen.

Das war Großmamas Garten in der Wohnung. Für sie war jede Pflanze ein eigenständiges Wesen, das mit Nahrung und Koseworten umhegt wurde. Und wie sie wuchsen! Ich habe schon Treibhäuser gesehen, in denen es lange nicht so grünte wie in unserer Wohnung. Die Luft war schwer von Blütenduft und dem üppigen Geruch nach feuchter Blumenerde und Verfall.

Meine Mutter hatte uns verlassen. Niemand wusste, wo sie war. Großmama sagte, sie sei »mit einem Kerl abgehauen«. Großmama hatte keine Ahnung, wie er hieß. Und was meinen Vater betraf – der war völlig unbekannt. Ich bezweifle, dass meine Mutter sich überhaupt die Mühe gemacht hatte, seinen Namen in Erfahrung zu bringen.

Großmama hatte Angst, dass ich so werden könnte wie diese faulen Burschen, die in unserem Viertel herumlungerten. Sie sorgte mit Nachdruck dafür, dass ich mich in der Schule anstrengte. »Denny«, sagte sie immer, »du hast einen Kopf zum Denken. Mach was aus deinem Leben. Such dir einen guten Job. Fall nicht auf die Leute rein, die dich mit irgend so einer Masche schnell reich machen wollen. Keiner von denen hat je auch nur einen Penny für diese Ideen bekommen, sonst würden sie wohl kaum noch hier wohnen!«

Ihre andere Warnung lautete: »Du bist ein gut aussehender Bursche, Denny, und du wirst sehen, dass die Mädchen dir nachlaufen. Ein paar von den jungen Dingern hier kennen eine Menge Tricks. Also hab deinen Spaß, aber pass auf!«

Manchmal sagte Großmama: »Heute gehen wir in den Park.« Damit meinte sie nicht so einen berühmten wie den botanischen Park Kew Gardens. Sie dachte dabei an eine dieser kleinen öffentlichen Grünanlagen, die sich in den älteren Londoner Wohnvierteln verbergen.

London ist übersät von diesen Miniparks. Die hohen Häuser umringen schützend einen Platz, in dessen Mitte der Garten thront wie die Kirsche auf einem Kuchen. Bei dieser einfachen Anordnung können alle darauf blicken, und alle Häuser und haben teil an den Bäumen, Sträuchern und dem kleinen Fleckchen Grün hinter dem Eisengitter.

Großmama und ich nahmen immer Sandwiches mit, eine Thermosflasche Tee für sie und eine Flasche Limonade für mich. Wir blieben den ganzen Nachmittag dort. Es war immer ruhig, der Verkehr mindestens einen Häuserblock entfernt, eine friedliche Insel in der wahnwitzigen Welt der großen Stadt.

»Ist es nicht schön hier, Denny?«, fragte sie jedesmal. »Stell dir mal vor, wie das wäre, in so einem netten Haus an so einem netten Platz zu wohnen, wo du einen eigenen kleinen Park hast.«

All das ist schon lange her. Großmama ist jetzt schon über zehn Jahre tot. Aber ich denke an sie. Ich denke an die Dinge, die sie mir gesagt hat. Sie hatte Recht gehabt, ich war klug genug für einen guten Job. Sie hatte Recht gehabt, die Frauen mochten mich. Aber ich lasse mir von keinem Mädchen den Kopf verdrehen. Wie Großmama es gesagt hat, ich habe meinen Spaß, aber dabei bleibt's auch. Den Frauen macht das nichts aus. Warum auch?

Ich gehe gern in den Miniparks von London spazieren, wann immer ich kann, ihr zuliebe. An diesem bestimmten Tag, eben dem, von dem ich Ihnen erzählen will, schlenderte ich durch den kleinen Park am Chalcot Square im nördlichen London.

Chalcot Square ist hübsch. Die Häuser sind frühviktorianisch, hoch, mit eleganten, hohen Fenstern und säulenverzierten Vorbauten. Sie sind in fröhlichen Farben gestrichen, Nelkenrosa, Primelgelb, Kornblumenblau. Großmama hätte es hier gefallen. Es ist ein ruhiger Platz, trotz der parkenden Autos. Man sieht nicht viele Passanten. Die meisten gehen lieber auf dem Primrose Hill spazieren.

Es war ein sonniger Nachmittag, schon recht warm. Ich hatte meine Hemdsärmel aufgekrempelt. Eigentlich hatte ich erwartet, den kleinen Park voller Menschen zu finden, die sich sonnten, und Kinder, die auf dem Spielplatz in der Ecke herumtobten. Aber da war nur eine junge Frau.

Sie saß auf einer der beiden Bänke, die sich in der Mitte des kleinen Parks gegenüberstehen. Sie war etwa zweiundzwanzig, hatte narzissengoldene lange Haare, war schlank und vermutlich recht groß. In ihrer ärmellosen weißen Bluse und dem sehr kurzen olivgrünen Rock wirkte sie wie ein Schneeglöckchen. Sie hatte ihre bloßen Beine, die so karamellbraun waren wie Herbstlaub, übereinander geschlagen. Ihre Füße waren schmal und lang wie die einer Balletttänzerin, und ihre purpurfarben lackierten Zehennägel leuchteten aus ihren Sandalen heraus wie Blütenblätter von Usambaraveilchen. Neben ihr auf der Bank lag eine Jacke und daneben eine Aktentasche. Vermutlich arbeitete sie in der Nähe und verbrachte hier ihre Mittagspause. Ich sah auf meine Armbanduhr. Es war kurz nach eins. Sie las ein Buch, ein dickes, großes Taschenbuch. Sie gefiel mir.

Dann blickte sie auf und entdeckte mich, und mir wurde sofort klar, dass ich ihr auch gefiel. Frauen mögen mich eben.

»Hallo«, sagte ich. »Schöner Nachmittag. Was lesen Sie denn da?«

Sie hielt das Buch hoch, sodass ich den Titel entziffern konnte. Es war so ein Thriller mit Serienmördern und jeder Menge Action. Ich war erstaunt über ihre Wahl.

»So eine Überraschung«, sagte ich. »Ich hätte gedacht, dass Sie einen dieser modernen unterhaltsamen Frauenromane lesen.«

Das gefiel ihr nicht. Sie richtete sich auf und sah mich streng an. »Nein«, sagte sie eisig. Aber sie schien es nicht so zu meinen. Ich gefiel ihr immer noch. Das konnte ich an ihrem Blick erkennen. Ihre Augen waren vergissmeinnichtblau. Ich mochte sie, obwohl sie, wie Großmama immer gesagt hatte, wahrscheinlich eine Menge Tricks kannte.

»Ich lese gern einen guten Krimi«, sagte ich.

Das fand sie lustig. »Wirklich?«, fragte sie. »Wenn Sie Feierabend haben?«

Mir gefiel es nicht besonders, dass sie über mich lachte. Doch ich sagte voller Überzeugung: »Aber sicher!«

Es stimmte nicht. Ich lese nicht sehr viel, nur manchmal die Zeitung. Meist sehe ich fern, wenn ich allein zu Hause bin. Nicht dass ich oft allein zu Hause wäre. Ich bin gern unter Menschen, gehe häufig in die Kneipe. Aber zufällig hatte ich gerade einen Krimi gelesen. Er war gar nicht so schlecht, aber mit dem richtigen Leben nicht vergleichbar. Sie wissen schon, der Detektiv rennt herum und sucht Hinweise, und dann lässt er alle in die Bibliothek kommen, damit er den Bösewicht enttarnen kann. So ein Täter müsste schon ganz schön dumm sein, wenn er wirklich dahin ginge. Manchmal

denke ich, ich sollte ein Buch schreiben. Ich glaube, ich könnte das besser.

Sie blickte immer noch mit diesen blauen Blumenaugen zu mir hoch und lächelte. Also setzte ich mich neben sie. Das war's, was sie wollte, dachte ich. Trotzdem wirkte sie ein bisschen überrascht. Sie war schon eine kleine Schauspielerin.

»Haben Sie nichts Besseres zu tun?«, fragte sie.

Ich fand das unverschämt. »Und Sie?«

»Ich muss eine Stunde Zeit totschlagen«, sagte sie. »Dies schien mir ein schöner Platz, um zu sitzen und zu lesen.«

»Arbeiten Sie in der Nähe?«, fragte ich.

Sie runzelte die Stirn und verneinte. Sie sei nur in diesem Teil von London, um jemanden zu treffen, aber viel zu früh dran.

Das konnte stimmen oder auch nicht. Ich fragte sie, wo sie wohnte. Sie wurde leicht nervös und meinte, es sei ein ganzes Stück entfernt. Nicht dass sie wirklich nervös gewesen wäre. Ich merke schon, wenn ich eine echte kleine Schauspielerin vor mir habe, und außerdem gefiel ich ihr. Aber vermutlich log sie wieder, und das machte mich langsam ärgerlich. Sie hatte doch gar keinen Grund, mich anzulügen. Ich hatte ihr doch nur eine einfache Frage gestellt. Frauen sind manchmal merkwürdig, wenn sie Fragen beantworten sollen. Sie wollen dann immer wissen, was damit gemeint ist.

Dann probierte ich etwas aus, womit ich schon mal Erfolg gehabt hatte. Ich erzählte ihr von meiner Großmutter und wie sie immer mit mir in solche Parks gegangen war, als ich noch klein war. Wenn man Frauen von seiner Familie und Kindheit erzählt, entspannen sie sich. Jedenfalls war es bei ihr so, und als ich nach ihrem Namen fragte, verriet sie ihn mir sofort.

»Nina.«

Ich sagte, sie sei ein hübsches Mädchen und habe einen so schönen Namen verdient. Sie blickte auf ihr Buch und tat, als wolle sie lesen. Aber das wollte sie eigentlich nicht. Sie wollte mir zuhören. Ich gefiel ihr. Das konnte ich sehen.

»Hören Sie, Nina«, sagte ich. »Müssen Sie gleich wieder nach Hause, wenn Ihr Treffen vorbei ist?«

»Ja!«, fauchte sie. Aber das stimmte nicht. Sie wollte es mir nur nicht so leicht machen.

»Ich habe mir überlegt«, sagte ich, »dass wir später essen gehen könnten, wenn ich Feierabend habe, irgendwohin, wo's schön ist.«

Mit Mädchen gehe ich immer dorthin, wo's schön ist. Das hat Stil.

Sie sah mich an, als hätte ich etwas wirklich Merkwürdiges gesagt. »So etwas sollten Sie nicht zu mir sagen«, meinte sie.

Das ärgerte mich. Mir war klar, dass sie die Unnahbare spielte, Frauen tun so etwas. Aber sie musste auch merken, dass sie jetzt übertrieb.

»Also wirklich«, sagte ich. »Sie mögen mich doch.«

»Eigentlich«, sagte sie steif, »tue ich das nicht. Ich wünschte, Sie würden gehen und mich in Ruhe lassen.«

Das war nun wirklich zuviel. »Seien Sie nicht albern«, sagte ich. Ich wurde böse.

»Sie belästigen mich!«, sagte sie, warf die langen Haare zurück und sah richtig aufgebracht aus. Sie war eine gute Schauspielerin.

Ihr abweisendes Getue überzeugte mich nicht im mindesten. Zum Beweis beugte ich mich vor und küsste sie. Sie stieß mich weg.

»Ich werde Sie melden!«, keuchte sie und zerrte ein Mobiltelefon aus ihrer Aktentasche. Ich kämpfte mit ihr darum, aber es gelang ihr, den Notruf einzutippen und zu rufen: »Polizei!«, bevor ich es ihr aus der Hand schlagen konnte. Es fiel auf das Pflaster zwischen den Bänken und schlidderte davon.

Sie quiekte leise und sprang auf. Ich griff nach ihren Schultern und drückte sie wieder auf die Bank. Sie öffnete den Mund, und mir war klar, dass sie schreien wollte.

Ganz automatisch glitten meine Hände von ihren Schultern zu ihrem Hals, der lang und schlank war wie ein Lilienstängel. Sie erschlaffte wie eine schöne Schnittblume, die kein Wasser bekommt, und sank nach vorn an meine Brust.

Ich war völlig verblüfft. Was hatte sie denn jetzt auf einmal? Ich redete auf sie ein, strich ihr übers Haar, aber sie antwortete nicht, rührte sich nicht. Ich hob ihren Kopf an. Ihre blauen Augen waren noch offen, aber sie hatten allen Ausdruck verloren. Ich legte einen

Finger auf die Stelle an ihrem Hals, wo der Puls sein sollte, aber da war keiner. Sie war tot.

Zuerst war ich wütend. Das war alles ihre Schuld. Ich hatte sie doch nur gefragt, ob sie mit mir essen gehen wollte, und schließlich hatte sie das doch auch gewollt. Warum musste sie sich nur so anstellen? Dann bekam ich ein bisschen Angst. In der Anlage war zwar niemand, aber es hätte uns irgendjemand von den umstehenden Häusern aus sehen können. Jedes Fenster kam mir wie ein feindseliges Auge vor.

Aber ich bin clever, so wie Großmama immer gesagt hat. Ich beruhigte mich wieder. Was hätte es schon zu sehen geben? Doch nur ein streitendes Liebespärchen. Hier saßen wir eng umschlungen auf der Bank, als ob wir uns gerade eben wieder vertragen hätten. Ich entdeckte eine Sonnenbrille auf der Bank. Langsam stand ich auf, wobei ich mit ihr sprach, damit jeder es sehen konnte. Ich ließ sie sacht an die Rückenlehne sinken und setzte ihr die Sonnenbrille auf die Nase. Ihr Kopf sank nach vorn. Ich legte ihr das aufgeschlagene Buch auf den Schoß. Es sah so aus, als säße sie immer noch da und läse, genau wie bei meinem Eintreffen. Wenn ich Glück hatte, würde es ziemlich lange dauern, bevor irgendjemand bemerkte, dass etwas nicht stimmte. Vielleicht sogar erst, wenn am Abend um zehn der Park abgeschlossen wurde. Ich winkte ihr zum Abschied zu und ging meiner Wege, als ob nichts geschehen wäre.

Als ich zwei Blocks entfernt am Parkway entlang zur Camden High Street spazierte, hörte ich plötzlich hinter mir eilige Schritte und eine Stimme. »Constable!«

Ich drehte mich um. Es war eine Frau mit einem kleinen Hund auf dem Arm, einer von diesen haarigen. Solche habe ich noch nie gemocht.

»Oh, Constable!«, keuchte sie, als sie mich erreichte. Sie war etwa vierzig, mit gerötetem, schweißnassen Gesicht. Ihre Hosen waren viel zu eng, und überhaupt erinnerte sie mich an eine verblühte Rose. »Ich bin ja so froh, dass ich einen Polizisten gefunden habe!«, fuhr sie fort. »Da ist eine junge Frau – in der Anlage am Chalcot Square – ich bin ganz sicher, sie ist tot! Ich dachte, sie schläft nur,

aber mein Hund sprang an ihr hoch, und sie fiel vornüber und zu Boden. Erst habe ich geglaubt, sie wäre vielleicht betrunken, aber ihre Augen waren so komisch. Dann habe ich gemerkt, dass sie nicht mehr atmet. Ach, es war schrecklich!«

Ihr blieb die Sprache weg, und sie stand einfach nur noch da und blinzelte; Tränen rollten ihr über die dicken Wangen. Der kleine Hund auf ihrem Arm kläffte.

»Also, Madam«, sagte ich. »Dann wollen wir mal einen Blick darauf werfen.«

Sie ging mit mir zurück zum Chalcot Square, wobei sie die ganze Zeit davon brabbelte, was für einen Schock sie bekommen hatte, und immer noch den zappelnden Hund umklammerte.

Wir fanden Nina auf dem Pflaster zwischen den Bänken.

»Gut, Madam«, sagte ich. »Ich rufe über Funk Unterstützung. Warten Sie hier.«

Während ich per Funkgerät die Dienststelle anrief, setzte sie sich auf die Bank gegenüber derjenigen, auf der ich mit Nina gesessen hatte. Den Hund ließ sie hinunter, und er fing an herumzurennen. Ich hatte keine Einwände. Je mehr sie und der Hund Spuren verwischten, desto besser. Dann entdeckte ich Ninas Mobiltelefon unter der Bank, auf der die Frau saß.

Ich konnte es nicht aufheben. Selbst diese dusselige Frau wüsste dann, dass ich ein Beweisstück angefasst hätte.

Die Stimme des Sergeants sagte in mein Ohr: »Lassen Sie niemanden in den Park. Behalten Sie die Frau da. Sie muss eine Aussage machen.«

Ich informierte die Frau, dass die Jungs von der Mordkommission gleich kommen würden und mit ihr sprechen wollten. Sie war nervös, weil sie in der Nähe der Leiche bleiben sollte. Zur Beruhigung erzählte ich ihr, wie Großmama immer mit mir in solche Parks gegangen war, um diese kleinen Fleckchen Grün zu genießen.

Ich versperrte das Tor auf der einen Seite und stellte mich an das auf der anderen, damit ich laut Befehl alle am Hereinkommen hindern konnte. Unter den Bäumen war es angenehm. Großmama hätte es hier wirklich gefallen.

Ihnen kann ich das alles erzählen, weil Sie nicht wissen, wer ich bin. Ich habe Ihnen nicht gesagt, wie ich heiße. Dafür bin ich viel zu clever. Aber Ninas Mobiltelefon macht mir immer noch ein bisschen Kummer. Ich hätte den Anruf löschen sollen. Er war gespeichert, und so konnten sie feststellen, wann sie überfallen worden war. Das war übrigens der Ausdruck, den *sie* verwendeten. Ich weiß, dass ich sie nicht überfallen habe. Ich habe mich nur selbst geschützt, das ist alles. Aber in meiner Dienststelle wussten sie, dass ich um diese Zeit in der Gegend hätte sein sollen, und sie haben mich auch schon gefragt, ob ich irgendetwas bemerkt habe. Ich habe gesagt, ich wäre einen Block entfernt gewesen.

Es wird schon gutgehen. Ach, und wenn Sie das nächste Mal einen Polizisten rufen, bin ich vielleicht derjenige, der kommt. Wenn Sie eine Frau sind, werden Sie mich mögen. Ich bin ein gut aussehender Bursche.

Heimische Sommerblumen für Blumenkästen und Pflanzenkübel

Hatte Großmutter neben ihren Zimmerpflanzen auch Blumenkästen vor Fenstern und Balkon? Niemand weiß es. Für Stadtbewohner sind solche Orte oft das einzige Fleckchen Erde, das auf kleinstem Raum den Garten ersetzen muss.
Hier einige Vorschläge für gedrungen wachsende Sommerblumen, die in Blumenkästen und Pflanzenkübeln gedeihen:

Einjährige Pflanzen:
Leberbalsam (Ageratum), Löwenmaul (Antirrhinum), Pantoffelblume (Calceolaria), Sommernelken, Gazanien, Balsamine (Impatiens balsamia), Fleißiges Lieschen (für Schatten), Männertreu (Lobelia erinus). Duftsteinrich (Lobularia), Petunie, Salbei (Salvia splendens), Tagetes (Sammetblume), Verbenen.

Zweijährige Pflanzen:
Maßliebchen (Bellis), Goldlack (Cheiranthus), Vergissmeinnicht (Myosotis), Stiefmütterchen (Viola).

Einjährige Schling- und Kletterpflanzen:
Glockenrebe (Cobea), Schönranke (Eccemocarpus), Prunkwinde (Ipomea), Wicke (Lathyrus), Feuerbohne (Phaseolus), Schwarzäugige Susanne (Thunbergia), Kapuzinerkresse (Tropaeolum).

Tropische und subtropische Kübelpflanzen

Großmutter hätte auch an diesen tropischen und subtropischen Blütenproduzenten ihre Freude gehabt. Die Pflanzen bleiben in den Kübeln, müssen also im Haus teils im Hellen, teils im Dunkeln überwintern; ein manchmal lästiger, aber stets lohnender Umstand.
Hier einige besonders schönblühende Kübelpflanzen:

Oleander (Neriam oleander)
Vorsicht beim Abschneiden und Putzen von Oleanderzweigen. Alle Teile des Oleanders sind stark giftig!

Schopflilie (Eucomis)
Die großen Zwiebeln dürfen nur bis zur Hälfte mit Erde bedeckt werden; sie haben bis zu 30 cm lange dichte Blütentrauben.

Engelstrompete (Datura oder Brugmansia)
In den Abendstunden verbreiten die gelben und weißen Blüten einen betäubenden Duft.

Samtmalve (Abutilon)
Von lockerem, ungezwungenem Wuchs trägt die Pflanze mit den panaschierten Blättern zierliche Blüten während des ganzen Sommers.

Schmucklilie (Agapanthus)
Die Vorzeigeblume der Könige stammt aus Südafrika. Die schönen Blattschöpfe mit blauen und weißen Dolden mit bis zu 200 Einzelblüten sind wie der Oleander allgemein bekannt. Es gibt auch einigermaßen winterharte Freilandarten für den kleinen Garten, zum Beispiel die »Headbourne Hybriden«.

Der Fremde im Sheridan Park

LAWRENCE BLOCK

Das erste Mal trafen wir uns auf einem Handballplatz im Sheridan Park. Es war an einem Samstagmorgen zu Beginn des Sommers, der Himmel war wolkenlos und die Sonne warm, aber noch nicht unerträglich. Er war allein auf dem Spielfeld, und ich beobachtete ihn eine Weile, wie er zum Aufwärmen den kleinen Ball heftig an den Auffangzaun knallte.

Er achtete nicht auf mich, obwohl er mitbekommen haben musste, dass ich ihm zusah. Als er eine Pause machte, sagte ich: »Wie wär's mit einem Spiel?«

Er blickte zu mir herüber. »Warum nicht?«

Wir spielten etwa zwei Stunden, vielleicht ein bisschen länger. Ich habe keine Ahnung, wie viele Spiele es waren. Ich war ein paar Jahre jünger, wog erheblich weniger und überragte ihn um mehr als zehn Zentimeter.

Er gewann jedes Spiel.

Als wir aufhörten, stand die Sonne hoch am Himmel, und es war viel wärmer als zu Spielbeginn. Wir waren beide stark verschwitzt und wischten uns Gesicht und Brust mit unseren Handtüchern ab.

»Geht doch nichts über ein anständiges Training«, meinte er.

»Hoffentlich hatten Sie zumindest das Gefühl, ein bisschen Bewegung zu bekommen«, sagte ich entschuldigend. »Ich war ja nun wirklich keine große Herausforderung.«

»Ach, machen Sie sich nichts daraus«, sagte er und zeigte ein Haifischgrinsen. »Um ehrlich zu sein, ich gewinne gern. Auf dem Platz und überall sonst. Und Sie habe ich ja ganz schön ins Schwitzen gebracht.«

Ich lachte. »So sehr, dass ich jetzt ziemlich durstig bin. Wie steht's mit einem Bier? Auf meine Rechnung, als Ausgleich für die Unterrichtsstunde.«

Er grinste. »Warum nicht?«

Wir sprachen nicht viel, bis wir in einer Nische im *Hofbrau House* saßen. Ich war gerade dabei, mich noch einmal für meine sportliche Unzulänglichkeit zu entschuldigen, als er seinen Bierkrug abstellte und nach einer Zigarette griff.

»Vergessen Sie's«, sagte er. »Was soll's, vielleicht haben Sie ja dafür Glück in der Liebe.«

Ich stieß ein unfrohes Lachen aus. »Wenn das Glück sein soll, will ich lieber nicht wissen, wie Pech aussieht.«

»Probleme?«

»So könnte man es ausdrücken.«

»Wenn Sie darüber lieber nicht reden wollen ...«

Ich schüttelte den Kopf. »Das ist es nicht – vielleicht tut's mir sogar ganz gut, mal darüber zu sprechen –, aber Sie würden sich zu Tode langweilen. Meine Situation ist nämlich gar nicht so selten. Heutzutage quillt die Welt über von Männern, die in meiner Situation sind.«

»Ach ja?«

»Ich habe eine Freundin«, sagte ich. »Sie liebt mich, und ich liebe sie. Aber ich fürchte, dass ich sie verliere.«

Stirnrunzelnd dachte er darüber nach. »Sie sind verheiratet«, sagte er.

»Nein.«

»Sie ist verheiratet.«

Ich schüttelte den Kopf. »Wir sind beide Singles. Sie möchte gern heiraten.»

»Aber Sie wollen nicht.«

»Ich würde nichts lieber tun, als sie zu heiraten.«

Sein Stirnrunzeln verstärkte sich. »Warten Sie mal«, sagte er. »Lassen Sie mich raten. Sie sind beide ledig, wollen beide heiraten, aber es gibt ein Problem dabei. Das einzige, was mir einfällt, ist, dass sie Ihre Schwester ist, aber das glaube ich eigentlich nicht, besonders weil Sie es als weitverbreitetes Problem bezeichnen. Ich glaube, die Sonne war zuviel für mein Gehirn. Also, was ist es?«

»Ich bin geschieden.«

»Wer ist das nicht? Ich bin's auch und habe wieder geheiratet. Oder ist es was Religiöses? Ja, ich wette, das ist es.«

»Nein.«

»Okay, Kumpel, jetzt spannen Sie mich nicht weiter auf die Folter.«

»Das Problem ist meine Exfrau«, sagte ich. »Das Gericht hat ihr alles zugesprochen, was ich besaß, bis auf das, was ich bei der Verhandlung am Leib trug. Ich zahle so viel Alimente, dass ich in einem möblierten Zimmer mit Kochplatte wohnen muss. Ich kann's mir nicht leisten, zu heiraten, aber meine Freundin möchte heiraten – und früher oder später wird sie es leid sein, mit einem Typen zusammen zu sein, der es sich nicht leisten kann, sie anständig auszuführen.« Ich zuckte mit den Schultern. »Alles klar?«

»O Mann, und wie.«

»Aber wie schon gesagt, so geht's vielen.«

»Na, dann lassen Sie sich mal was erzählen.« Er bestellte noch zwei Bier, und als sie kamen, zündete er sich noch eine Zigarette an und nahm einen großen Schluck. »Das ist vielleicht 'n Ding«, sagte er, »dass wir uns hier getroffen haben. Ich hatte ja schon gesagt, dass ich auch eine Exfrau habe.«

»Heutzutage hat das doch fast jeder.«

»Stimmt. Ich hatte wohl einen besseren Anwalt als Sie, aber mich hat's trotzdem ganz schön erwischt. Sie hat das Haus bekommen, sie hat den Cadillac bekommen und so gut wie alles andere, was sie haben wollte. Und jetzt bekommt sie fünfzig Cent von jedem Dollar, den ich verdiene. Sie hat keine Kinder, sie hat keine Verpflichtungen, aber sie hat fünfzig Cent von jedem Dollar, den ich verdiene, und der Staat bekommt noch mal dreißig oder vierzig. Was bleibt mir da?«

»Nicht viel.«

»Das können Sie laut sagen. Zufällig geht's mir ganz gut. Selbst mit dem, was sie und der Staat abziehen, schaffe ich es, insgesamt ganz ordentlich zu leben. Aber können Sie sich vielleicht vorstellen, wie ich mich fühle, wenn ich ihr jeden Monat das ganze Geld überweisen muss? Ich hasse diese Frau aus tiefstem Herzen, und sie lebt auf meine Kosten wie eine Königin.«

Ich nahm einen großen Schluck Bier. »Scheint, als hätten wir das gleiche Problem.«

»Und eine ganze Menge anderer Männer auch. Millionen wahrscheinlich. Ich sag Ihnen was. Sie sollten unbedingt, wenn Sie Ihre Freundin heiraten – «

»Ich kann sie nicht heiraten.«

»Aber wenn Sie es doch tun. Sehen Sie einfach zu, dass Sie genau das tun, was ich vor meiner zweiten Ehe getan habe. Ist natürlich nicht leicht, denn wenn man heiraten will, ist man ja total verliebt und ganz sicher, dass das auch immer so bleibt. Aber schließen Sie einen Ehevertrag. Lassen Sie ihn vor der Trauung unterschreiben und beglaubigen, und es muss drin stehen, dass sie im Falle einer Scheidung nicht einen Pfennig bekommt. Können Sie mir folgen? Nehmen Sie sich einen anständigen Anwalt, der Ihnen was Wasserdichtes aufsetzt, und lassen Sie sie unterschreiben, was sie sehr wahrscheinlich tun wird, weil sie so benebelt vor Glück ist, dass sie endlich heiratet. Dann brauchen Sie sich keine Sorgen mehr zu machen. Wenn's dann 'ne Traumehe ist, was ich Ihnen natürlich wünsche, haben Sie ein paar hundert Dollar für den Anwalt zum Fenster rausgeworfen, aber das ist Kleinkram. Wenn jedoch was schiefgeht, sind Sie fein raus.«

Ich sah ihn eine Weile an. »Klingt logisch«, sagte ich.

»Genau das habe ich getan. Meine zweite Frau und ich kommen gut miteinander aus. Sie ist jung, sie ist hübsch, ich hab sie gern um mich – da hab ich einen ziemlich guten Griff getan. Wir haben auch unsere Schwierigkeiten, aber damit können wir leben. Und das Wichtigste: Sie kommt nicht in Versuchung, sich scheiden zu lassen, weil sie weiß, was ihr danach bleibt. Nix mit x.«

»Wenn ich jemals wieder heirate«, sagte ich, »folge ich Ihrem Rat.«

»Na, hoffentlich.«

»Aber so weit wird's nicht kommen«, sagte ich. »Nicht solange mich meine Exfrau bluten lässt. Wissen Sie, ich schäme mich fast, das zu sagen, aber was soll's, wir kennen uns eigentlich gar nicht, darum gestehe ich's Ihnen. Ich phantasiere darüber, sie umzubringen. Sie zu erstechen, zu erschießen, an Gleise zu fesseln und mein Problem von einem Zug lösen zu lassen.«

»Mein Freund, da sind Sie nicht der einzige. Die Welt ist voller Männer, die davon träumen, ihre Exfrau umzubringen.«

»Natürlich würde ich das nie tun. Denn wenn dieser Frau jemals irgendetwas zustößt, kommt die Polizei sofort zu mir.«

»Bei mir wär's genau dasselbe. Wenn ich meine Ex je unter die Erde bringen würde, stünde ein Bulle vor meiner Tür, bevor die Frau kalt wäre. Natürlich ist diese Frau schon von Kindesbeinen an kalt, wenn Sie wissen, was ich meine.«

»Weiß ich«, sagte ich. Diesmal bestellte ich die Runde, und wir schwiegen, bis die Gläser vor uns standen. Dann meinte ich in vertraulichem Ton: »Ich sage Ihnen was. Ich würd's tun. Wenn ich nicht Angst hätte, erwischt zu werden, dann würde ich's buchstäblich tun. Ich würde sie umbringen.«

»Ich meine Frau auch.«

»Ich mein's ernst. Für mich gibt's keine andere Lösung. Ich bin verliebt und will heiraten und kann's nicht. Ich stehe sozusagen mit dem Rücken an der berühmten Wand. Ich würd's tun.«

»Ich auch.« Er hatte noch nicht einmal gezögert.

»Wirklich?«

»Klar. Man könnte sagen, es geht nur ums Geld, und das wäre auch die Hauptsache, aber es geht auch noch um was anderes. Ich hasse diese Frau. Ich ertrage es nicht, dass sie mich dermaßen vorgeführt hat. Wenn ich damit durchkommen würde, könnten sie auf dem Friedhof schon mal ihr Grab ausheben.« Er schüttelte den Kopf.

»*Ihr* Grab«, sagte er bitter. »Ursprünglich war das als *Familiengrab* gedacht, aber das Gericht hat es ihr zugesprochen. Nicht dass ich einen unwiderstehlichen Drang verspüren würde, neben ihr begraben zu werden, aber es geht ums Prinzip.«

»Wenn wir nur damit durchkommen würden«, sagte ich. Und während dieser Satz in der Luft hing wie ein dahinfliegender Ball, griff ich nach meinem Bier.

Natürlich erschien über seinem Kopf keine Glühbirne – das passiert nur in Comics –, aber der Ausdruck auf seinem Hängebackengesicht war eindeutig, und ich muss zugeben, dass ich nach der Glühbirne Ausschau gehalten habe. Vor mir saß ein Mann, der gerade einen wirklich guten Einfall hatte.

Er teilte ihn nicht sofort mit. Stattdessen beschäftigte er sich ein paar Minuten im Stillen mit ihm, während ich mich mit meinem Bier beschäftigte. Als ich merkte, dass er fertig war, setzte ich das Glas ab.

»Ich kenne Sie nicht«, sagte er.

Da gab ich ihm Recht.

»Und Sie kennen mich nicht. Ich weiß Ihren Namen nicht, noch nicht mal Ihren Vornamen.«

»Ich heiße ...«

Er hob abwehrend die Hand. »Sagen Sie's nicht. Ich will's gar nicht wissen. Merken Sie, was wir sind? Wir sind Fremde.«

»Das könnte man sagen.«

»Wir haben ein bisschen Handball gespielt. Aber kein Mensch weiß, dass wir miteinander gespielt haben. Wir trinken ein Bier miteinander, aber das weiß nur der Kellner, und der wird sich nicht daran erinnern, und überhaupt würde nie jemand daran denken, ihn zu fragen. Ist Ihnen klar, in welcher Position wir sind? Verstehen Sie?«

»Ich bin mir nicht sicher.«

»Vor Jahren habe ich mal einen Film gesehen. Zwei Fremde begegnen sich in einem Zug und – ich wünschte, ich könnte mich an den Titel erinnern.«

»*Der Fremde im Zug*?«

»Ja, ich glaube, das war's. Jedenfalls kommen sie ins Gespräch, erzählen sich ihre Probleme und beschließen, jeweils den Mord des anderen auszuführen. Verstehen Sie, worauf ich hinauswill?«

»So langsam schon.«

»Sie haben eine Exfrau, ich habe eine Exfrau. Sie haben gesagt, dass *Sie* einen Mord begehen würden, wenn Sie damit davonkämen, und *ich* würde einen Mord begehen, wenn ich damit davonkäme. Und alles, was wir tun müssen, um damit davonzukommen, ist, die Opfer zu tauschen.« Er beugte sich vor und senkte die Stimme zu einem eindringlichen Flüstern. Niemand war in unserer Nähe, aber die Situation schien eine gesenkte Stimme zu erfordern. »Nichts könnte einfacher sein, mein Freund. *Sie* bringen *meine* Exfrau um. *Ich* bringe *Ihre* Exfrau um. Und wir sind beide aus dem Schneider.«

Ich riss die Augen auf. »Das ist genial«, flüsterte ich zurück. »Das ist absolut genial.«

»Sie wären bestimmt auch bald darauf gekommen«, sagte er bescheiden. »Schließlich führte unser Gespräch in diese Richtung.«

»Einfach genial«, sagte ich.

Wir blieben eine Weile so sitzen, die Ellbogen auf dem Tisch, unsere Köpfe nur wenige Zentimeter auseinander, und schwelgten in der Genialität seines Einfalls.

Dann meinte er: » Die Sache hat einen großen Haken. Einer von uns muss es als erster tun.«

»Ich mach's«, bot ich an. »Schließlich war es Ihr Einfall. Da ist es nur gerecht, wenn ich anfange.«

»Aber was ist, wenn Sie anfangen und ich versuche, mich herauszureden, nachdem Sie Ihren Teil erledigt haben?«

»Ach, das würden Sie nie tun.«

»Ganz recht, mein Freund, das würde ich nicht. Aber Sie können sich da nicht sicher sein, nicht genug, um freiwillig das kurze Streichholz zu ziehen.« Er holte einen glänzenden Vierteldollar aus der Tasche. »Kopf oder Zahl«, sagte er und warf ihn hoch.

»Kopf«, sagte ich. Ich sage immer Kopf. So gut wie jeder sagt immer Kopf.

Die Münze landete auf dem Tisch, drehte sich eine dramatisch lange Zeit und kam dann zur Ruhe. Zahl.

Ich konnte es einrichten, mich an diesem Nachmittag eine halbe Stunde lang mit Vivian zu treffen. Nach dem üblichen Austausch von heftigen Küssen sagte ich: »Ich hab Hoffnung. Für uns, meine ich. Unsere Zukunft.«

»Wirklich?«

»Wirklich. Ich habe das Gefühl, dass sich alles bald zum Guten wendet.«

»Oh, Liebling«, sagte sie.

Der nächste Samstagmorgen war klar und sonnig. Wir trafen uns wie verabredet auf dem Handballplatz, aber diesmal spielten wir nur ein halbes Dutzend Spiele und machten dann Schluss. Und nachdem wir uns abgetrocknet und frische Hemden angezogen hatten, gingen wir in eine andere Bar und tranken jeder nur ein Bier.

»Mittwoch- oder Donnerstagabend«, sagte er. »Mittwochs pokere ich. Das ist meine Stammrunde, und sie geht bis zwei oder drei Uhr morgens. Das ist immer so, und ich sorge dafür, dass es dieses Mal keine Ausnahme wird. Am Donnerstag sind meine Frau und ich abends zum Essen eingeladen, und danach spielen wir Bridge. Das dauert höchstens bis Mitternacht, deswegen wäre der Mittwoch besser …«

»Mittwoch passt mir gut.«

»Meine Exfrau lebt allein und ist immer spätestens um zehn zu Hause. Eigentlich geht sie überhaupt nur selten aus dem Haus. Ich kann's ihr nicht verdenken, es ist ein schönes Haus.« Er schürzte die Lippen. »Egal. Je früher am Abend Sie den Job erledigen, desto besser ist das für mich – falls Ärzte wirklich die Todeszeit feststellen können –«

»Ich rufe die Polizei.«

»Wieso das denn?«

»Wenn sie tot ist, rufe ich anonym bei der Polizei an und gebe ihnen einen Tipp. So finden sie die Leiche, während Sie noch beim

Pokern sind. Sie werden dann erst gar nicht verdächtigt.«

Er nickte zufrieden. »Das ist verdammt intelligent«, sagte er. »Wissen Sie, was? Es ist irre, dass Sie und ich uns begegnet sind. Ich weiß nicht, wie Sie heißen, und will es auch gar nicht wissen, aber Ihr Stil gefällt mir. Mittwochabend?«

»Mittwochabend«, bestätigte ich. »Sie werden es am Donnerstagmorgen aus den Nachrichten erfahren, und dann ist Ihr Problem gelöst.«

»Phantastisch«, sagte er. »Ach, eins noch.« Er zeigte das Haifischgrinsen. »Wenn sie leidet«, meinte er, »ist mir das vollkommen recht.«

Sie litt nicht.

Ich verwendete ein Messer. Ich sagte ihr, dass ich ein Einbrecher sei und sie nicht verletzt würde, wenn sie kooperierte. Das war nicht die erste Lüge meines Lebens. Sie kooperierte, und als sie abgelenkt war, stach ich ihr ins Herz. Sie starb mit einem Ausdruck äußersten Erstaunens auf ihrem nicht allzu hübschen Gesicht, aber sie litt nicht, und das ist doch schon was.

Als sie tot war, spielte ich meine Rolle als Einbrecher weiter. Ich durchwühlte das Haus, riss Bücher aus Regalen, kippte Schubladen aus und verursachte überhaupt ein fürchterliches Durcheinander. Ich fand einiges an Schmuck, den ich später in einen Gully warf, und ich fand mehrere Hundert Dollar in bar, die ich nicht wegwarf.

Nachdem ich das Messer in einen anderen Gully und die weißen Baumwollhandschuhe in einen dritten geworfen hatte, rief ich bei der Polizei an. Ich sagte, dass ich Kampfgeräusche aus einem bestimmten Haus gehört habe, und nannte die Adresse. Ich berichtete, dass zwei Männer aus dem Haus gerannt und mit einem dunklen Auto weggefahren seien. Nein, ich könne den Wagen nicht näher beschreiben. Nein, die Nummernschilder hätte ich nicht gesehen. Nein, ich wolle meinen Namen nicht nennen.

Am nächsten Tag telefonierte ich kurz mit Vivian. »Es läuft prima«, sagte ich.

»Ich bin ja so froh, Liebling.«

»Alles wird sich zum Guten wenden.«

»Du bist wunderbar. Das weißt du doch, oder? Absolut wunderbar.«

Am Samstag spielten wir ganze drei Spiele Handball. Das Erste gewann er, wie immer, aber erstaunlicherweise schlug ich ihn im Zweiten, meine erster Sieg über ihn, und dann schlug ich ihn auch noch im Dritten. Danach wollte er aufhören. Vielleicht war er nicht so gut in Form, oder er wollte das Risiko verringern, dass jemand uns zusammen sah. Andererseits hatte er bei unserer ersten Begegnung gesagt, dass er gern gewann. Umgekehrt könnte man daraus schließen, dass er nicht gern verlor.

Beim Bier meinte er: »Sie haben's also geschafft. Ich wusste, dass Sie es schaffen würden, aber gleichzeitig habe ich nicht richtig daran geglaubt. Wissen Sie, was ich meine?«

»Ich glaube schon.«

»Die Polizei hat mich noch nicht einmal groß belästigt. Sie haben natürlich mein Alibi überprüft – das sind ja keine Idioten. Aber sie haben nicht weiter nachgegraben, sie schienen so sicher, dass es ein Einbruch war. Ich sag Ihnen was, es war ein so perfekt vorgetäuschter Einbruch, dass sogar ich langsam das Gefühl hatte, genau so wär's gewesen. So was wie ein zufälliges Zusammentreffen. Sie haben gekniffen, und ein Einbrecher hat zufällig den Job erledigt.«

»Vielleicht war es ja auch so«, sagte ich.

Er sah mich an und grinste dann listig. »Sie sind schon ein ganz Ausgekochter«, sagte er. »Kalt wie eine Hundeschnauze, was? Sagen Sie mal, wie war's denn so, sie umzubringen?«

»Das werden Sie selbst bald herausfinden.«

»Ein ganz Ausgekochter. Wissen Sie was? Sie haben mir was voraus. Sie kennen meinen Namen. Aus der Zeitung. Und Ihren weiß ich immer noch nicht.«

»Werden Sie aber bald«, sagte ich lächelnd. »Aus der Zeitung.«

»Das ist nur gerecht.«

Ich gab ihm einen Zettel. Wie auf dem, den er mir gegeben hatte, stand darauf eine Adresse mit Bleistift in Blockbuchstaben. »Mittwoch wäre ideal«, sagte ich. »Wenn es Ihnen nichts ausmacht, Ihre Pokerrunde zu verpassen.«

»Müsste ich doch gar nicht, oder? Ich käme einfach nur später. Die Runde gibt mir einen Vorwand, das Haus zu verlassen, aber wenn ich dann dort eine Stunde später ankomme, würde meine Frau das nie erfahren. Und selbst wenn sie wüsste, dass ich nicht da war, wo ich sein sollte, na und? Was sollte sie denn tun, sich von mir scheiden lassen und sich selbst den Geldhahn zudrehen? Nicht sehr wahrscheinlich.«

»Ich werde mit einem Kunden essen«, sagte ich. »Danach gehen er und ich direkt zu einem Geschäftstermin. Ich werde bis spät in den Abend beschäftigt sein – elf Uhr, vielleicht sogar bis Mitternacht.«

»Ich würde es gern so gegen acht erledigen«, sagte er. »Um diese Zeit gehe ich normalerweise zum Pokern. Ich könnte es tun und um neun schon mit einem Straight in der Hand da sitzen. Wie hört sich das an?«

Ich gestand, dass es sich gut anhörte.

»Ich glaube, ich täusche auch einen Einbruch vor«, überlegte er. »Verwüste die Bude, verwende ein Messer. Lasse sie glauben, dass es derselbe verrückte Einbrecher ist, der wieder zuschlägt. Oder was meinen Sie?«

»Es könnte uns miteinander in Verbindung bringen«, sagte ich.

»Oh.«

»Vielleicht können Sie es wie ein Sexualverbrechen aussehen lassen. Vergewaltigung und Mord. Auf diese Weise denkt die Polizei nie an eine Verbindung zwischen den beiden Morden.«

»Genial«, sagte er. Er schien mich wirklich zu bewundern, jetzt, wo ich einen Mord begangen und zwei Handballspiele gegen ihn gewonnen hatte.

»Sie müssten sie ja nicht wirklich vergewaltigen. Ihr nur die Kleider vom Leib reißen und den Tatort präparieren.«

»Ist sie attraktiv?« Ich gab zu, dass sie das war, auf ihre Art.

»Ich habe schon immer gewisse Vergewaltigungsphantasien gehabt«, sagte er vorsichtig und mied meinen Blick.

»Sie wird um acht zu Hause sein?«

»Sie wird zu Hause sein.«

»Und allein?«

»Definitiv.«

Er faltete den Zettel, schob ihn in seine Brieftasche, nahm ein paar Scheine heraus und ließ sie auf den Tisch fallen, trank den Rest seines Biers aus und stand auf. »Die Sache ist geritzt«, sagte er. »Ihr Problem ist gelöst.«

»Unser Problem ist gelöst«, sagte ich zu Vivian.

»Oh, Liebling«, sagte sie. »Ich kann's kaum glauben. Du bist der wunderbarste Mann der Welt.«

»Und ein sensationeller Handballspieler«, sagte ich.

Um halb acht verließ ich am Mittwoch das Haus. Ich fuhr ein paar Blocks zum Drugstore und kaufte einige Zeitschriften, dann sah ich mir in einem Herrenmodengeschäft nebenan Freizeithemden an. Die beiden, die mir gefielen, hatten sie in meiner Größe nicht da. Der Verkäufer bot mir an, die Hemden zu bestellen, aber ich dachte darüber nach und meinte dann, er brauche sich nicht zu bemühen. »Sie gefallen mir«, sagte ich, »aber so wichtig sind sie mir auch wieder nicht.«

Ich kehrte nach Hause zurück. Der Wagen meines Handballpartners stand schräg auf der Straße. Ich stellte meinen eigenen in die Einfahrt und schloss mit meinem Schlüssel die Haustür auf. In der Tür stehend, räusperte ich mich, und er fuhr zu mir herum, wobei ihm die Augen fast aus dem Kopf fielen.

Ich zeigte auf die Gestalt auf der Couch. »Ist sie tot?«

»Mausetot. Sie hat sich gewehrt, und ich habe zu fest zugeschlagen ...« Er wurde tiefrot, dann blinzelte er. »Aber was tun Sie hier? Erinnern Sie sich nicht mehr an unseren Plan? Ich verstehe nicht, warum Sie ausgerechnet heute Abend hierher gekommen sind.«

»Ich bin hierher gekommen, weil ich hier wohne«, sagte ich. »George, ich würde es Ihnen gern erklären, aber die Zeit ist knapp. Ich wünschte, ich hätte mehr Zeit, aber die habe ich nicht.«

Ich nahm den Revolver aus der Tasche und schoss ihm ins Gesicht.

»Die Polizei war sehr verständnisvoll«, erzählte ich Vivian. »Sie glauben anscheinend, dass der Tod seiner Exfrau ihn so schockiert hat, dass er übergeschnappt ist. Ihre Theorie ist, dass er dort entlang gefahren ist und gesehen hat, wie ich das Haus verlassen habe. Vielleicht hat er Margaret gesehen, wie sie mich an der Tür verabschiedet hat. Er parkte das Auto, vielleicht ohne feste Absichten, und ging zur Tür. Als sie aufmachte, überwältigte ihn Verlangen. Bis ich zurückgekommen bin, das Haus betreten und ihn erschossen habe, war es bereits zu spät. Ich konnte ihr nicht mehr helfen.«

»Armer George.«

»Und arme Margaret.«

Sie legte ihre Hand auf meine. »Sie sind selbst daran schuld«, sagte sie. »Wenn George nicht auf diesem grausamen Ehevertrag bestanden hätte, hätten wir uns ganz zivilisiert scheiden lassen können wie andere Leute auch.«

»Und wenn Margaret sich auf eine ganz zivilisierte Scheidung eingelassen hätte, wäre sie heute noch am Leben.«

»Wir haben nur getan, was getan werden musste«, sagte Vivian. »Schade um seine Exfrau, aber ich vermute, das ließ sich nicht vermeiden.«

»Zumindest hat sie nicht gelitten.«

»Das ist wichtig«, sagte sie. »Und du weißt ja, wie man so schön sagt – man kann kein Omelett backen, ohne Eier aufzuschlagen.«

»So sagt man«, stimmte ich ihr zu. Wir umarmten uns ganz kurz. »Wir müssen ein oder zwei Monate einen großen Bogen um einander machen«, sagte ich. »Schließlich habe ich deinen Mann umgebracht, als er gerade meine Frau umgebracht hatte. Wenn wir in der Öffentlichkeit gesehen werden, gibt es sofort Gerüchte. In ungefähr einem Monat verkaufst du das Haus und verlässt die Stadt. Ein paar Wochen später mache ich dasselbe. Dann können wir heiraten und bis an unser Lebensende glücklich sein, aber bis es soweit ist, sollten wir lieber vorsichtig sein.«

»Du hast Recht«, sagte sie. »Es gab mal so einen Film, nur dass darin niemand umgebracht wurde. Aber da waren diese zwei Menschen in einer Kleinstadt, die eine Affäre miteinander hatten, und wenn sie sich in der Öffentlichkeit begegneten, mussten sie so tun, als wären sie Fremde. Ich wünschte, mir würde der Titel wieder einfallen.«

»*Fremde, wenn wir uns begegnen*?«

»Ja, ich glaube, das war's.«

Strapazierfähiger Nutzrasen

»Der Ordenskomtur besprach sich mit den Brüdern;
die wollten lieber alle in den Rasen beiszen, ehe dann den Ungleubigen sich gefangen geben.«
Kaspar Schütz, Preussische Chronica Leipzig 1599.
Konsequenter geht's nimmer …

Frage an Schnell-Leser: Wer hat kriminalkonsequent in den grünen Rasen des Handballplatzes gebissen? Sicher ist auf jeden Fall: Es war ein strapazierfähiger Nutzrasen, nicht nur für Sportzwecke, sondern auch für Kindergeburtstage und sommerliche Feten.

Aussaat: 14 Gramm pro Quadratmeter im Frühjahr oder am Herbstanfang auf dränierten, gut geebneten, unkrautfreien, trockenen Boden mit dem idealen leicht sauren pH-Wert von 5,5 bis 6,0. Danach durch Rechen die Samen leicht bedecken (nicht walzen!). Bei Trockenheit mit einem Rasensprenger fein, aber gründlich wässern. Während der ersten Wachstumsperiode den Rasen möglichst nicht betreten. Regelmäßig düngen und Unkraut entfernen, von Hand oder agrarchemisch.

Im zweiten Jahr vertikutieren, um organische Rückstände aus dem Rasen zu entfernen und ihm eine spürbare Spannkraft zu verleihen. Trampelpfade regeneriert man, indem man sie mit Hilfe einer Grabgabel oder Stachelwalze lüftet.
Alles weitere regeln das Wetter und die Benutzung durch Besucher.

Der Rosenkrieg

ANDREA C. BUSCH

»Autsch!« Hauptkommissarin Ina Dehler betrachtete missmutig den Dorn in ihrem Zeigefinger. Als echtes Stadtkind hatte sie nicht die geringste Ahnung vom Gärtnern, aber in einem Anfall von Sentimentalität hatte sie der alten Dame, der sie und ihr Mann das Haus damals abgekauft hatten, versprochen, die Rosen weiter sorgfältig zu pflegen.

Inas Freundin Katharina hatte sich sofort danach erkundigt, ob es Beet- oder Strauchrosen waren, ob die Kletterrosen zu den Climbern oder Ramblern zählten, ob sie einmal- oder öfterblühend waren und um welche Sorten es sich denn nun genau handelte.

Ina hatte nur genervt abgewinkt. Sie verstand überhaupt nichts von Rosen, und ihre Vorstellung von Garten beschränkte sich auf eine große Rasenfläche, auf der man sich austoben konnte.

Vorsichtig zog sie den Dorn aus dem Finger. Ein Blutstropfen quoll heraus, und sie lutschte ihn ab. Bevor sie sich überlegen konnte, wie ihr Gartenabenteuer jetzt weiter verlaufen sollte, klingelte das Diensthandy an ihrem Gürtel. »Dehler.«

»Hallo, Ina. Liegst du noch im Bett?« Ihr Mitarbeiter Christoph Berend.

»Schön wär's.« Sie war an diesem Samstag extra früh aufgestanden. »Was gibt's denn?«

»Eine Leiche. Wir haben gerade den Anruf gekriegt. Die Rechtsmedizin ist schon unterwegs, und ich fahre auch gleich los.«

Eine Leiche. Davon verstand sie wenigstens was. »Wo soll ich hinkommen?«

»Nach Darmstadt, auf die Rosenhöhe.«

»Soll das ein Witz sein?«, platzte Ina heraus.

Auf der anderen Seite der Leitung trat eine kurze Pause ein. »Das würde ich mir nie erlauben«, sagte Christoph mit beleidigtem Unterton.

»Die Rosenhöhe ist ziemlich groß, wo genau liegt denn nun die Leiche?«

»Sie sitzt. Im Rosarium, mitten unter unter der Kuppel ... und ich weiß wirklich nicht, was daran witzig sein soll.«

Ina seufzte. »Bis gleich.«

Eine halbe Stunde später fädelte sie ihr Motorradgespann durch das mächtige Löwenportal des Parks Rosenhöhe. Sie kannte den Weg; Katharina hatte sie einmal zu einem Spaziergang hierher geschleppt. Ina war überrascht gewesen, dass in dem Park tatsächlich Leute wohnten. Heute gönnte sie weder dem Teepavillon noch dem majestätischen Tulpenbaum einen Blick, und auch die Mausoleen der Landesfürsten ließ sie links liegen.

Schließlich erreichte sie auf dem gewundenen, sanft ansteigenden Weg ihr Ziel, das vom Rest des Parks durch Maschendraht und Rosenhecken abgetrennt war. Die Kuppel, deren Dach aus einem hölzernen Rosenspalier bestand und die von Backsteinsäulen getragen wurde, war im linken Teil des Rosariums gut zu erkennen.

Sie stieg vor einer Sperre vom Motorrad, um die letzten Meter bis zum Eingangstor zu Fuß zu gehen. Es war unterwegs kälter gewesen, als sie vermutet hatte. Hier oben pfiff ihr der Wind noch viel stärker um die Ohren, und sie fröstelte. Ein feuchter Geruch lag in der Luft. Orangefarbene und braune Blätter wirbelten über den Weg.

Ina nickte den Streifenbeamten zu, die eine Gruppe von Spaziergängern davon abhielten, den Rosengarten zu betreten.

Zeugen? Oder bloß Neugierige?

Sie rieb sich immer noch die kalten Hände, als sie durch das schmiedeeiserne Tor trat und quer über die Rasenfläche auf einen der Wege zusteuerte, der zur Kuppel führte. Es ging doch nichts über ein gutes Ortsgedächtnis.

Die Rechtsmedizinerin Christiane Wilkens hockte vor einem der Drahtsessel unter der Kuppel und betrachtete gerade die langen, dunkelroten Fingernägel der Leiche. »Sieht nicht nach Gegenwehr aus«, murmelte sie. »Sonst wären die Nägel abgebrochen. Im bekleideten Zustand keine sichtbaren äußeren Anzeichen von Gewalt.«

Vier von Backsteinpfeilern gesäumte und mit Rosenspalieren überdachte Wege führten hierher, und vier mal drei Stühle standen sauber aufgereiht unter der Kuppel. In der Mitte einer solchen Dreierreihe saß die Leiche. Die Frau war blond, und ihr dunkler Wollmantel stand offen. Darunter trug sie eine weiße Rüschenbluse und einen blauen Faltenrock. Die roten Pumps an den Füßen glänzten frisch poliert. Das Gesicht war zu einer Grimasse aus blauem Lidschatten und rotem Lippenstift verzerrt. Die Kleidung war geordnet und wirkte doch seltsam.

»Irgendwas kommt mir hier komisch vor«, fuhr Christiane fort.

Ina nickte. »Mord?«

»Kann ich auf Anhieb nicht sagen. Die Umstände sind jedenfalls verdächtig. Sobald der Fotograf fertig ist, könnt ihr mir die Leiche rüberbringen. Ich hätte sowieso nicht gewusst, was ich mit meinem freien Samstag anfangen soll.« Sie zog die Einmalhandschuhe aus und stopfte sie in ihre Tasche. »Sie hat keine Papiere dabei. Die Spurensicherung ist übrigens schon unterwegs.«

»Wer hat die Leiche entdeckt?«

Christiane wedelte lässig mit dem Arm. »Da drüben, die drei, die bei Christoph stehen.«

Ganz ruhig bleiben. Er hat gesagt, sie können uns nichts nachweisen. Gar nichts. Wir müssen nur ruhig bleiben und alle dasselbe sagen. Ein bisschen Betroffenheit ist gut, schließlich kennen wir uns ja schon seit Jahren, aber keine Hysterie. Aber da hat er ja auch noch nicht gewusst, dass uns hier oben jemand erwischen würde. Hoffentlich hat uns wenigstens niemand kommen sehen. Zum Glück ist das Rosarium terrassenförmig angelegt, das erschwert die Sicht.

Sogar jetzt noch, wo die meisten Stauden schon braun sind, die Sträucher ihre Blätter verlieren und nur noch vereinzelt ein paar Rosen blühen. ADR-Sorten vermutlich, dauerblühend. Das meiste davon Beetrosen. Erstaunlich auch, wieviel Blätter die Rosenhecke der Einfassung noch hat, dazu Blüten und Hagebutten. Wir sind uns immer noch nicht einig, welche Rosensorte das ist. Eine Wildrose, schon die einfachen kleinen Blüten mit den fünfblättrigen Petalen deuten darauf hin, aber welche? Andererseits gibt es auch Kultursorten, die nur – mein Gott, worüber mache ich mir hier eigentlich Gedanken? Als ob das jetzt noch eine Rolle spielt, wer von uns Recht hat …

Die Warterei macht einen ja wahnsinnig. Was hat dieser Berend gesagt? Wir müssen noch auf seinen Chef warten? Verdammt, um diese Zeit hätten wir laut Plan schon zufrieden zu Hause sitzen und gemütlich frühstücken sollen.

Ina entdeckte Christoph schließlich ganz oben auf einer Grünfläche, wo er mit zwei Männern und einer Frau unter einem Baum stand, das Notizbuch gezückt.

»Diese Herrschaften haben die Leiche gefunden«, erklärte er Ina. »Ich habe schon mal die Personalien aufgenommen.«

Alle drei waren blass. Die Frau knetete ein zerknülltes Taschentuch. Ein Mann kaute an seiner Unterlippe, der andere nahm ständig die Brille ab, um sie zu putzen. Ein merkwürdiger Anblick. Christoph stellte sie der Reihe nach vor, erst die Frau, die »Meister« murmelte, dann den Brillenputzer, der »Siebert« nuschelte, und zuletzt den Unterlippenkauer, der »Gundorf« brummte, und dabei reichten sie Ina nacheinander die Hand.

»Was machen Sie denn so früh am Samstagmorgen hier oben?« Ein Blick auf die Kleidung der drei hatte sie rasch davon überzeugt, dass es sich nicht um Frühsportler handelte. Die drei sahen sich an und versuchten per Blickkontakt zu entscheiden, wer denn nun das Wort ergreifen sollte.

Schließlich war es Gundorf. »Wir waren hier verabredet.«

»Wer ist wir?«

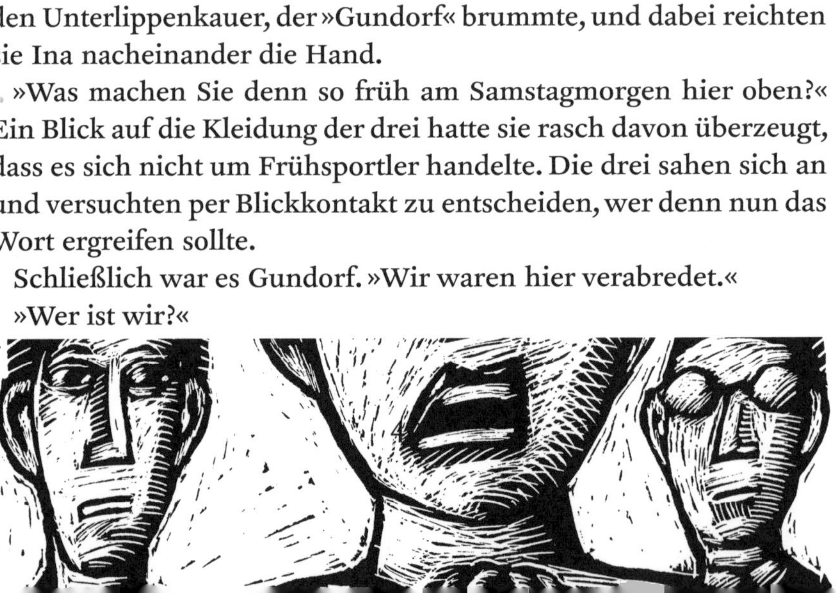

»Frau Meister, Herr Siebert und ich, und natürlich Frau Deggenbach.«

»Das ist die Leiche«, flüsterte Christoph Ina zu.

»Verabredet.« Ina kramte das Tabakpäckchen aus der Jackentasche und begann, sich mit klammen Fingern eine Zigarette zu drehen. »Und wozu waren Sie verabredet?«

Wieder wurden Blicke gewechselt. Wieder ergriff Gundorf das Wort. »Wir haben keine Ahnung. Frau Deggenbach hat uns hierher bestellt.«

Ina steckte den Tabak wieder ein, zündete die Zigarette an und nahm einen tiefen Zug. »Und weil diese Frau Deggenbach ruft, stehen Sie in aller Herrgottsfrühe auf und kommen auf die Rosenhöhe?«

»Ich weiß ja nicht, wann Sie aufzustehen pflegen«, sagte Frau Meister spitz, »aber so früh ist es ja nun auch nicht.«

Es war mittlerweile neun, wie Ina bei einem Blick auf die Uhr feststellte. Um halb neun hatte sie den Anruf bekommen, dann müsste der Leichenfund – »Um wieviel Uhr haben Sie die Leiche gefunden, Frau Meister?«

Die Angesprochene knetete ihr Taschentuch. »Ich? Wieso ich? Wir alle gemeinsam.«

»Schön. Und um wie viel Uhr?«

»Ich weiß nicht ... ich war so aufgeregt ...« Hilfesuchend wandte sie sich an die beiden Männer.

»Um acht«, sagte Gundorf, der mit dem Unterlippengekaue aufgehört hatte.

»Muss ich Ihnen eigentlich jedes Wort aus der Nase ziehen?« Ina drückte die halbgerauchte Zigarette auf dem Boden aus.

Frau Meister sah sie empört an. »Sie sollten das aufheben, junge Frau. Das hier ist ein öffentlicher Garten; wo kämen wir denn da hin, wenn jeder seinen Müll hier herumliegen lassen würde.«

Ina lächelte süffisant. »Also, wie war das jetzt mit dem Leichenfund?«

Nach mehreren Anläufen berichtete Frau Meister, dass sie, Herr Gundorf und Herr Siebert sich zufällig vor dem Löwenportal getroffen hätten und dann gemeinsam den Weg hinaufgelaufen seien.

Im Rosarium hatten sie dann die Leiche gefunden und sofort die Polizei gerufen.

Gundorf nickte diese Version ab.

»Und Sie, Herr –«

»Siebert«, flüsterte Christoph.

Der Angesprochene putzte immer noch seine Brille und reagierte nicht.

»Hallo, jemand zu Hause?« Inas Ton war gereizt.

Siebert setzte die Brille auf und schenkte ihr ein strahlendes Lächeln. »Was haben Sie gesagt? Wissen Sie, wenn ich die Brille nicht auf habe, höre ich so schlecht.«

Sie unterdrückte einen Seufzer, wiederholte die Aussage von Meister und erntete ein erneutes Nicken. Ina mühte sich, den Rest der Befragung zu beschleunigen; das dauerte ihr alles viel zu lang. Entweder waren diese drei schwerer von Begriff, als für einen normalen Menschen gesund war, oder sie hatten es faustdick hinter den Ohren.

Diese Rockerbraut macht einen richtig nervös. Raucht eine Zigarette nach der anderen und verträgt wahrscheinlich auch einen ziemlichen Stiefel. Das ist vermutlich ihre Masche. So dämlich, wie wir uns aufführen, schöpft die doch gleich Verdacht. Für die sehen wir bestimmt aus wie das personifizierte schlechte Gewissen. Dabei brauchen wir gar keins zu haben. Christa hat sich das alles selbst zuzuschreiben. Wie konnte sie uns nur so hintergehen! Und sie wusste doch, dass es eines Tages herauskommen würde. Sie hätte sich denken können, dass wir uns das nicht gefallen lassen. Würde mich schon interessieren, was sie gemacht hätte, wenn wir sie damit konfrontiert hätten. Abstreiten? Das wäre ja wohl kaum möglich gewesen. Sich absetzen? Dazu hätte ihr bestimmt das Geld gefehlt. Sie konnte sich ja noch nicht mal einen eigenen Garten leisten. Vermutlich hätte sie es tatsächlich auf einen Prozess ankommen lassen, und das hätte Jahre gedauert. Na, die Mühe haben wir ihr ja jetzt erspart.

»Der Obduktionsbericht ist noch nicht fertig, aber ich hab schon ein paar interessante Sachen für dich.« Christiane ließ sich auf Inas Bürostuhl fallen. »Du wirst es nicht glauben: Der Magen war leer, der Darm war leer, und die Leiche war ordentlich gewaschen. Deshalb wirkten die Klamotten auch so merkwürdig; jemand anders hat sie ihr angezogen.«

»Todesursache?«, fragte Ina.

»Parathion.« Sie machte eine bedeutungsvolle Pause. »Besser bekannt als E 605.«

Ina stieß einen langgezogenen Pfiff aus. »Kein schöner Tod.«

Christiane nickte. »Es gab keine direkten Spuren von Gewaltanwendung, aber die Leiche ist nach ihrem Tod gewaschen und umgezogen worden, und weder an den Pumps noch an den Mantelknöpfen sind Fingerabdrücke. In der Speiseröhre und im Darm waren Giftreste. Vermutlich eine sehr alte Charge; E 605 kommt schon seit langer Zeit blau gefärbt in den Handel, und Farbspuren gab es keine.«

Ina überlegte einen Moment. »Das Gift ist vom Darm nicht komplett resorbiert worden?«

»Richtig«, sagte Christiane. »Die Deggenbach hatte Krebs im Endstadium. Leber und Darm sind voller Metastasen.«

»Krebs im Endstadium? Wie lange hätte sie noch gehabt?«

Christiane zuckte die Schultern. »Ein paar Wochen vielleicht. Mit etwas Glück ein paar Monate.«

»Wie schnell hat das Gift bei ihr gewirkt?«

»Genau kann ich das erst sagen, wenn die letzten Labortests fertig sind. Das Gift wirkt über die Leber. Ich gehe davon aus, dass es zu heftigem Erbrechen und Durchfall gekommen ist. Dazu kommen stark vermehrter Speichel- und Tränenfluss, Bronchialkrämpfe, Verlangsamung der Herzfrequenz und schließlich Atemstillstand. Ein qualvoller, grausamer Tod.«

Ina schüttelte sich. »Im Park kann sie also nicht gestorben sein, das steht fest.«

Als Christiane sich gleich darauf verabschiedete, griff Ina sofort zum Telefon und rief Christoph an. »Wie weit seid ihr mit der Wohnung von der Deggenbach?«

»Fast fertig, würde ich sagen. Gibt es noch etwas, worauf wir speziell achten sollten?«

»E 605 oder Spuren davon, Rückstände von Erbrochenem oder Durchfall, verschleimte Taschentücher.« Ina glaubte zu hören, wie Christoph die Nase rümpfte.

»E 605 war es also. Aber ich glaube nicht, dass wir hier welches finden. Wozu sollte die Deggenbach so was brauchen? Sie hat nicht einmal einen Balkon, geschweige denn einen Garten.«

Gut, dass die Handwerker so schnell gekommen sind. Ich glaube zwar nicht, dass die Polizei clever genug ist, an der richtigen Stelle zu suchen, aber wir wollten kein Risiko eingehen. Sonst wären zehn Jahre gemeinsame Arbeit umsonst gewesen. Die Betriebe werden sich darum reißen, unsere Rose vertreiben zu dürfen. Unsere Namen in den berühmtesten Rosenkatalogen der Welt – gefeiert von Experten, beneidet von Vereinskameraden, die uns immer für verschrobene Sonderlinge gehalten haben. Na, die werden sich wundern. Zehn Jahre Geheimniskrämerei machen sich endlich bezahlt. Wenn die Rose hält, was sie verspricht, und daran besteht kein Zweifel, werden wir in der Fachwelt unsterblich sein. Meister, Siebert und Gundorf auf dem Olymp der Rosenzüchter.

Mit einem zufriedenen Lächeln schloss Ina die Tür hinter dem Zeugen, der am Samstagmorgen sehr früh mit seinem Hund auf der Rosenhöhe unterwegs gewesen war.

»Es war eigentlich mehr Zufall, dass ich ins Rosarium gegangen bin«, hatte er gesagt. »Ich habe ein paar Leute unter der Kuppel stehen sehen. Ich bin halt neugierig.« Er hatte verlegen gelächelt.

»Und dann?«

»Da standen ein Mann und eine Frau vor einem Stuhl, und als ich näherkam, habe ich eine Frau auf dem Stuhl sitzen sehen. So, wie die da saß, dachte ich mir gleich, dass irgendetwas nicht stimmt. Jedenfalls machten die andern gerade Anstalten zu gehen, als sie mich bemerkten. Die Frau hat mich angepfiffen, ob ich nicht das Schild gelesen hätte, dass Hunde da nicht gestattet wären. Das sei

ein Rosengarten, kein Hundeklo. Ich hab gefragt, ob sie denn schon den Notarzt gerufen hätten. Da hat dann einer ein Handy aus der Tasche geholt.«

Warum sollten sich vier Mitglieder eines Vereins von Rosenliebhabern an einem Samstagmorgen im Oktober um acht im Rosarium treffen? Ina glaubte nicht, dass Meister, Siebert und Gundorf sich von der Deggenbach einfach dahin zitieren ließen, ohne zu wissen, worum es eigentlich ging. Selbst wenn, wäre es ein merkwürdiger Zufall, wenn die drei dann ausgerechnet Deggenbachs frisch gewaschene Leiche dort finden würden. Wie sollte die denn da hinkommen? Von einem geheimnisvollen Mörder im ersten Morgengrauen hierher geschleppt? Da wäre es doch schon wahrscheinlicher, dass die drei die Deggenbach auf dem Gewissen hatten und sie dort absetzen wollten, um sich dann heimlich, still und leise aus dem Staub zu machen. Wenn der Mann mit Hund zuverlässig war, hieß das, die drei wollten verduften, ohne die Polizei zu rufen. Aber was für ein Motiv sollten sie für einen Mord haben? Noch dazu für einen so grausamen?

Die Durchsuchung von Deggenbachs Wohnung hatte keinen Hinweis auf ein Motiv ergeben. Dass sie als Schriftführerin des Rosenvereins den einen oder anderen Tippfehler in den Protokollen gemacht hatte, reichte ja wohl nicht. Sie hatte kein E 605 in der Wohnung, dafür aber reichlich Morphium, mit dem sie ihrem Leben ein leichteres Ende hätte setzen können, wenn das ihre Absicht gewesen wäre. Es waren auch keine Spuren von Erbrochenem oder Durchfall gefunden worden, und es war wohl kaum anzunehmen, dass sie noch das Klo geputzt hatte. Wo also war sie umgebracht worden?

Ina konnte ja nicht einfach die Wohnungen von Meister, Siebert und Gundorf durchsuchen lassen; wenn sie dem Staatsanwalt sagte, die drei hätten die Leiche gefunden und würden sich merkwürdig benehmen, bekam der doch einen Lachanfall. Nein, wenigstens ein Motiv müsste sie ihm präsentieren. Zumindest hatte sie noch die Hoffnung, dass die Kollegen das Schließfach finden würden, zu dem die Deggenbach den Schlüssel in ihrem Nachttisch gehabt hatte.

Ina packte den Stapel Unterlagen zusammen, den Christoph aus der Wohnung des Opfers mitgebracht hatte, und machte sich damit auf den Heimweg.

Wenn nur diese verdammten Albträume nicht wären. Immer wieder diese aufgerissenen Augen, das Würgen, die Krämpfe ... so schlimm hatte ich es mir nicht vorgestellt. Und sie hat sich anfangs nicht einmal gewundert, warum es ihr schlecht ging. Ist noch nicht mal misstrauisch geworden, als ich ihr den Tee mit der zweiten Dosis gegeben und sie getröstet, ihre Hand gehalten, beruhigend gemurmelt hab ... Sie hat mir vertraut, verdammt noch mal, sie hat mir tatsächlich vertraut. Aber – Herrgott, ich hab ihr ja auch vertraut, und dann hat sie einfach unsere ganze Arbeit zunichte gemacht, unseren Traum zerstört, hat die Dokumente gestohlen und unsere Unterschriften gefälscht. Was hat sie sich nur dabei gedacht? Sie muss gewusst haben, dass wir uns das nicht gefallen lassen würden. Welchem Hobbyzüchter gelingt es denn heute noch, eine neue Rosensorte zu züchten? Noch dazu eine, die alles in sich vereint, wonach Liebhaber lechzen? Winterhart, krankheits- und schädlingsresistent, duftend, dauerblühend vom Mai bis in den Herbst ... und das alles noch in Gelb!

Wenn nur die Träume nicht wären. Ich drücke ihr die Augen zu, aber sie macht sie immer wieder auf, sie ist ganz klar im Kopf, das sehe ich, sie weiß, was mit ihr passiert, vielleicht weiß sie ja doch, was wir getan haben, was ich getan habe, was – aber waschen konnte ich sie nicht. Ich konnte nicht mal zusehen, so schlecht war mir. Bis zum Schluss hat sie mich angesehen, mit diesen großen Augen, bis ihr die Luft wegblieb.

Was, wenn die Albträume nicht aufhören?

Ina Dehler saß an ihrem Küchentisch und grübelte über einer Liste mit Namen, die sie bei den Unterlagen des Mordopfers gefunden hatte, einer Liste, auf der auch Christa Deggenbachs Name stand. Die anderen sagten ihr alle nichts; einige schienen französisch oder englisch zu sein. Sie hatte schon einen Blick ins Telefonbuch geworfen, aber auch das hatte ihr nicht weitergeholfen. »Interessierst du dich jetzt doch für Rosen?«, sagte eine Stimme hinter ihr. Ina fuhr herum. Ihre Freundin Katharina hatte sich von hinten angeschlichen.

»Musst du mich so erschrecken?«, knurrte Ina. »Und die Liste geht dich gar nichts an.«

Katharina zuckte die Schultern. »Ich dachte nur, du wärst auf den Geschmack gekommen. Sind ein paar sehr hübsche Sorten dabei.«

»Was?«

»Rosensorten. Willst du mir erzählen, du studierst eine Liste mit Rosennamen und weißt nicht, was du vor dir hast?« Katharina zeigte mit dem Finger auf die Liste. »Hier: Karl Foerster, Bengt M. Schalin, Marguerite Hilling, Birdie Blye, das sind alles Rosen.«

»Rosen?«, echote Ina. »Rosen. Ich glaube – entschuldige, ich muss los.« Sie stürmte mit der Liste zur Tür hinaus.

Auf dem Weg ins Büro rief Christoph bereits an. »Wir haben endlich das Schließfach gefunden. Es enthält jede Menge Zeug, das sehr stark nach Biologie aussieht.« Christoph hüstelte verlegen. »Na ja, ich habe es einem Schulfreund gezeigt, der Biologe ist, und der sagte, es wäre eine Dokumentation über das Züchten einer neuen Rosensorte. Sehr ausführlich. Und rate mal, wer da gezüchtet hat – Meister, Siebert und Gundorf.«

»Und die Deggenbach hat die Rose unter ihrem Namen eintragen lassen, stimmt's?«

»Fast. Als Züchter sind die drei anderen angegeben, aber die Rose heißt Christa Deggenbach.«

»Hat dein Schulfreund noch was gesagt?«

»Dass man mit einer solchen Züchtung, wenn sie erfolgreich ist, ein Stückchen Unsterblichkeit erlangt.«

Ganz ruhig bleiben. Sie können uns nichts nachweisen. Wir müssen nur alle dasselbe sagen. Ich hab schon so oft dasselbe gesagt.

Sie steht schon wieder vor der Tür. Wieso kann diese grässliche Frau nicht endlich Ruhe geben? Seit sie mir gesagt hat, dass Christa Krebs hatte, verstehe ich wenigstens, warum sie es getan hat. Aber warum lässt die Polizei uns nicht in Ruhe? Christa hätte doch sowieso nicht mehr lange gelebt. Und sie hat doch erreicht, was sie wollte, die Rose trägt ihren Namen. Den unwürdigen, phantasielosen, ordinären Namen einer unbedeutenden Frau. Sie hat uns alles weggenommen, zählt das denn gar nicht? Ich mache die Tür nicht auf. Ich stelle die Klingel ab. Ich will mit dieser Frau nicht mehr reden.

»Wir wissen, wer es gewesen ist«, erzählte Ina dem Kriminaldirektor, ihrem Vorgesetzten. »Wir können es nur noch nicht beweisen. Als wir das Motiv hatten, haben wir auch die Genehmigung für die Haussuchungen bekommen.«

»Und?«

»Bei Siebert und Meister nichts, und Gundorf hat ganz zufällig in der Woche nach dem Mord ein neues Bad bekommen. Wir haben versucht, die alte Badewanne ausfindig zu machen, aber die war schon auf der Deponie. Vielleicht haben wir dort Glück und finden sie. Die Sanitärfirma sagt, Gundorf hat kurzfristig angerufen und gedrängelt. Aber ich kann ihn ja nicht einsperren, weil er sich ein neues Bad machen lässt. Außerdem bin ich sicher, dass die beiden anderen dabei waren. Eines Tages werde ich die drei auch kriegen. Ich werde sie in Zukunft regelmäßig daran erinnern, dass Mord nicht verjährt.«

Früher oder später würde sie das schwächste Glied in der Kette finden. Sie würde immer wieder unangemeldet bei den Dreien vorbeischauen, mal zu Hause, mal im Garten, vielleicht auch auf der Arbeit. Dann war es nur noch eine Frage der Zeit, bis einer von ihnen die Nerven verlor und plauderte. Die meisten Leute stellen sich das Morden zu leicht vor, dachte Ina. Aber es verfolgt sie, lässt sie nicht mehr los. Viele werden ihr Leben lang von Albträumen verfolgt und sind erleichtert, wenn die Polizei sie fasst und sie sich endlich alles von der Seele reden können.

Wie hieß die Inschrift in dem Armband doch noch, das sie von ihrer Großmutter geerbt hatte?

»Geduld bringt Rosen.«

Begleitpflanzen der Rosen

Im größten deutschen Rosarium Sangerhausen (Sachsen-Anhalt, gegründet 1903, über 60 000 Rosen in mehr als 6000 Sorten) hätten die drei Schwerenöter ihre Leiche fast unauffindbar verstecken und Hauptkommissarin Ina Dehler arbeitslos machen können, vor allem wegen der Unzahl von Begleitpflanzen der Rosen, seien es höhere Bäume, stattliche Sträucher, üppige Stauden oder die Mikrowelt der Bodendecker.
Rosen mögen keine Monokultur. Sie fühlen sich dort nicht wohl und langweilen sich, die Gartenliebhaber ebenfalls. Rosen brauchen Kontrastpflanzen, von denen sie sich umso strahlender abheben können. Bodendecker schützen zudem vor dem Austrocknen des Pflanzplatzes und wehren Sternrußtaupilze ab, die im Boden überwintern möchten.

Gute Nachbarn von Polyantha- und Strauchrose sind Rittersporn, Eisenhut, hohe Glockenblumen, Lupinen, Katzenminze, Lavendel, immergrüne Zwergkoniferen wie Fichten, Tannen, Thuja, Wacholder.

Zu Kletterrosen lassen sich Geißblatt und Clematis gesellen.

Als Bodendecker eignen sich unter anderem: Edelraute, Thymian, Fetthenne, niedrige Glockenblumen, Ehrenpreis, Steinsame.

Ein eigenes Fleckchen Grün

PAULA J. MATTER

»Widerliches kleines Biest. Wenn ich dich jemals in die Finger kriege, dann …« Der alte Mann beugte sich hinab und schaufelte den stinkenden Hundehaufen in seinem Vorgarten in eine Tüte. Er steckte so viel Arbeit in den Rasen, hielt ihn kurz, entfernte das Unkraut, schnitt die Ränder sorgfältig. Das Letzte, was er brauchen konnte, war Hundescheiße. Verdammter Köter.

Er warf einen grimmigen Blick die Straße entlang. Nichts. Niemand. Wahrscheinlich versteckten sie sich alle hinter ihren Gardinen und Jalousien und beobachteten ihn. Ganz bestimmt taten sie das. Die führten doch alle was im Schilde. Wenn sie nicht gerade ihre Hunde in seinen Garten scheißen ließen, dann machten ihre Gören da draußen die ganze Nacht Krawall.

Dies war mal eine richtig gute Nachbarschaft gewesen. Zum Teufel, er war doch einer der ersten, der zur Stadtverwaltung gerannt war und die Grünanlage hier in der Straße beantragt hatte. Pocket Parks nannten sie das. Ein kleines Fleckchen Grün, das die Nachbarn gemeinsam sauber und ordentlich hielten.

Die meisten seiner ursprünglichen Nachbarn waren nicht mehr da. Entweder sie waren tot, oder verbrachten ihren Lebensabend in Florida. Dieses Florida konnte ihm gestohlen bleiben! Er müsste doch verkalkt sein, wenn er seine letzten Tage damit verbringen würde, dort in der Sonne zu verschmoren oder sich mit Kakerlaken herumzuschlagen, die so groß waren wie Mäuse.

Nein, die letzten siebenundvierzig Jahre war er hier schon ganz glücklich gewesen, obwohl er sich mit Nachbarn herumärgern musste. Er hatte viele dieser neuen Leute kommen und gehen sehen. Yuppies nannte man sie. Das verwirrte ihn; er konnte sich einfach nicht merken, was das Wort bedeutete, aber bestimmt war es irgendein Unsinn aus den Neunzigern. Ach nein, die Neunziger waren ja auch schon vorbei. Sapperlot, da hatte er es doch glatt in ein zweites Jahrhundert geschafft. Diese Runde ging definitiv an ihn.

Er schlurfte zur Garage hinüber, öffnete die Mülltonne und warf die Tüte hinein. Mühsam schleppte er sich dann auf die Veranda. Er steckte die Plastikhundescheißeschaufel in den Eimer, der dort stand. Der sollte auch mal wieder mit frischem Wasser gefüllt werden. Später. Jetzt musste er sich erst einmal setzen. Der alte Mann ließ seinen müden, ausgemergelten Körper in einen der Schaukelstühle sinken. Nach ein paar Versuchen brachte er den Stuhl zum Schaukeln. Aus alter Gewohnheit legte er seine dürre Hand auf die Armlehne des anderen Stuhles und brachte auch ihn zum Schaukeln.

Verdammt, er hätte das alte Ding wegschaffen sollen, ja, das hätte er tun sollen, jetzt, wo seine Frau nicht mehr da war. Hatte doch keinen Sinn, zwei Stühle rumstehen zu haben, wenn einer nicht mehr gebraucht wurde. Ach, Gott, wie sehr er sie vermisste; besonders beim Essen und Aufräumen. Jetzt, wo er alles allein machen musste, ging die ganze verdammte Nachbarschaft vor die Hunde. Er hatte einfach nicht mehr die Zeit, ständig mit der Schaufel unterwegs zu sein und sauberzumachen. Scheißköter, verfluchter.

Ach, was soll's, er wusste ja, dass die Hunde nicht Schuld waren. Es waren ihre Besitzer. Die Leute kümmerten sich nicht so umeinander, wie sie es früher getan hatten, und sie hatten keinen Respekt mehr vor fremdem Eigentum. War heutzutage alles anders. Wo man hinsah, Verbrechen. Kinder erschossen andere Kinder, all der Terror auf den Straßen. Leute, die sich gegenseitig wegen jedem Mist verklagten. Nein, heutzutage lag keinem was am anderen. Die Menschen hatten keine Achtung voreinander. Sie traten nicht mehr füreinander ein, so wie damals, in der guten alten Zeit.

Er brauchte jetzt jemanden, der ihm bei seinem Plan half, jemand, auf den er sich verlassen konnte, dem er trauen konnte. Jemand, der ihn mit seinem Pocket Park in Frieden lassen würde. Mit seinem kleinen Fleckchen Grün.

Die Frau stand hinter dem Chintzvorhang an ihrem Wohnzimmerfenster. Der alte Cooper saß wieder auf seiner Veranda und ruhte sich nach seinem Morgenspaziergang durch die Nachbarschaft aus. Das mit Coopers Frau war wirklich traurig. Sie war eine gute Frau gewesen. Warum musste sie nur so krank werden und so furchtbar dahinsiechen? Danach war Jack Cooper nicht mehr wiederzuerkennen. Verbittert, fast schon bösartig. Ach, sie konnte sich gut an die schöne Zeit erinnern, als sie noch zu viert gewesen waren. Grillabende hinterm Haus, jeden Mittwochabend Kartenspielen, und einmal im Monat waren sie ausgegangen. Das waren noch Zeiten gewesen! Dann war ihr Henry gestorben. Sie hatten sich immer noch getroffen, aber es war nicht mehr dasselbe. Und nach dem, was Jack seiner armen Lizzie angetan hatte, war sowieso alles anders. Mit Sicherheit. Sie würde ihn auf jeden Fall im Auge behalten.

Jack Cooper hätte schwören können, dass er beobachtet wurde. Seine Augen waren vielleicht nicht mehr das, was sie einmal gewesen waren, aber heiliger Strohsack, er wusste genau, wenn ihn jemand beobachtete. Kein Zweifel. Hatte sich da nicht gerade Bessie Mills' Gardine bewegt? Versteckte sich hinter der Gardine und beobachtete ihn, wie sie es immer gemacht hatte. Damals, in der guten alten Zeit, hatten sie sie immer damit aufgezogen. Dass sie immer als Erste alles über die neuen Nachbarn wusste, wer sie waren, wo sie herkamen, welchen Beruf der Mann hatte, welcher Kirche sie angehörten. Du lieber Himmel, und das alles bekam sie raus, indem sie am Fenster stand und durch den Vorhang spähte. Beim Gedanken daran musste er grinsen. Aber das Grinsen verging ihm gleich wieder, als er sich fragte, ob sie ihn vielleicht letzten Monat beobachtet hatte. Das würde erklären, warum sie nicht mehr zu ihm rüber kam. Ja, ganz bestimmt war es so; er könnte wetten, dass sie ihn in dieser Nacht gesehen hatte.

Grinsender alter Narr. Halt, stopp; jetzt hielt er den Schaukelstuhl an und sah zu ihr herüber. Sie konnte jetzt nicht vom Fenster weggehen, sonst würde sie sich bestimmt verraten. Nein, besser, sie blieb ganz still stehen und wartete, bis er wieder woanders hinsah. Wahrscheinlich sollte sie zu ihm rübergehen und so tun, als wüsste sie nicht, was er getan hatte. Seit Wochen war sie nicht mehr drüben gewesen, nicht mehr seit dem Tag, an dem Lizzie weggefahren war, um ihre Schwester zu besuchen. Schwester, von wegen! Eine Schwester hatte Lizzie Cooper nie gehabt und würde auch keine mehr kriegen. Wie um alles in der Welt konnte er sich bloß einbilden, dass er damit durchkommen würde? Aber er würde damit durchkommen, jedenfalls so lange, wie Bessie den Mund hielt. Sie würde ihn erst mal weiter beobachten. Sie konnte immer noch nicht glauben, was sie in dieser Nacht gesehen hatte. Und sie würde es auch nicht glauben, wenn sie nicht am nächsten Morgen hingegangen wäre, die Straße runter bis zum Pocket Park, und sich mit eigenen Augen davon überzeugt hätte. Trotzdem fiel es ihr immer noch schwer.

Jack fragte sich, ob Bessie ihm wohl Glauben schenken würde, wenn er ihr die Wahrheit sagte. Großer Gott, er konnte ja selbst kaum fassen, was er getan hatte. Arme alte Frau. Er konnte sie einfach nicht mehr leiden sehen. Tagein, tagaus, Nacht um Nacht, immer diese Schmerzen, egal was sie ihr zur Linderung gaben. Nein, sie war besser dran, dort, wo sie jetzt war. Schließlich war es ihre Idee gewesen. Wenn es nach ihm gegangen wäre, würde sie oben auf dem Hügel liegen, bei den anderen Coopers, und hätte einen schönen Grabstein. So musste es eben der schöne rosa Rosenstrauch tun, den er extra für sie gepflanzt hatte. Lieber Gott, er hoffte so sehr, dass sie jetzt glücklich war. Ohne Schmerzen.

Bessies Finger verkrampften sich. Wie lange wollte Jack denn noch zu ihr herüberstarren? Sie konnte ihre Finger nicht mehr lange stillhalten, aber sie war wild entschlossen, sich nicht vom Fenster wegzurühren. Grundgütiger! Sie konnte doch hier nicht den ganzen Tag stehenbleiben und darauf warten, dass er mal woanders hinsah. Wahrscheinlich war es an der Zeit, rüberzugehen und mit dem alten

Narren zu sprechen. Ihre steifen Finger ließen die Gardine los, und sie trat vom Fenster zurück.

Was zum Teufel hatte sie jetzt vor? Jack beobachtete weiter Bessies Haus und sah, dass sich ihre Haustür öffnete. Heiliges Kanonenrohr! Die Alte kam herüber. Er richtete sich in seinem Schaukelstuhl auf.

So, so. Er hatte sie also gesehen und wartete jetzt auf sie. Das war die Gelegenheit, die Sache endlich zur Sprache zu bringen. Fest entschlossen überquerte sie die Straße und baute sich an der Treppe zu seiner Veranda auf.

»Morgen, Jack. Hast du einen Moment Zeit für mich?«

»Morgen, Bessie. Ich könnte dich vermutlich sowieso nicht aufhalten. Komm, setz dich.«

Minutenlang saßen sie schweigend nebeneinander, bis Bessie es schließlich nicht mehr aushielt.

»Jack Cooper, ich weiß Bescheid.«

»Ja, so was dachte ich mir schon.«

Wieder Stille, diesmal noch länger.

»Warum hast du das getan, Jack?«

»Ich konnte das Leid nicht mehr ertragen.«

»Wir haben kein Recht, solche Entscheidungen zu treffen. Ich nicht, und du auch nicht.«

»Hab ich auch nicht.«

»Willst du mir etwa weismachen, dass Lizzie sich umgebracht hat? Oh nein, das kann ich nicht glauben, Jack Cooper.«

»Das brauchst du auch nicht. War nicht deine und nicht meine Entscheidung. Was geschehen ist, ist geschehen. Ich hab getan, was Lizzie wollte, nicht mehr und nicht weniger.«

»Und wie?«

»Gift in ihrer Limonade.«

Bessie konnte von ihrem Platz aus die Straße hinunter blicken, direkt auf den rosa Rosenstrauch. Er kümmerte sich in letzter Zeit wirklich wieder sehr um diesen Park, und jetzt wusste sie auch, warum. Rosa Rosen waren Lizzies Lieblingsblumen gewesen, und jetzt hatte sie für immer welche um sich.

»Ich verstehe dich, Jack.«

»Das hatte ich gehofft.«

Jetzt erst wandte sie sich ihm zu und bemerkte die schmutzigen Knie seiner Hose, die getrocknete Erde an seinen Arbeitsstiefeln.

»Was hat das zu bedeuten?«

»Weißt du noch, Bessie, wie das war, vor vielen Jahren, als wir den Pocket Park angelegt haben? Wie wir vier Blumen gepflanzt und Unkraut gejätet haben, Löcher gegraben und Senken aufgefüllt?«

»Ja, Jack, das weiß ich noch.«

»Glaubst du, du kannst noch mit einer Schaufel umgehen?«

Die Worte blieben ihr im Hals stecken, und sie nickte nur.

»Komm, Bessie, lass uns ein paar Schritte gehen.«

Sie folgte ihm die Verandastufen hinunter, die Straße entlang bis zu dem kleinen Park, ihrem gemeinsamen kleinen Park.

Es war, als könne er ihre Gedanken lesen. »Ich will, dass es so ist wie früher«, sagte er. »Wie in der guten alten Zeit. Mein eigenes Fleckchen Grün. Lizzie hat ihre Rosen, und ich möchte ein kleines Fleckchen Grün.«

Er musste schon die ganze Zeit vor Sonnenaufgang daran gearbeitet haben. Das Loch war sieben Fuß tief, vier Fuß breit und sechs Fuß lang. Gerade groß genug für einen verbrauchten, traurigen, müden alten Mann. An dem schmiedeeisernen Gitter lehnte eine Schaufel, und daneben lag ein Stück Rasen, fein säuberlich aufgerollt.

»Ich glaube, heute Abend wäre gut, Bessie.«

»Heute Abend?«

»Wenn es dunkel wird. Ich warte hier auf dich. Aber jetzt lass uns zurückgehen.«

Als sie die Veranda erreichten, ging sie nicht mit ihm hinauf. Sie blieb unten an der Treppe stehen und sah zu, wie er zu seinem Schaukelstuhl schlurfte. Sie sah, wie er Lizzies Stuhl zum Schaukeln brachte, und Tränen traten ihr in die Augen.

Er prostete ihr mit dem Glas Limonade zu. »Auf dein Wohl. Und danke.«

»Mach's gut, Jack. Gott segne dich.«

»Das hoffe ich, Bessie, das hoffe ich sehr.«

Strauchrosen

Jack Cooper pflanzte eine rosa Strauchrose für Lizzy, also keine Edelrose, die nur 60–90 cm hoch wird, auch keine Polyantha, deren Triebe nur selten länger werden, sondern eine von den stattlichen Strauchrosen von 1,50–2,00 m Höhe, die einen ansehnlichen Umfang erreichen und eine imponierende Fernwirkung entwickeln. Hier stellen wir Ihnen drei miteinander verwandte Strauchrosen von 2,50–3,00 m Höhe vor, die in Deutschland weitgehend unbekannt sind, aber zu den Gartenjuwelen der Kenner gehören.

Rosa moyesii
Sie wurde 1894 aus China eingeführt und ist eine der schönsten Wildrosen. Sie blüht intensiv rot, die Staubfäden sind hell, die Hagebutten flaschenförmig.

Nevada
Die Sorte ist 1927 in Spanien durch Kreuzung von Rosa moyesii und La Giralda entstanden; der Züchter war Pedro Dot. Die weithin leuchtenden cremeweißen schalenförmigen Blüten treten im Juni in großer Fülle auf.

Maguerite Hilling
1959 mutierte Nevada im Garten des Rosenzüchters Hilling in England. Diese neue Rose nannte er nach seiner Tochter. Die zahlreichen karminrosa Blüten haben eine helle Mitte.

In der Hitze des Nachmittags

H. P. KARR

Bendix lehnte am Drehkreuz des Parkeinganges, und als Koehler kam, schob er sich gerade einen grünen Drops aus einer bunten Blechschachtel in den Mund. Ein Windhauch kämpfte gegen den schwülen Abenddunst. Koehler klebte das Hemd am Körper, und er fragte sich, wieso Bendix nicht schwitzte. »Komm«, sagte Bendix und verstaute die Blechschachtel in der Brusttasche seines Hemdes. »Ich habe schon Karten gekauft.«

Koehler trabte hinter ihm durch den Eingang und gab sich der Illusion hin, dass die Luft im Park etwas frischer sei. Schnaken tanzten unter den Bäumen, eine Hummel surrte gefährlich nah an Koehlers Ohr vorbei. Ein paar Rentner schlurften über den Kies, auf einer Bank ging ein grüngelbes Punker-Pärchen in den Clinch. Bendix zog seine angeknitterte Designerjacke aus und hängte sie sich über den Arm. Sein Hemd strahlte frischgewaschen, und natürlich stand wie immer der oberste Kragenknopf offen. Koehler fingerte seine Sonnenbrille heraus. Im gedämpften Braun sah die Gegend schon etwas erträglicher aus. Nach den ersten Schritten sackte Koehlers Kreislauf durch, und er fragte sich, welche Art von Masochismus ihn überhaupt hierher getrieben hatte. Neben ihm sagte Bendix: »Hab ich dir schon mal erzählt, dass hier meine Karriere beinahe zu Ende gewesen wäre, ehe sie überhaupt angefangen hatte?«

Koehler knöpfte sich das Hemd auf. »Ich kenne deine alten Geschichten!«, sagte er, obwohl er wusste, dass Bendix immer seine

Zeit brauchte. Aber Zeit war im Moment das einzige, was Koehler nicht hatte. Sollte Bendix eine Geschichte für ihn haben, dann brauchte er sie sofort, damit er nachher noch mit Schober in der Redaktion in Hamburg einen Deal für einen halbwegs ordentlichen Job klar machen konnte. »Bring mir erst mal eine ordentliche Story!«, hatte Schober am Morgen gefaxt. »Und zwar pronto – dann sehen wir, ob du der richtige Mann für uns bist, Koehler.«

»Ungeduldig?«, lächelte Bendix süffisant und bleckte sein perfektes Gebiss. In der Branche wurde kolportiert, dass er mindestens die Hälfte seiner Honorare in Jacketkronen investiert hatte. Das Bild seines Pferdegrinsens mit der tadellosen Oberreihe war zum Markenzeichen für seine Bücher und Reportagen geworden.

Koehler folgte ihm durch die Hitzeschwaden in Richtung Grugaturm. Kinder mit Wassermaschinenpistolen jagten vorbei, Koehler platschte ein Wasserstrahl auf die Brust, aber er brachte nicht einmal die Energie auf, den Rotzlöffeln deswegen die Ohren lang zu ziehen. Über die Büsche wehte vom Musikpavillon das *Capriccio italien* im Arrangement für »kleine Schlagerkombo« herüber.

Bendix hustete. »Wir haben da ein paar gute Geschichten zusammen gemacht, als du beim Fernsehen warst …« Er klammerte sich mit seiner gichtknotigen Hand an Koehlers Arm, bis sein Atem wieder ruhig ging. Auf einmal stand doch Schweiß auf seiner Stirn.

»Alles klar?«, fragte Koehler und betete, dass Bendix ihn nicht nur herbestellt hatte, weil er ein Schwätzchen über die guten alten Zeiten halten wollte.

Bendix kickte einen Kieselstein vom Weg. »Aber jetzt bist du nicht mehr beim Fernsehen, habe ich gehört?«

Koehler hatte keine Ahnung, wie viel Bendix gehört hatte, und begnügte sich mit einem Achselzucken. Bendix bleckte die Zähne. »Wie heißt das auf deinem Anrufbeantworter? ›Koehlers neue Features‹?«

»News and Features«, sagte Koehler automatisch. »Ein bisschen Geisterschreiberei, ein bisschen in schmutzigen Geschichten rumfummeln für Redaktionen, die sich nicht selber die Finger dreckig machen wollen.«

»Sehr gut!«

»Könnte besser sein.« Er sah auf die Uhr. Halb sechs. Notfalls konnte er Schober noch auf dem Handy anrufen. »Hör zu, wenn du eine gute Story hast, dann solltest du langsam damit rüberkommen. Ich habe –«

»Die beim Fernsehen haben dich verarscht, nicht wahr?«

Koehler nahm sich zusammen, um Bendix nicht in das Pferdegrinsen zu schlagen. Natürlich wusste der Alte alles. Bendix wusste immer alles. Bendix sagte: »Sie haben dich gefeuert, weil dir dieser Typ gefälschte Geschichten verkauft hat, richtig?« Er grinste Koehler freundlich an. »Ich hab kein Problem damit, Koehler. Ich weiß, dass du die Sachen nicht selber gefingert hast. Die vom Sender haben einfach gemeint, dass der Fisch vom Kopf her gestunken hat. Deshalb bist du geflogen!«

Als Koehler noch Redaktionsleiter bei dem Fernsehmagazin gewesen war, hatte Bendix ihm ein paar richtig große Fische an die Angel gehängt. Zum Beispiel den Kölner Anlagebetrüger, den Bendix in Bukarest aufgestöbert hatte, während die BKA-Zielfahnder ihn immer noch auf den Bahamas suchten. Die Sendung hatte eine Traumquote gehabt, und wie immer, wenn Bendix eine Story hatte, klickten auch damals die Handschellen, und ein paar Zeitgenossen, die sich die Taschen mit dem Geld anderer Leute voll gestopft hatten, wohnten seitdem in Einzelzellen.

»Bendix ...« Koehler kletterte hinter Bendix die Terrassen der Dahlien-Arena hinunter, und der süßliche Blütenduft nahm ihm fast den Atem.

»Hier hab ich gestanden«, sagte Bendix. »Vor fünfundzwanzig Jahren war das. Ich war gerade Gerichtsreporter für den Lokalteil und hatte der Staatsanwaltschaft wegen der Pannen ans Bein gepisst, die sie sich bei den Ermittlungen gegen diesen korrupten Bauamtsleiter geleistet hatte. Ich hab gedacht, dass ich für die Story mindestens den Wächter-Preis krieg, aber dann war's doch nur ein Arschtritt von diesem Sesselfurzer von Chefredakteur, weil der nicht genug Rückgrat hatte, sich vor mich zu stellen. Köpfe mussten rollen.«

Bienen summten zwischen den Dahlien und dann plötzlich an

Bendix und Koehler vorbei, als der Wind übers Blütenfeld fuhr. In der Ferne grummelte ein Donner. Von Westen zog sich der Himmel zu. Koehler klebte das Hemd auf der Haut, und auch Bendix stand der Schweiß jetzt so richtig auf der Stirn. Aber das lag sicher nur an der Hitze, denn um vor Aufregung zu schwitzen, dazu war Bendix viel zu cool. Koehler wusste das, seitdem Bendix damals in einer Live-Sendung knochentrocken den BKA-Abteilungsleiter demontiert hatte.

Bendix sah sich um. Sein Blick blieb am Grugaturm hängen. »Den wollen sie abreißen, habe ich gehört.«

»Nun komm schon!«, sagte Koehler. »Du hast doch was. Oder du willst was. Also quatsch hier nicht über Bauruinen.«

Bendix zwinkerte ihn vergnügt an, hängte sich seine Jacke um die Schultern und schaute an dem schlank-verglasten Bauhaus-Gebäude empor. »Der Turm stammt von 1929«, sagte er. »Das war ein Radioturm, mit Lautsprechern – damit die Leute im Park die Sendungen hören konnten!«

Eine grauschwarze Wolkenbank schien an der stilisierten Neontulpe oben auf dem Turm zu kleben. Koehler seufzte. »Bendix!«

»Okay, okay!«, sagte Bendix. »Damals hat mich so ein Kerl angerufen und hier in die Gruga bestellt, weil er über diese Korruptionsgeschichte reden wollte.« Sein Atem rasselte, und er hängte sich im Weitergehen bei Koehler ein. »Wir waren drüben im Aquarium verabredet. Der Kerl war ein ganz normaler Typ, in meinem Alter. Sagt mir, dass er das gut gefunden hat, was ich geschrieben habe. Dass dieser korrupte Baumensch niemals freigesprochen worden wäre, wenn die Staatsanwaltschaft nicht so einen Mist gebaut hätte. Sagt, dass ich mit ihm einen Deal machen kann.«

Aus dem Natursteinportal des Aquariums drängten Touristen in kurzen Hosen und bunten Hemden auf den hitzeheißen Granit des Vorplatzes. Ein Liebespärchen fühlte sich gestört und verzog sich in Richtung Rosengarten. Bendix grinste Koehler müde an.

»Also was?«, fragte Koehler. »Brauchst du was oder hast du was? Soll ich dir deine Memoiren schreiben, oder kommen wir wieder mal zusammen groß raus?«

»Ich besorg dir einen Deal«, sagte Bendix.

»Okay!«, sagte Koehler und schrieb seinen Termin ab. Bendix hatte sich doch noch nie mit Deals und solchem Blödsinn abgegeben. Trotzdem kramte er ein Lächeln heraus. »Ich höre.«

»Der Typ damals«, sagte Bendix, als hätte er Koehler gar nicht gehört, »der Typ sagt also, dass er irgendwo in der Politik ist, ziemlich weit oben. Er und seine Gruppe, sagt er, wären der Meinung, dass man Typen wie den Bauamtsleiter, solche Ganoven, nicht so einfach davonkommen lassen sollte.«

»Komm«, sagte Koehler. »Ein Typ, eine Gruppe, ein Deal – was soll das werden? Irgendeine Fernsehserie?«

Bendix hob die Hand, um Koehler zum Schweigen zu bringen. »Hab ich auch gedacht. Irgendein Spinner, hab ich gedacht, und ich hab ihm das auch gesagt. Dass es nett war, mit ihm geredet zu haben, und tschüss.« Bendix seufzte. »Das war der Moment, an dem meine Karriere beinahe zu Ende gewesen wäre, noch ehe sie überhaupt angefangen hatte.«

Bendix peilte in die verschiedenen Richtungen, in die man vom Aquarium aus gehen konnte, und entschied sich für das Rhododendrontal. Koehler lief neben ihm in die muffige Niederung, in der sich die Hitze zwischen den Büschen staute. Der Schweiß lief ihm hinter die Sonnenbrille, und er nahm sie ab, weil es hier unten sowieso zu dunkel war. Bendix wich einer Ameisenstraße auf dem Weg aus. Koehler, dem es egal war, ob er irgendeine hoch entwickelte Insektenkultur traumatisierte, latschte quer durch das Getümmel und meinte: »Dieser Bauamtsleiter – ist der nicht später abgetaucht?«

»Abgetaucht!« Bendix schien sich das Wort auf der Zunge zergehen zu lassen. »Ja, der ist ein halbes Jahr nach dem Prozess abgetaucht. Südamerika, hieß es. Aber das stimmt nicht.« Der Rhododendron blieb zurück, der hübsch eingefasste Weg stieg an, bis sie schließlich wieder den Grugaturm im Blick hatten. »Ich habe ihn umgebracht«, sagte Bendix. »Da, beim Turm.«

Koehler brauchte eine Weile, bis er begriff, dass Bendix keinen Sonnenstich hatte, sondern es ernst meinte. Was für eine Story!, schoss es ihm durch den Kopf.

»Er liegt da am Fundament, im Beton«, sagte Bendix. »Im Frühjahr blühen rundum Narzissen, später im Jahr dann Tulpen. Sieht immer sehr schön aus. Ich hab ihn zwei Meter tief gelegt, in den Graben, den sie damals rund um den Turm ausgehoben hatten, um das Fundament zu verstärken.«

Auf der Wiese neben dem Turm ließen Kinder ihre Frisbees fliegen. Unter den Bäumen schwitzten die Eltern bei Dosenbier und Cola aus der Kühltasche. Ein bleigraues Wolkengebirge verdüsterte den halben Himmel, die Schnaken tanzten enger, aber Koehler spürte die drückende Hitze auf einmal gar nicht mehr. »Aber ...«, Koehler musste sich räuspern, »... wieso?«

»Wieso ich ihn umgebracht habe?« Bendix fingerte ein blütenweißes Taschentuch heraus und tupfte sich die Stirn ab. »Weil ich ein Idiot war. Der Typ vom Aquarium – ich hatte mich auf seinen Deal eingelassen. Er hat gesagt, er und seine Gruppe könnten mir Material liefern, mit dem man den Bauamtsmenschen doch noch drankriegen könnte. Ich hab ihm das natürlich wieder nicht geglaubt, aber dann hat er mir eine Akte gegeben.« Er faltete das Taschentuch ordentlich zusammen, verstaute es wieder in der Hosentasche und fuhr fort: »In der Akte war wirklich alles drin. Fakten. Wie viel Kohle der Kerl von wem und für welchen Bauantrag gekriegt hatte. Viel mehr als die Sache, wegen der sie ihn angeklagt hatten. Kopien von Bankbelegen. Sein Konto in der Schweiz – alles.«

Koehler tauchte fünfundzwanzig Jahre in die Vergangenheit zurück. Er hatte damals die Gerichtsberichte geschrieben, für die vorher Bendix zuständig gewesen war, und er hatte natürlich gewusst, warum man Bendix gefeuert hatte. Koehler sagte: »Du hast doch die Geschichte dann gemacht. Ich war doch damals –«

»Mein Nachfolger als Fußabtreter vom Lokalchef, ich weiß«, sagte Bendix. »Ich sollte also eine Geschichte draus machen, hat der Typ gemeint, der mir die Akte gegeben hatte. Eine große Geschichte, für eins der Magazine in Hamburg. Und es war wirklich eine große Geschichte. Aber was mache ich Idiot? Ich vermassel es fast wieder.«

Vor ihnen tuckerte der Kleinzug der Grugabahn mit einer Ladung knipsender Japaner in den offenen Wagen über den Weg. Bendix war stehen geblieben und hob lächelnd die Hand, als die Fotoapparate klickten. Erst als die Bahn vorbei war, meinte er: »Ich habe die Geschichte geschrieben, alles aus den Unterlagen gegengecheckt, und es war wirklich wasserdicht. Aber ich dachte trotzdem, dass noch etwas fehlt zur richtig perfekten Geschichte. Die Geschichte war gut, verstehst du, sehr, sehr gut, aber sie war halt nicht perfekt, habe ich mir eingeredet, solange ich nicht das Geständnis dieses Bauamtsmenschen hatte. Also hab ich den Bauamtsmenschen angerufen und mich mit ihm verabredet. Ich wollte seine Reaktion. Sein Geständnis. Den Angstschweiß auf seiner Stirn, verstehst du? Hier am Grugaturm haben wir uns getroffen. Abends, halb neun. Das war seine Idee, weil er sich wohl schon gedacht hat, dass er sich besser nicht mit mir in seinem Büro sehen lässt. Da steht er also, liest meine Geschichte, und ich warte drauf, dass ich jetzt alles von ihm kriege ... aber dann, dann rastet er auf einmal so was von aus ...« Bendix nahm noch einen von seinen grünen Drops aus seiner Blechschachtel. Er straffte sich und sah Koehler an. »Wenn ich jetzt sage, dass es Notwehr war ...«

Koehler hatte keine Lust, über Notwehr zu philosophieren. »Du hast ihn also umgebracht?«

»Er hatte mich am Boden«, sagte Bendix. »Ich kriegte einen Spaten von den Bauarbeitern zu fassen, die da am Fundament zugange waren. Ich zieh ihm das Ding über den Kopf, er zuckt noch mal und dann ist er ruhig. Da war ich also – mit meiner großen Story und einem toten Arschloch. Klar, ich hätte die Polizei holen können. Ich wäre vielleicht sogar mit Notwehr durchgekommen. Und wenn nicht, hätte ich im Knast Romane schreiben können – aber das war nicht das, was ich wollte. Das verstehst du doch, oder?«

Koehler schüttelte langsam den Kopf. Natürlich verstand er Bendix. Die perfekte Story. Jeder wollte sie. Und jedem hätte das Gleiche passieren können wie Bendix. Koehler sagte vorsichtig: »Also hast du die Leiche vergraben.«

Bendix schob sich seinen Drops in die Backentasche. »Hätte ich auch nicht gedacht, dass ich noch mal was davon haben würde, dass ich früher mal auf dem Bau gejobbt hab. Rein in die Grube am

Fundament und Beton drauf. Die Maschine stand direkt daneben. Der Typ war also weg, und ich hab noch ein bisschen was arrangiert, dass es so ausgesehen hat, als hätte er die Fliege gemacht. Hat ganz gut geklappt, weil das Magazin in Hamburg dann meine Geschichte gedruckt hat, und alle glaubten, dem Typen sei der Arsch auf Grundeis gegangen.«

Bendix verließ den Weg zum Turm, und Koehler folgte ihm über die Wiese, vorbei an einer mannshohen Steinskulptur, auf der halb nackte Kinder herumkletterten. Schließlich kamen sie wieder zur Dahlien-Arena; der Himmel war inzwischen fast steingrau, und die Blüten schienen sich unter seinem Gewicht zu ducken. Die Sonne hing verschleiert vom Dunst schon fast hinterm Horizont, und mit der Dämmerung würde vielleicht auch endlich der Regen kommen.

Bendix ließ sich ächzend auf der warmen Natursteinstufe neben der Treppe nieder, die hinunter in die Arena führte. Koehler setzte sich zu ihm. »Also?«, fragte er. »Ist das die Story? Du hast also den Kerl damals umgebracht ...«

Bendix schaute schweigend über die Blüten und lutschte an seinem Drops. Schließlich sagte er: »Du bist der Erste, dem ich davon erzähle! Wem hätte ich sie auch erzählen können? Auf keinen Fall dem Typen, der mich mit den Informationen aus dem Apparat versorgt hat. Illegale Infos ja, das hat er mir gleich zu Anfang gesagt, aber Selbstjustiz: nein. Niemals. Und er war wirklich eine brillante Quelle. Wir haben uns immer wieder getroffen. Das meiste, was in meinen Reportagen steht, in meinen Büchern, kommt von ihm. Oder der Gruppe, wenn er die nicht bloß erfunden hat.«

Koehler kniff die Augen zusammen. »Und wie nennst du ihn?«, wollte er wissen. »Den Rächer? Den Hexer? Deep Throat?«

Bendix lächelte müde. »Du wirst ihn gleich kennen lernen. Ich hab genug von dem Job. Ich schmeiß die Brocken hin. Also hab ich ihm gesagt, dass du in Ordnung bist. Erst hat er ein bisschen gezögert, aber dann hat er sich wohl umgehört und jetzt meint er schon, dass er dir trauen könnte. In Zukunft wird er dir die Infos geben, die er hat. Über die Leute, die davongekommen sind, und wie man sie trotzdem drankriegen kann. Mach das Beste draus, Koehler. Schreib die Geschichten selber oder verkauf sie an die, die was daraus machen können. Leute wie Schober zum Beispiel, der ist doch im Moment ganz scharf auf heiße Geschichten.«

Koehler blinzelte einen Schweißtropfen weg. »Wie kommst du ausgerechnet auf Schober?«

Bendix zuckte gelassen mit den Schultern. »Nur so.«

»Wenn ...«, sagte Koehler langsam, »... wenn einer so eine Quelle hat, dann gibt er sie nicht so einfach ab. Warum gehst du nicht selber zu Schober?«

Bendix fingerte wieder seine Blechschachtel aus seinem Hemd und nahm einen grünen Drops heraus. »Schmerzmittel«, sagte er. »Auf Morphiumbasis. So viel, wie sie mir davon verschreiben – am Bahnhof, bei den Junkies, könnte ich ein Vermögen damit machen.« Er schob sich den Drops in den Mund und schluckte. »Ich dachte, es wäre hübsch, wenn ich noch einmal hierher komme, wo meine Karriere angefangen hat. Damals haben auch die Dahlien geblüht, im Musikpavillon haben sie den gleichen Schrott wie heute gespielt, und die Liebespärchen sind wahrscheinlich die Kinder von Pärchen, die damals hier rumgemacht haben.«

Koehler sah Bendix an. Dessen Haut schien fast durchsichtig, die Augen schimmerten. Er griff nach Bendix' Hand und drückte sie. Der grinste müde. »Schöne Geschichte, was?«

»Komm jetzt!« Koehlers Stimme kratzte. »Die hast du dir ausgedacht, ja?«

»Ich hab auch gelesen, dass sie den Turm abreißen wollen«, sagte Bendix. »Aber da sammeln im Moment auch ein paar Leute für eine Restaurierung. Denen vermache ich mein Vermögen. Ich hab mir die Pläne angesehen – am Fundament und rundherum muss nichts gemacht werden, das ist noch alles in Ordnung.« Sein Atem ging schwerer. »Ich hab auch noch verfügt, dass sie von dem Geld immer Narzissen und Tulpen rund um den Turm pflanzen sollen. Das wird bestimmt ...« Er bewegte die Lippen, aber er sprach nicht mehr. Dann bewegte er auch die Lippen nicht mehr. Er lehnte sich an Koehler, und Koehlers Herz pochte. Nach einer Weile strich er Bendix die dünne Haarsträhne aus der Stirn. Schließlich stand er auf, bettete Bendix auf die Bank und rieb sich die Augen.

Er wusste nicht, wie lange er neben ihm gestanden hatte. Als er sich umschaute, war die Sonne versunken, der Wind hatte aufgefrischt, und die ersten Tropfen fielen. Er griff gerade nach seinem Mobiltelefon, als er den kleinen Typen bemerkte, der auf dem Weg vom Grugaturm herüberkam. Ein Mann in einem kurzärmeligen bunten Hemd, das so gar nicht zu der Aktentasche passte, die er dabei hatte. Koehler winkte. Der Mann kam langsam näher. »Sie müssen Koehler sein«, sagte er, als er Koehler schließlich gegenüberstand. »Bendix hat mir von Ihnen erzählt ...«

Dahlien, die Blühwunder

Die beiden Journalisten abenteuern auf den »Terrassen der Dahlien-Arena« herum und haben weder Zeit noch Interesse für eine Würdigung der Dahlie als Blühwunder. Wir wohl:

Die Gebirge Mexikos und Guatemalas sind ihre Heimat. Ursprünglich hatte sie röhrige Scheiben- und zungenförmige Randblüten. Als Baumform wurde sie 2–6 m hoch.

Unsere heutigen Gartendahlien (Dahlia variabilis) sind nicht winterhart und haben ungefüllte, halbgefüllte oder gefüllte Blüten. Jeder kennt die verschiedenen Wuchsformen: Mignon-, Kaktus-, Schmuck-, Ball- und Pompondahlien.

Im Hausgarten bilden die Dahlien eine nicht unkomplizierte Bereicherung des Blütenpflanzensortiments: Die Speicherwurzeln müssen im Haus frostfrei und trocken überwintert werden, und die knallig-exotischen oder als ungewöhnlich geltenden gemischten Farben verlangen eine sorgfältige Standortwahl, damit die Pflanzen nicht als Fremdkörper wirken.

Die Dahlie ist nach dem schwedischen Botaniker Andreas Dahl (1751–1789) benannt. 1784 wurde die Pflanze in Spanien, 1787 in England und um 1800 in Deutschland (Dresden) eingeführt. 1804 brachte Alexander von Humboldt Samen aus Mexiko zur Kultur im Berliner Botanischen Garten mit.

Cyber Park

BIRGIT H. HÖLSCHER

»Ich sterbe, wenn wir nicht gleich da sind.« Kirsten fächelt sich mit der Norditalienkarte kühle Luft zu und macht dieses spezielle Gesicht.

Carlos weiß, dass ihre Laune, in krassem Gegensatz zur Temperatur im Wageninnern, in kürzester Zeit auf dem Gefrierpunkt sein wird. Im Rückspiegel sieht er, wie ihre Freundin Gabi demonstrativ aus dem Fenster starrt. Auch sie kennt Kirstens Launen. Er dreht die Düse, die ihm fauchend lauwarme Luft aus dem Motorraum entgegen bläst, in Richtung auf seine Angetraute und betet, dass sie die Villa Pisani bald erreichen werden. Die Tour nach Strà und der Besuch des Palastgartens sollen der Abschluss ihrer Italienrundreise werden. Morgen geht es zurück nach Deutschland, und der Alltagstrott hat sie wieder.

Sven steckt sich zwei Marshmallows auf einmal in den Mund und klickt sich weiter. Der grüne Drache bleckt ein letztes Mal die Fangzähne. Langweilig, kennt er alles schon. Ihm ist nach irgendwas Spannendem in 3D, 'ne geil animierte Monsterjagd, die er noch nicht kennt, oder ein Weltraumabenteuer. Nicht so viel Strategie, mehr ein bisschen Geballer oder so. *Outcast?* Ach nee, die Grafik ist zwar stark, aber er hat keine Lust, schon wieder für das Fortbestehen des Sonnensystems zu kämpfen. So was wie *Doom* wäre jetzt genau das Richtige. Martin hat ihm schon zehnmal versprochen, es für ihn auf CD zu brennen. Sven glaubt kaum noch, dass sein Freund das indizierte Spiel wirklich hat. Wahrscheinlich will er sich nur wichtig machen.

Sven loggt sich ins *Lunatics* ein, ein Diskussionsforum, in dem man immer ein paar Spieleverrückte im Live-Chat trifft. Ohne hinzusehen, tippt er die sieben Buchstaben seines Webnamens ein: *Crusher* – der Zermalmer. Er ist mächtig stolz auf dieses coole Pseudonym, das ihn einen halben Nachmittag mit dem englischen Wörterbuch gekostet hat. Außer ihm sind zur Zeit drei andere online, reden gerade über das Spiel *Jagged Alliance*.

LONESTAR: Wie kann ich denn ein T-Shirt zerschneiden? Bei mir funktioniert der Cheat Strg-IGUANA nicht. Wie gibt man ihn ein, Leute?

CRUSHER: Hi, was geht ab?

HAUI: Für den Cheat brauchst du die I.O.V., und das T-Shirt mit Messer benutzen.

ANGEL: Hi, Crusher.

LONESTAR: Danke, Haui, werd's probieren. Hi, Crusher.

Sie fachsimpeln eine Weile über Cheats, die Schummelhilfen für Spiele. Jetzt wird er die drei mal ein wenig auf Trab bringen.

CRUSHER: *Jagged Alliance* ist was für Kids. Was anderes als *Quake* oder *Doom* spielen nur Weicheier. Ich brauche echte Gegner!

Er lacht sich ins Fäustchen, ist auch etwas aufgeregt wegen seiner Dreistigkeit. Da bekommt er parallel zu dem Chat eine private Nachricht.

KALI: Hi, Crusher. Ich habe auf dich gewartet.

Er stutzt und tippt dann seine ebenfalls private Antwort.

CRUSHER: Wer bist du?

KALI: Alles zu seiner Zeit. Hast du Bock auf das ultimative Spiel? Das Spiel der Spiele?

»Ich glaub das einfach nicht.« Kirsten stampft mit dem Fuß auf. Staub wirbelt ihr um die schlanken Beine. »Da fahren wir stundenlang durch die Gluthitze, und dann ist dieser Scheißpark geschlossen.«

»Ich versteh das auch nicht. Im Reiseführer steht *Anlage öffentlich zugänglich*«, mault Gabi und schaut sehnsüchtig durch das Tor, hinter dem hohe Hecken Schatten versprechen.

»Vielleicht ist heute irgendein Feiertag«, führt Carlos an, denn sachliche Überlegung hält seine Liebste erfahrungsgemäß am ehesten auf dem Teppich.

»Papperlapapp.« Kirsten rüttelt noch einmal am mehr als mannshohen, schmiedeeisernen Tor zum Park. »Ist mir doch scheißegal, ob die was feiern. Deswegen können die uns doch in den Garten lassen.« Sie wirft einen raschen Blick nach beiden Seiten, die zum Drüberklettern eindeutig zu hohe Einfassungsmauer entlang. Dann sieht sie Carlos an, ihre Nase allerliebst gekraust. »Sag mal, kannst du nicht ...?«

Oh nein, er weiß genau, was ihr vorschwebt. »Keine Chance, ohne Werkzeug ist da nichts zu machen.« Erleichtert zuckt er die Schultern. Als hinter ihnen Reifen über den Kies knirschen, drehen sie sich synchron um. Eine Urlauberfamilie in einem Wohnmobil, die anscheinend das Gleiche vor hat wie sie: den Palastgarten mit dem Heckenirrgarten besuchen.

CRUSHER: Na klar, was muss ich tun?

Kaum hat er seine Antwort getippt, verschwindet die Menüleiste des Browsers, färbt sich der Bildschirm blutrot, und eine fremdartige, schaurige Musik ertönt aus den Aktivboxen seines Rechners. Aus der rot wabernden Fläche formt sich ein verschlungenes Emblem, und plötzlich erklingt lautes, tierisches Jammern. Was ist denn jetzt los? Er hat nicht eine Taste berührt! Ganz schön gruselig. Schräg, aber auch cool.

Der Bildschirm wird schwarz, Herztöne pochen aus den Lautsprechern. Sein Herz pocht im Rhythmus mit. Gespannt erlebt er mit, wie sich eine dreidimensionale Szenerie in düsteren, metallischen Farben aufbaut. Er pfeift anerkennend. Eine phantastisch komplexe Grafik! Eine Mischung aus Ritterburg und Raumschiff, bis ins kleinste Detail ausgearbeitet, schwebt vor ihm im Weltall. Er fliegt um dieses Objekt herum, kann es von allen Seiten betrachten.

Eine dunkle Frauenstimme erklingt, eindeutig computersimuliert, aber gefühlvoll. Sie ist nicht laut, aber sein ganzer Körper vibriert, wenn sie ertönt.

»CRUSHER!«

Als er seinen Namen hört, zuckt er zusammen, obwohl er auf einiges gefasst gewesen ist. Sitzt da etwa ein Live-Operator und moderiert das Spiel jedes einzelnen Users? So was hat er noch nie erlebt.

»WILLKOMMEN IN KALIS WELT, CRUSHER!«

Ganz schön sexy, die Stimme. Sven kratzt sich am Ohr, klickt probeweise auf verschiedene Stellen des Monitors, ohne dass er den Ablauf des Programms beeinflussen kann.

»WENN DU BEREIT BIST, KALI GEGENÜBER ZU TRETEN, DANN KLICKE AUF DAS HERZ.«

Erst jetzt bemerkt er, dass sich inmitten des Wirrwarrs von gerippten Schläuchen und dicken Röhren, das sich um die Außenhaut der Raumschiff-Burg windet, so etwas wie ein Herz befindet. Blau schillernd pumpt es hinter einem filigranen Gitter.

»DU HAST FÜNF SEKUNDEN ZEIT, DICH ZU ENTSCHEIDEN, CRUSHER!«

Natürlich ist er dabei. Das hier ist großartig. Irgendwas macht ihm jedoch auch Angst, und er beißt sich auf die Unterlippe. Von Kali hat er noch nie was gehört. Jedenfalls muss er unbedingt Martin erzählen, dass er ein affengeiles Spiel entdeckt hat. Der wird grün vor Neid werden! Mit schweißnasser Hand klickt Sven das blaue Herz an. Ohrenbetäubendes Kreischen dringt aus den Lautsprechern, und die Raumschiff-Burg stürzt auf ihn zu. Nein, er stürzt der schartigen, schwarzbraunen Oberfläche entgegen, wird von dem Herz förmlich angezogen. Gebannt hängt sein Blick am Monitor, seine Hand krampft sich um das Gamepad, mit dem er wie mit einer Maus steuern kann. Der Sound wächst zu einer elektronischen Kakophonie an, das Herz kommt immer näher, saugt ihn schließlich auf. Alles ist jetzt blau. Er fällt mit höllischem Tempo durch einen weiten, gerippten Schlauch, schießt um Kurven, kippt dabei haltlos in alle Richtungen, als wäre er schwerelos. Die Wände zischen so schnell an ihm vorbei, dass er nur wenig erkennen kann. Verzogene Luken, rostige Gitter, zerborstene Schalttafeln, herabhängende Drähte. Dazu ertönt irres Frauenlachen. Affengeil, da steckt 'ne Menge Programmierarbeit drin. Super Auflösung, geniale Soundeffekte! Er probiert, ob er mit dem Gamepad seinen Sturz beeinflussen kann. Fehlanzeige. Scheinbar endlos ist sein Fallen, bis er um eine weitere Kurve saust und plötzlich kopfüber in einen gleißend hellen Raum stürzt. Er wird buchstäblich hinunter katapultiert, landet direkt in der Mitte eines großen, im Boden eingelassenen Pentagramms. Er stößt die angehaltene Luft aus und lockert die verspannten Nackenmuskeln. Hier ist es still. Nur das Herz hört er schlagen, wie aus weiter Ferne. Es ist ein runder, gemauerter Raum, die beiden gegenüber liegenden, hohen Fenster haben runde Bögen.

»WILLKOMMEN, CRUSHER. BIST DU BEREIT, DEINE AUFGABE ZU ERFÜLLEN? BRINGE MIR SECHS OPFER, UND DU WIRST IN DEN SPIELEROLYMP AUFSTEIGEN UND FÜR IMMER UNBESIEGBAR SEIN.«

Sven schluckt. Was soll das heißen? Er hat schon viele gut gemachte Spiele gespielt, aber dieses hier strömt eine so unheimliche, fast böse Atmosphäre aus, dass ihm Zweifel kommen, ob er weiter spielen soll.

»UND BEDENKE: VON HIER AUS GIBT ES KEIN ZURÜCK.«

Ohne dass er etwas dazu getan hätte, baut sich vor ihm eine blaugrüne Fläche auf dem Bildschirm auf. Eine merkwürdige Musik klimpert. Die Perspektive verschiebt sich leicht, und er schwebt über einem kreisförmigen Labyrinth. Es ist von hohen schlanken Bäumen umsäumt, aus der Mitte ragt ein runder Turm. Er erkennt die abgerundeten Fenster wieder. An der Außenmauer windet sich eine Wendeltreppe hoch.

Noch einmal erklingt Kalis Stimme. »WÄHLE NUN DEINEN AVATAR, CRUSHER!«

Eine Auswahl von Figuren, die ihn im Spiel darstellen können, öffnet sich, und Sven beobachtet fasziniert, wie sich die unterschiedlichsten Figuren vor ihm bewegen, ihre Körper und Waffen präsentieren. Ein weißer Engel mit einem Schwert, ein wild blickender Folterknecht mit einem Strick, ein Gnom mit einem Dreizack und ein schwarzer Ritter. Er klickt auf den Ritter mit dem kastenförmigen Helm und dem beidhändigen Schwert. Sofort ändert sich der Blickwinkel, Sven sackt nach unten, steht mitten im Labyrinth, den Turm im Rücken. Die Sonne scheint, Vögel zwitschern, Blätter rascheln in einer leichten Brise. Die Szene ist völlig real. Am unteren Bildschirmrand bewegt sich die Spitze seines Schwertes. Ein Miniaturplan des Labyrinths aus der Vogelperspektive erscheint oben rechts.

»MACH DEINE SACHE GUT, CRUSHER, HIER GEHT ES UM LEBEN UND TOD.«

»Das jiebt's doch nich.« Der vierschrötige Mann mit dem albernen Strohhut rüttelt noch einmal halbherzig am Tor, als könne er der Auskunft der jungen Leute nicht trauen. Er zuckt mit den Schultern. »Da sind wir ja alle schön reinjefallen, wa?« Er legt die Arme um seine pummelige Frau und die halbwüchsige Tochter, die verträumt an ihrem Pferdeschwanz dreht. Kirsten hockt im Schatten der Mauer und starrt die Familie abwesend an. »Ja, wirklich ärgerlich«, antwortet Gabi höflichkeitshalber. Da nimmt Carlos aus den Augenwinkeln eine Bewegung wahr. Unglaublich! Wie von Geisterhand schwingen die beiden Torflügel im Zeitlupentempo auf.

Der Ritter marschiert zwischen dunkelgrünen Hecken entlang, die Spitze des Schwerts schwankt leicht auf und ab. Sven macht sich langsam mit der Navigation der Figur vertraut, checkt mit kurzen Seitenblicken auf den kleinen Übersichtsplan, an welcher Stelle des Labyrinths er sich gerade befindet. Er fühlt sich wohl, fast behaglich, hier in der sommerlichen Szenerie. Da sieht er, wie sechs kleine Figuren durch das Eingangstor in das Gängegewirr strömen und sich verteilen. Sein Puls wird schneller. Es geht los! Der Monitor zeigt, wie er durch die geschwungenen Gänge läuft. Er passiert eine Nische mit einer großen weißen Amphore. Mit einem Mal ist alles grün, Zweige rascheln, als die dichte Hecke seinen Lauf bremst. Eine Sackgasse. Gar nicht so einfach, sich zurechtzufinden! Eigentlich ist noch gar nicht viel passiert, aber er will unbedingt wissen, wie's weitergeht. Ist es das phantastisch scharfe Bild, der realistische Sound oder gerade das schlichte Szenario, das ihn in den Bann schlägt? Er wendet den Ritter, biegt in den nächsten Weg ein und sieht sich plötzlich einem der Gegner gegenüber.

Alles hätte er erwartet, aber nicht diese dicke Frau im geblümten Sommerkleid, die erschrocken die Hände zum Mund reißt. Er bleibt stehen, überlegt, ob dies nicht vielleicht nur eine unwichtige Nebenfigur ist.

Da durchbricht Kalis Stimme die atemlose Stille. »TU ES!«

Im Hintergrund schwillt der Herzschlag langsam an. Sven holt tief Luft und hebt das Schwert.

»Schatz, wo bist du?« Carlos hört Kirstens Schritte auf dem Sandweg hinter der Hecke. Sehen kann er sie nicht, das mannshohe Buschwerk scheint undurchdringlich. Sie kichert. Dass sie auf so mysteriöse Art hineingelangt sind, macht diesen vertrackten Irrgarten richtig unheimlich. Hier drinnen herrscht bewegungslose Stille, das üppige Blattwerk schluckt den Schall. Am Fuß der Hecken lauern tiefe Schatten, und über allem spannt sich der wolkenlose Sommerhimmel. Es duftet würzig nach Thymian. Im Gegensatz zur Mittagshitze draußen ist es hier angenehm kühl. Weiter entfernt ruft der Berliner irgendetwas. Gabi ist hinter Carlos zurückgeblieben. Er schiebt den Riemen seiner Kamera höher auf die Schulter und läuft schnell zur nächsten Wegbiegung. Wie er Kirsten kennt, hat sie den Ehrgeiz, als erste den Turm in der Mitte zu erreichen und sich über die unter ihr Herumirrenden lustig zu machen. Unvermittelt steht er in einer Sackgasse. Und er hätte schwören können, dass ihr Kichern von hier gekommen ist!

Sven hämmert auf den Feuerknopf des Gamepads – *zuusch* – das Schwert bohrt sich in den Körper, und die fiese dicke Tante gibt ihren Geist auf. Ein markerschütternder Schrei aus den Boxen lässt ihn zusammenzucken. Seltsam nur, dass sie sich nicht verteidigt hat. Das kommt ihm zu leicht vor. Der Schrei erstirbt, und ihr Körper verschwimmt, zerfließt vor seinen Augen zu einer digitalen Blutla-

che. Aus den Boxen grollt der dumpfe Herzschlag. Sven weiß sofort, dass die Frau jetzt im Turm ist. Er checkt auf dem Lageplan seinen und die Standorte der anderen Figuren und wendet den Ritter. Er wählt einen Weg, bedient das Gamepad und ist dabei in Gedanken noch immer bei diesem bestürzend echt wirkenden, entsetzlichen Schrei. Wirklich großartige Soundeffekte!

»Aaaaahhhh!« Carlos bleibt abrupt stehen. Kalt wie Eiswürfel rinnt es ihm das Rückgrat hinab. Ein grauenerregender Schrei hat die Stille zerrissen. Hinter den Hecken flattern Vögel auf, er hält die Luft an. »Kirsten?« Er beginnt zu rennen, lauscht über seinen Schritten und seinen stoßweisen Atemzügen auf ihre Antwort.

»Ich bin hier! Was war das eben? Du, ich glaube, da ist was passiert.« Es hört sich an, als stünde sie direkt hinter der Hecke.

»Warte, bleib da stehen, wo du bist. Ich komme zu dir.« Doch als er um die nächste Ecke biegt, sieht er sich nur einem weiteren leeren Gang gegenüber. Er hetzt an der Hecke entlang zur nächsten Wegbiegung. »Beschreib mal, wie es da aussieht, wo du stehst.«

»Mensch, hier sieht's aus wie in allen anderen Gängen. Aber vor einer Weile war da so eine abgeschnittene Säule. Wo ist Gabi?« Sie klingt verzagt und irgendwie leiser als zuvor.

Läuft er in die falsche Richtung? Wenn es hier doch nur etwas zum Draufsteigen gäbe, um sich einen Überblick zu verschaffen. Was ist das? Er bremst seinen Lauf. Eine riesige Lache dunkelroten, schlierigen Blutes breitet sich vor ihm in der Wegmitte aus. Er tritt zögernd näher, glaubt fast, das Blut zu riechen. Entsetzt weicht er zurück, hört im selben Moment Kirsten nach ihm rufen und schämt sich seiner Erleichterung, dass es nicht sie ist, die dieses Blut verloren hat. Dann erbricht er sich in die Hecke.

Sven ist in einer seltsamen Stimmung. Vielleicht sollte er das Spiel lieber beenden. Drei der merkwürdigen Figuren hat er eliminiert. Jetzt hat er die Vierte vor sich. Der dicke Mann ist vor ihm auf die Knie gefallen und wimmert um Gnade. Immer wieder dieses flehentliche, beklemmende *Bitte*! Die Stimme und die Grafik sind

extrem realistisch, sogar die Schweißtröpfchen auf der Stirn des anderen kann er erkennen. Die Grenzen der Virtualität scheinen immer stärker zu verwischen. Er hält es fast nicht aus, sagt sich, dass es nur ein Spiel ist, dass die Stimme extra so programmiert worden ist, um ihn mürbe zu machen. Er zwingt sich dazu, dem Kerl das Schwert in die Brust zu stoßen. Während der Körper verschwindet und die Blutlache erscheint, überlegt er, dass diese Typen, wenn sie schon nicht kämpfen, doch wenigstens versuchen müssten, vor ihm zu fliehen. Eigenartige Spielidee! Er wird sich jetzt was zu trinken holen, danach kann er das Spiel immer noch beenden. Er versucht, sich vom Stuhl zu lösen, das Gamepad loszulassen. Nichts! Er ist unfähig aufzustehen, er kann sich dem Spiel nicht entziehen! Der Herzschlag aus den Boxen hat sich bei jedem erlegten Gegner beschleunigt, rast jetzt. Es fehlen nur noch zwei Opfer.

Carlos ist schweißüberströmt, verrückt vor Sorge um Kirsten und wagt nicht mehr, laut nach ihr zu rufen. Der Mörder, oder was immer hier sein Unwesen treibt, soll nicht auf sie aufmerksam werden. An jeder Biegung schiebt er vorsichtig den Kopf um die Ecke, bevor er weiter geht. Er hält die schwere Spiegelreflexkamera am Riemen, bereit, sie einem Angreifer über den Schädel zu schlagen. Da lässt ihn ein Geräusch zusammenzucken, ein Schlurfen, Knirschen und Klappern. Vor ihm gabelt sich der Weg. Er erstarrt. Im linken Gang nähert sich eine Gestalt. Hastig zieht er sich zurück. Er schwitzt vor Entsetzen. Ein Irrer! Ein Kerl in einer schwarzen Ritterrüstung mit einem riesigen Schwert. Das Helmvisier ist geschlossen, die Klinge seines Schwerts blutverschmiert. Carlos ist einige Sekunden gelähmt, dann macht er kehrt und rast die abweisenden Hecken entlang, ruft leise nach Kirsten. Wenig später erkennt er ihre bunte Bluse durch das Blättergewirr, nimmt ohne zu überlegen Anlauf und stürzt sich in die Hecke. Er wird einfach hindurch brechen! Doch er kommt nicht weit. Zuerst geben die Zweige nach, aber dann bremst etwas seinen Lauf, als wäre dort drinnen eine unsichtbare Wand, etwas von erstaunlicher Festigkeit. Carlos stolpert zurück, reibt sich die schmerzende Schulter.

Sven versucht verzweifelt, den Computer auszuschalten, hämmert auf alle Tasten. Nichts passiert. Er bereut, dieses teuflische Spiel überhaupt begonnen zu haben. Was geht hier eigentlich vor? Wieso kann er nicht aufstehen? Wenn er doch nur nicht allein zu Haus wäre! Er will nicht mehr weiter spielen, fühlt die Macht des Bösen, die hinter diesem Spiel steckt und ihn im Griff hält. Er beißt sich auf die Lippe, fühlt sich von der ganzen Welt verlassen. Seine Augen sind trocken, seine Kehle schmerzt. Er hat unsagbare Angst. Auf dem Übersichtsplan sieht er, dass eine der letzten beiden Figuren direkt auf ihn zuläuft. Der rasende Herzton peitscht seine Panik weiter auf.

Carlos erreicht den langen, geraden Weg zum Ausgang. Er schleppt sich vorwärts, die Trauer zerreißt ihm fast die Brust. Gerade hat er eine weitere Blutlache gefunden, daneben Kirstens Sonnenhut. Todesangst erfasst ihn – er will nur fort, schnellstens hinaus aus diesem Wahnsinn. Noch eine Blutlache. Grauenhaft! Er hetzt weiter, ringt keuchend nach Atem. Dann rüttelt er an den verwitterten Gitterstäben des Tores. Verschlossen! Da hört er wieder dieses schreckliche Schlurfen.

Die Carabinieri Marini und Pavese zockeln im Streifenwagen die Landstraße entlang, als ihnen das Wohnmobil und der rote Fiat neben dem Parkeingang der Villa Pisani auffallen.

»Was ist denn da los? Der Park ist doch geschlossen.« Marini deutet auf die verlassenen Fahrzeuge. »Schauen wir uns das doch mal an.«

Pavese stöhnt ergeben und biegt auf den Seitenstreifen. Sie schlendern zum Tor.

Da ertönt ein Schrei: »Hilfe! Um Gottes willen, helfen Sie mir!«

Sven ist wie versteinert. Die Sekunden dehnen sich qualvoll wie Tage, er ahnt, dass etwas Furchtbares passieren wird, wenn er den Letzten der Sechs nicht erwischt. Dort vorn ist er, rennt aufs Tor zu, rüttelt an den Gitterstäben und sinkt zu Boden.

»CRUSHER! DU MUSST JETZT DEN LETZTEN TÖTEN. ICH BRAUCHE DAS SECHSTE OPFER«, kreischt es aus den Boxen.

Dann ruft eine Stimme auf Deutsch um Hilfe, jemand antwortet auf Italienisch. Auf der anderen Seite des Tors stehen zwei Polizisten. Die neue Situation lässt Sven innehalten. Er versucht zu begreifen, was er sieht. Jetzt wird es noch realer als vorher, dieses Spiel, dieses furchtbare Spiel, von dem er nicht mehr glaubt, dass es eins ist.

»CRUSHER, DEINE ZEIT GEHT ZU ENDE! BRING MIR DAS LETZTE OPFER«, fordert Kalis Stimme.

Er visiert den Mann an und senkt den Finger auf den Feuerknopf. Sein Schwert stößt nach vorn.

»Verdammt noch mal, was ist das?«, schreit Pavese. Marini ist schneller, öffnet seine Pistolentasche, zieht die Waffe. Die düstere Gestalt in der Ritterrüstung ist fast bei ihnen angelangt. Der Deutsche hockt am Boden und rüttelt schluchzend an den Gitterstäben.

»Stehenbleiben, oder ich schieße!« Marini schwitzt, hält die Waffe jedoch ruhig. Der schwarze Kerl zeigt keine Reaktion. »Halt! Bleiben Sie stehen. Ich schieße.« Marini entsichert die Waffe. »Dies ist meine letzte Warnung.« Der Schwarze kommt immer näher, hebt das blutige Schwert. Marini atmet tief durch und zielt. Der Knall lässt den Deutschen aufschreien. Die schwarze Gestalt sinkt zu Boden.

»Svenni, bist du da?« Die Wohnungstür klappt ins Schloss, und Schritte kommen über den Flur. »Wo steckst du?« Die Tür zu Svens Zimmer öffnet sich, und seine Mutter schaut herein. Dasselbe Chaos wie immer, denkt sie. Aber mit dreizehn ist er alt genug, selbst Ordnung zu halten. Zwischen den im Regal gestapelten Computerzeitschriften und Comic-Heften hindurch sieht sie den Computermonitor schimmern.

»Na, mal wieder in anderen Welten unterwegs?« Sie geht um das Regal herum. Dann erstirbt ihr Lächeln. Svens Stuhl ist leer. Neugierig beugt sie sich zum Bildschirm. Sekunden später fängt sie an zu schreien.

Der Monitor zeigt einen runden Raum, auf dessen Boden sechs tote Menschen liegen; fünf sind sternförmig in einem Pentagramm angeordnet, und in der Mitte liegt Sven. Sein Gesicht ist verzerrt vor Entsetzen, in der Brust klafft ein faustgroßes, blutiges Loch. Am unteren Bildschirmrand steht auf einem rot wabernden Spruchband:

GAME OVER – KALI RULES!

Schattenpflanzen

Was wächst im unheilvoll düsteren Cyber Park am Boden zu Füßen der Flüchtenden – zwar nur virtuell, im Hausgarten aber durchaus real, nämlich wo Rosen und graulaubige Stauden wie Lavendel und Heiligenkraut kümmern – also auf schattigen Beeten und am Gehölzrand? Es ist die gärtnerisch so wichtige Familie der Schattenpflanzen.

Auf Beeten im Schatten und unter Gehölzen zum Beispiel: Eisenhut, Herbstkastanien, Akelei, Hosta, Frühlingsprimeln, Silberkerzen, Tränendes Herz, Purpurglöckchen (Heuchera), Wachsglocke (Kirengeshoma), Schaublatt (Rodgersie).

Im warmen Schatten auf von Gehölzen stark durchwurzeltem Boden zum Beispiel: Maiglöckchen, Fingerhut, Christrosen, Leberblümchen.

Am Gehölzrand im lichten Schatten auf armen Böden zum Beispiel: Nelken, Thymian, Fetthenne (Sedum).

Am Gehölzrand im lichten Schatten auf nährstoffreichen Böden zum Beispiel: Bärenklau (Akanthus), Frauenmantel, Glockenblumen, Storchschnabel, Malven, Duftveilchen.

Die Zweiblättrige Schattenblume (Maianthemum bifolium) mit weißen Blüten und glänzenden roten Beeren wird in Deutschland als Bodendecker in Parks verwendet. Kraut und Wurzeln gelten volksmedizinisch als harntreibend.

Rendezvous im Rhododendronpark

NINA SCHINDLER

Es sah aus, als hätte der Zufall seine Finger im Spiel gehabt, als ich am Montagmorgen schon vor der ersten Stunde im Lehrerzimmer vor meinem Fach stand und die Protokollhefte der 11 b herausholte, denn ich hätte erst zur dritten Stunde Unterricht gehabt. Kein Zufall war jedoch, dass sich Julia Schmidts Fach neben meinem befand, denn Schmidt kommt vor Schmitz, und die Fächer sind streng alphabetisch geordnet. Weil wir also gewissermaßen Schulter an Schulter vor unseren Fächern standen, registrierte ich sofort, wie sich ihre Haltung auf einmal ruckartig versteifte, und hörte ihr verzweifeltes »Oh nein!«

»Was ist denn?«, fragte ich angemessen besorgt, denn Julia ist die netteste Kollegin weit und breit. Außerdem ist sie eine von den leider so seltenen jüngeren Lehrerinnen, um die wir vom Jahrgang »unsere Jüngsten werden fünfundfünfzig« uns kümmern müssen, denn die Ärmsten sollen nach der Massenpensionierung der Achtundsechziger-Garde den Laden hier allein schmeißen.

Außerdem – aber das ahnte natürlich niemand, und sie schon gar nicht – hatte sie es mir angetan, ja, mehr noch, verzehrte ich mich seit geraumer Zeit nach ihr und suchte schon länger eine Möglichkeit, unsere Beziehung über das rein Kollegiale hinaus intensiver und menschlicher zu gestalten. Vielleicht, so war ich mit mir übereingekommen, bedurfte es nur eines deutlichen Hinweises meinerseits, dass ich keinerlei Mühen scheuen würde, um ihr zur

Seite zu stehen, ihr einen Dienst zu erweisen, vielleicht sogar einen Liebesdienst …

»N-n-nichts«, stammelte sie, aber gleichzeitig schwanden ihr die Kräfte, und sie stützte sich gegen die Fächerwand, als ob sie gleich umsinken würde. Ein Blatt Papier flatterte zur Erde, und ich bückte mich rasch, um es aufzuheben.

Sie versuchte ebenfalls danach zu greifen, doch mit meinen scharfen Augen hatte ich bereits erkannt, dass dieser Text nur aus aufgeklebten Buchstaben bestand.

»Gib das her«, flehte sie, »bitte!«, aber da hatte ich schon die Zeilen überflogen – das Ergebnis von langjähriger Praxis im Aufspüren von Spickzetteln.

Wenn Du Dein süsses Geheimnis nicht am Schwarzen Brett im Lehrerzimmer finden willst, dann tu, was ich Dir gesagt habe!

Nimrod

Julia haschte nach dem Blatt Papier, aber gleichzeitig geriet sie ins Taumeln, und ich griff ihr rasch unter die Arme, bekam eine geballte Ladung ihres verführerischen Parfums – White Satin, wenn ich mich nicht irrte – in die Nase und sagte: »Komm erst mal mit, ich mach uns einen Tee. Wann hast du denn Unterricht?«

»Zur zweiten«, antwortete sie leise und folgte mir widerspruchslos in das kleine Kabuff, das der Fachleitung Technik – sprich: mir – als Arbeitsraum zugestanden wird.

Ich schob sie auf das kleine Kanapee, legte ihr meine Decke über die Knie und braute uns in null Komma nix einen starken Tee, englisch, mit Milch und viel Zucker. Dann ließ ich mich in den Sessel ihr gegenüber fallen.

»Also, was hat Olaf gegen dich in der Hand?«

»Woher …« – Ihre Hand mit dem Becher zitterte bedenklich, ich fürchtete schon um meine hübsche alte Tischdecke aus Pannesamt.

»Welcher Idiot sonst würde sich denn Nimrod nennen.« Ich blies auf meinen Tee und wartete. »Woher hast du es denn gewusst?«

Sie biss sich auf die Lippen. »Das ist schon der zweite Brief – der erste war ganz ähnlich, aber es klebten ein paar Tabakkrümel dran, und deren Geruch habe ich gleich erkannt: Das war dieser Plumcake, den Olaf immer raucht, du weißt schon, den die Schüler Pflaumenkacke nennen.«

Ich nickte. Und ob ich den kannte. Olaf quarzte seine Pfeife ungeniert in allen Pausen und streute beim Stopfen nachlässig die Krümel um sich herum.

Julia hatte die Lippen zusammengepresst und war wohl zu einem Entschluss gelangt. Da kam es auch schon wie ein Sturzbach aus ihr herausgeschossen. »E-es ist so entsetzlich, da-dabei ist es eigentlich völlig harmlos, aber dieser Arsch will mich damit erpressen, ich soll mich mit ihm treffen, und jetzt weiß ich nicht mehr weiter.«

«Alles klar. Und nun noch mal von Anfang an.»

Sie seufzte. «Es ist die älteste Schulgeschichte der Welt. Frank aus der 12 d –«, sie sah mich fragend an und ich nickte, »also, Frank hat zu Hause wahnsinnig viele Probleme. Vater säuft, Mutter säuft, und er muss ab und zu nachts an einer Tankstelle jobben, damit er sich die angesagten Turnschuhe kaufen kann.«

Ich nickte wieder.

»Neulich hat er einen Chemietest verhauen und blieb nach der Technikstunde länger da und – na ja ... also, er wollte, dass ich als Vertrauenslehrerin mit seinem Chemielehrer spreche, du weißt ja, Meier Zwo ist manchmal ziemlich streng, und auf einmal fing er schrecklich zu heulen an, wegen seinem gefährdeten Abi, und –« Sie brach ab.

»Und da hast du ihn in den Arm genommen und getröstet; Olaf hat euch gesehen und versucht jetzt Kapital daraus zu schlagen.« Vor meinem geistigen Auge lief die Szene nur zu deutlich ab.

Sie sah mich mit aufgerissenen Augen an. »Woher –? Hat er –?«

»Nein, das hab ich mir so zusammengereimt. War ja nicht schwer.« Ich setzte die Tasse ab. »Und was will er?«

Sie trank einen Schluck, atmete tief ein und aus und fuhr fort: »Ich habe überhaupt nicht gesehen, dass der Mistkerl uns beobachtet hat. Aber anscheinend hat er die blödesten Schlussfolgerungen aus der Situation gezogen, und nun soll ich mich mit ihm treffen. Er würde mich schon lange verehren und blablabla ...«

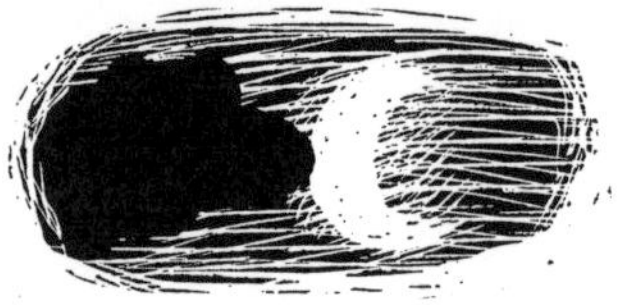

Ich schnaubte. »Der verehrt doch sogar Damenbinden. Tja, dann lass uns mal nachdenken –«

»Ich will mich aber nicht mit dem treffen! Ich find den widerlich!« Mit einem Knall hatte sie den Becher auf den Tisch gesetzt und zog die Decke enger um sich. »Ich krieg schon Gänsehaut, wenn ich bloß an den denke!«

Das konnten ihr sicherlich viele im Kollegium nachfühlen. Olaf Möllemann gehört zu der Sorte Lehrer, die immer und überall ihre Kollegen und Kolleginnen in den Wahnsinn treiben: Ihn kennzeichneten in erster Linie Schmuddelwitze, zweideutige Anspielungen, hämisches Gelächter bei jeder unpassenden Gelegenheit und der unstillbare Drang, unter jeden Rock zu kriechen. Da war es doch nur logisch, dass er auch versuchte, bei Julia zu landen.

»Hm. Lass mich mal nachdenken. Diese missverstandene Tröste-Szene ist natürlich schlimm, wenn er das publik macht, wird es unangenehm – du weißt ja, wie sensibel die Öffentlichkeit auf solche Gerüchte reagiert: Verführung Minderjähriger, Unzucht mit Abhängigen ... Schon bei dem leisesten Verdacht reagiert die Behörde gnadenlos, da kannst du noch von Glück sagen, wenn du nur an eine dieser Albtraumschulen wie die Pestalozzischule versetzt wirst ...«

Sie stöhnte laut auf. »Bloß das nicht! Da ist ja wie im Straflager – nein, dort könnte ich es nie aushalten!«

Wir saßen eine Weile schweigend da, dann räusperte ich mich.

»Pass auf, ich weiß, wie du da raus kommst. Schreib ihm, du wärst einverstanden. Verabrede dich mit ihm im Rhododendronpark ... hm ... wart mal, am besten, bei der Bank am Ende von dem Weg zum Spielplatz. Den Rest mach ich dann.«

Ich entwickelte ihr kurz meine Idee. Wenn man wie ich seit zwanzig Jahren Textiles Werken unterrichtet, kennt man sich mit so Dingen wie Kleiderverschlüssen bestens aus.

Julia trank ihren Tee, hörte zu, sah mich an und lächelte wie befreit. »Es ist unglaublich, wie du für alles eine Lösung findest! Dafür hab ich dich schon immer bewundert.«

Ich winkte ab. »Kleine Fische. Testosterongockeln ein paar Federn zupfen ist mein Hobby.«

Jetzt konnte sie sogar schon wieder kichern. »Wahnsinn. Und noch vor einer halben Stunde hab ich gedacht, ich muss mich versetzen lassen.«

Ich schüttelte den Kopf. »Du bleibst. Er geht.«

Mein Plan war ganz schlicht.

Julia schrieb nach meinem Diktat die verlangte Zusage:

Wenn du möchtest, können wir uns am Mittwochnachmittag um drei im Rhododendronpark treffen. Hinter dem Spielplatz gibt es eine einsame Bank ... Julia

Sie legte den Brief in Olafs Fach.

Der Rhododendronpark war jetzt im Mai das reinste Blütenmeer, und die riesigen Sträucher wachsen einzeln, in Gruppen, mal in Reihen oder auf dem samtig grünen Rasen, mal mehr, mal weniger vom Weg entfernt, der sich zwischen dem farbenprächtigen Blütenzauber dahin windet. Zu dieser Jahreszeit war die Farbenpracht am bezauberndsten: In Weiß, Creme, Gelb, Rosa, Violett und Dunkelrot, ja sogar in Blau prunkten die Sträucher.

Die Bank, die zum Treffpunkt bestimmt war, wurde von einigen mächtigen Büschen einer ganz besonders farbintensiv leuchtenden indischen Rhododendronsorte eingerahmt, deren dichte rosalila Blütendolden die Zweige so eng bestückten, dass die Sträucher wie eine Blütenmauer wirkten.

Dieses enge Beieinander von Bank und Büschen gehörte zu meinem Plan, weshalb zum Beispiel unser Bürgerpark mit seinem lichten Baumbestand und den geraden Wegen dafür ganz ungeeignet gewesen wäre.

Am Montag- und Dienstagnachmittag führte ich einige wichtige Gespräche mit vertrauenswürdigen Kolleginnen und Kollegen, und alle waren nur zu gern bereit mitzumachen, denn Olaf Möllemann war vielen ein Dorn im Auge.

Am Mittwochnachmittag fuhr Julia mit der Straßenbahn zum Park. Ich saß in der gleichen Bahn, aber verabredungsgemäß nahmen wir keine Notiz voneinander.

Es war ein typischer Bremer Frühlingstag: schwacher Sonnen-

schein, eine angenehme frische Brise, die den Duft von frisch geröstetem Kaffee aus dem Hafengebiet bis in die Stadtmitte herüberwehte. Doch als wir ausstiegen, war von Kaffee nichts mehr zu riechen. Liebliche Blumendüfte benebelten die Sinne – viele hunderte, ja vielleicht tausende verschiedener Blüten wetteiferten miteinander um das süßeste Aroma. Ich schloss die Augen, atmete tief ein und genoss die Wärme der Sonne.

Julia betrat den Park und schlenderte langsam in Richtung Treffpunkt, während ich ihr auf Seitenwegen rasch vorauseilte und überprüfte, ob alles gemäß unserer Absprache vorbereitet war.

Dann stellte ich mich hinter einen der großen Sträucher mit süß duftenden rosalila Blüten und wartete. Der Busch war sicherlich über drei Meter hoch, wie seine Nachbarn, und strotzte nur so vor Farbenpracht. Die langfingrigen, kreisförmig angeordneten dunkelgrünen Blätter bildeten den vollkommenen Hintergrund für die fedrig-leichten, scheinbar schwerelosen Riesenblütendolden in allen Schattierungen zwischen Hell- und Dunkelrosa mit einem Stich ins Bläuliche, eben Rosalila – einfach allerliebst! Und wie das duftete! Ich schloss die Augen und atmete wieder die berauschenden Gerüche ein – aber dann riss ich mich zusammen und konzentrierte mich auf die bevorstehende Aufgabe.

Ich war mir ganz sicher, dass man mich vom Weg aus nicht mehr sehen konnte, denn vorsichtshalber hatte ich ein grünes T-Shirt, eine dunkle Jacke und dunkle Jeans angezogen, damit ich wie ein Teil des Strauchs wirkte.

Es dauerte nicht lange, da sah ich Olaf den Pfad entlang kommen. Da er dessen Windungen folgte, geriet er immer wieder kurz aus meinem Blickfeld. Er hatte keinen einzigen Blick für die Blütenwunder links und rechts, er blieb nirgends stehen, um zu schnuppern oder sich an dem Anblick einer vollkommenen Einzelblüte zu erfreuen – die Gier trieb ihn wohl voran. Er machte einen aufgeregten Eindruck; kein Wunder, für ihn schien sich ja jetzt ein Herzenswunsch zu erfüllen.

Er setzte sich auf die Bank, zupfte nervös an seinen Jeans herum, strich sich über das schon etwas schüttere Haupthaar, fuhr sich mit den Fingern durch den Bart, holte die Pfeife aus der Tasche, steckte sie wieder ein. Dann tauchte auch Julia an der letzten Wegbiegung auf. Langsam näherte sie sich der Bank.

Überrascht registrierte ich, dass mir der Schweiß ausbrach. Ich war also doch nicht ganz so gelassen, wie ich mir den Anschein gab. Mucksmäuschenstill stand ich hinter dem Strauch verborgen und lauschte. Ausgerechnet jetzt summte eine Biene dicht an meiner Nase vorbei, und es kostete mich viel Selbstbeherrschung, sie nicht durch eine Handbewegung zu verscheuchen. Stattdessen pustete ich sie leicht an, und folgsam flog sie weiter. Ich konzentrierte mich auf die beiden Personen auf der Bank etwa zwei Meter von mir entfernt.

»Hallo, Olaf.«

»Julia! Wie schön, dass du gekommen bist. Nie, nie hätte ich gedacht, dass du mir – äh, dass du einfach von dir aus ... äh, da – setz dich doch.«

Julia nahm neben ihm Platz und holte tief Luft. Süß sah sie aus – mir zog es das Herz zusammen, besonders als sie ihm nun mutig in die Augen sah und mit fester Stimme sagte: »Ich bin nur gekommen, um dir zu erklären, dass du das mit Frank total falsch verstanden hast – zwischen uns hat sich nie was abgespielt, er hat sich nur bei mir ausgeheult.«

Wie tapfer sie das vorgebracht hatte! Alle Beschützerinstinkte in mir regten sich, am liebsten wäre ich durch die Zweige geprescht und hätte sie an mich gerissen!

»Na klar.« Er hatte gar nicht richtig zugehört und lächelte sie hungrig an. »Das mit dem Frank – äh, was war denn mit dem Frank? Das interessiert doch keinen.« Er rückte näher an sie heran.

Hatte sie etwas gemerkt? Oder hielt sie sein Gefasel für ein Ablenkungsmanöver? Ich stand stocksteif da und merkte, wie meine Kiefer knirschten – so fest biss ich die Zähne aufeinander.

»Danke, Olaf.«

Sie wollte aufstehen, doch er zerrte sie mit einem Ruck wieder neben sich auf die Bank. »Nicht doch! Bleib bei mir, meine Süße!«

»He!« Sie riss sich los. »Was soll das?«

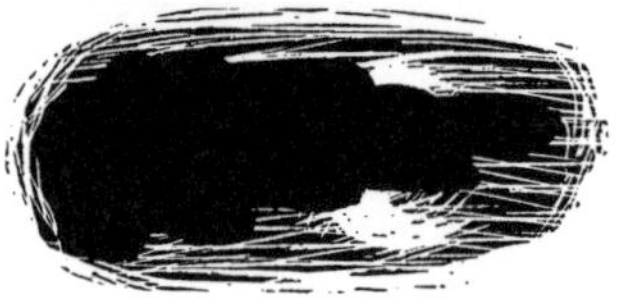

»Komm stell dich nicht so an!« Seine Hand tastete sich über die Banklehne bis zur Schulter vor und von da bis zum Hals; dann zog er Julia ganz nah an sich heran. »So einen herrlich kurzen eindeutigen Liebesbrief habe ich noch nie gekriegt!«

Sie schrie leise auf. »Was? Liebesbrief? Lass mich sofort los!«

Er lachte. »Wieso denn? Du bist doch auch scharf auf mich!«

Damit beugte er sich über sie und versuchte sie zu küssen. Ich ballte die Fäuste und musste mich mühsam zurückhalten, um nicht jetzt schon dazwischen zu gehen. Aber noch war es zu früh!

Julia wich heftig protestierend zurück, er fasste nach ihrem Arm und zerrte an ihr, sie riss sich los und zog jetzt an den Klettverschlüssen – gleichzeitig gab ich das vereinbarte Zeichen, und außer mir traten noch vier weitere Personen unseres Kollegiums zwischen den Rhododendronbüschen in der Nähe hervor.

Olaf saß wie gelähmt in seltsam schiefer Haltung auf der Bank und starrte abwechselnd uns und dann Julia entsetzt an, die halbnackt neben ihm saß.

»Ja, sag mal – was machst du denn mit unserer Julia?«, dröhnte unser Zweimetermann unter den Sportkollegen. »Julia, ist dir was passiert?«

»Nei-nein«, stammelte sie und hielt die Arme sittsam vor ihrer Brust gekreuzt.

»Noch nicht«, sagte unser Technikkollege, Spezialität Holzverarbeitung, und stützte sich angriffslustig auf seinen selbst gedrechselten Spazierstock.

»Ich schwöre –«, sagte Olaf und sah mit flackerndem Blick von einem Kollegen zum andern.

»Was denn?«, fragte ich zuckersüß. »Da, Julia!« Ich reichte ihr meine Jacke.

»Ich war das nicht«, beteuerte Olaf und stierte aus weit aufgerissenen Augen von einem zum andern.

Der Technikkollege lachte. »Ach ja? Und das hier?« Er zeigte mit der Stockspitze auf Julia, die in BH und Rock auf der Bank saß und trotz meiner Jacke in der frischen Bremer Maienluft zu zittern anfing.

»Das weiß ich nicht – das war ich nicht – das müsst ihr mir glauben – das müsst ihr ...«, blubberte Olaf und fiel immer mehr in sich zusammen. Da war keine Spur mehr von dem Frauenhelden zu sehen, den er noch vor drei Minuten gemimt hatte.

»Du willst uns doch nicht einreden, dass Julia so spazieren gegangen ist?«, fragte unsere Hauswirtschaftleiterin, die aussah, als könnte sie ganze Waschmaschinen einhändig hochheben.

»Nein, doch – äh«, stotterte Olaf. »Ich wollte doch nur – äh, aber auf einmal, ganz plötzlich, da –«

»Da lief sie nur noch nackend rum, was?«, fragte ich spöttisch. »Komm schon, Alter, hör auf zu spinnen. Mach dich vom Acker und ab nach Hause, zu Mami. Oder sollen wir dich heimbringen und Mechthild alles erzählen?« Ich lachte leise.

»Oh Gott – nein! Bloß nicht!« Olaf war aufgestanden und machte eine winzige Verbeugung in Julias Richtung. »Tut mir Leid, ich weiß wirklich nicht ...« Dann drehte er sich um und rannte fast den Weg zurück, den er erst vor wenigen Minuten mit siegesgeschwellter Brust entlang geschritten war.

»Vielen Dank, Freunde«, wandte ich mich an die Kollegen. »Der dürfte sich demnächst wohl etwas zurückhalten. Wir werden ab heute friedlichere Konferenzen haben. Vielleicht meldet er sich ja jetzt auch freiwillig für die Abordnung ans Schulzentrum Pestalozzistraße.«

Der Drechsler winkte mit dem Stock. »Das wäre allerdings eine Superwirkung unserer konzertierten Aktion. Also bis Morgen!«

»Bis Morgen«, wiederholten die anderen, und einer nuschelte: »Also dann«, und damit schlenderten sie in Richtung Ausgang davon.

»Da«, sagte Julia, gab mir meine Jacke wieder und drückte die Klettverschlüsse an ihrer Jacke und Bluse wieder zu, mithilfe derer sie sich in zwei Sekunden in eine fast nackte Frau verwandelt hatte. Dann lächelte sie mich an. »Hast du noch ein bisschen Zeit? Ich würde dich gern zum Dank ins Kino einladen.«

»Aber gern.« Ich schlüpfte in meine Jacke und grinste glücklich. In der Brusttasche trug ich wie einen Talisman den Briefentwurf, über

dem ich letzte Woche so lange gebrütet hatte. Er war mit der gleichen violetten Tinte geschrieben, die Julia gewöhnlich verwendete, und lautete:

Lieber Olaf, ich würde gern mit dir besprechen, was neulich mit mir geschah. Ratlos: Julia.

Den hatte ich dann noch mal fein säuberlich in Julias eleganter, leicht nach rechts geneigter schnörkelloser Schrift abgeschrieben und Olaf ins Fach gelegt. Die anderen beiden hatten ihren Zweck mehr als erfüllt ... Olaf war so klein mit Hut, und Julia ging neben mir ... tja, mal sehen, wie weit.

Rhododendron

Es gibt etwa 1000 verschiedene Rhododendron-Arten, die in der Natur vorkommen. Die Kulturformen sind inzwischen legendär.
Die Heimat der Rhododendren ist Asien (Nepal, Himalaja-Gebiet, China, Japan, Thailand, Indonesien, Korea). Von dort haben sie sich vor 200 Jahren über den Kaukasus und Balkan in Europa verbreitet.

Anbauregeln
Saurer Boden (pH-Wert 7 oder weniger), Substrat Torf, lockerer Boden für den Flachwurzler. Pflanzzeit Oktober bis Ende April; mulchen mit Torf und Kiefernnadeln 30 cm um den Stamm herum; reichlich wässern, auch später bei Trockenheit und während Frostpausen; verwelkte Blütenstände ausbrechen, ohne die neuen Triebe zu beschädigen; Düngung im zeitigen Frühjahr mit Blaukorn. Bei Gelbfärbung des Laubes Bittersalz streuen und einschwemmen.

Sorten
Für den kleinen Hausgarten sind die neuen Yakusimanum-Hybriden zu empfehlen. Sie vereinen kompakten Wuchs, langsames Wachstum, gutes Laub und üppigen Flor aus schönen, kompakten Blütenständen.

Grün ist die Hoffnung

CARMEN IARRERA

Sie hieß Gioia, was soviel wie Freude oder Heiterkeit bedeutet, aber dieser Name hatte ihr alles andere als Glück gebracht. Richtig fröhlich war sie nie gewesen, nicht einmal als Kind. Soweit sie sich erinnern konnte, schüttelte die Mutter bei ihrem Anblick jedes Mal den Kopf.

»Warum bist du immer so finster, was fehlt dir denn? Ich rackere mich den ganzen Tag ab, und wenn ich abends nach Hause komme, was finde ich? Ein Kind, das ewig schmollt. Was fehlt dir?«

Was ihr fehlte? Alles. Aber damals war sie noch zu klein, um das zu begreifen und in Worte zu fassen. Ihr fehlte das Lächeln ihrer Mutter und der verliebte Blick eines Vaters, den sie niemals kennen gelernt hatte. Ihr fehlte die Anerkennung von den Jungen im Hort, die sie ständig herumschubsten und sich über sie lustig machten und hinter ihr her schrien, dass sie hässlich und dumm sei. Die Mädchen ließen sie nicht mit ihren schönen teuren Puppen spielen. Sie tuschelten hinter ihrem Rücken, und sie fühlte sich ausgeschlossen.

Später dann fehlte ihr das Lob der Lehrerinnen, die sich nicht um dieses blasse schmächtige Kind mit den strohblonden Haaren kümmerten, das sie immer mit abwesendem Blick anstarrte und nie ordentlich seine Hausaufgaben machte.

Bald begriff sie, dass sie weder hübsch noch anziehend noch besonders intelligent war. Sie begriff es und litt darunter, aber es gelang ihr nicht, daran etwas zu ändern. Und so zog sie sich immer mehr in sich selbst zurück, brütete über finsteren Gedanken und beschäftigte sich mit ihrem Unglück.

Weil es mit der Schule nicht gut klappte und das Geld immer knapp war, suchte ihre Mutter ihr eine Stelle als Hausmädchen.

»Du wirst dich wohlfühlen«, versicherte sie ihr. »Das Haus ist klein, und die Signora hat keine großen Ansprüche. Du sollst ihr vor allem Gesellschaft leisten, damit sie nicht den ganzen Tag alleine ist. Die Bezahlung ist gut, das Essen umsonst, und so kannst du etwas Geld beiseite legen. Warte mal ab, du wirst dich nicht so abrackern müssen wie ich.«

Das Haus war klein, finster und bis in den letzten Winkel vollgestopft mit alten dunklen Möbeln. Ihr Zimmer war notdürftig mit einem alten Bett ausgestattet und ging auf einen dunklen Hof. Die Signora war vom Alter verbittert, anspruchsvoll und hochmütig. Gioia fühlte sich immer einsamer und unglücklicher.

Die Sonntage verbrachte sie mit ihrer Mutter. Im Fernsehen schauten sie sich die schönen und eleganten Leute an, die lachten und sich amüsierten. Manchmal gingen sie abends auch in das Kino unten im Haus, um sich einen romantischen Film anzusehen, in dem sich immer ein wunderschönes Mädchen in einen wundervollen jungen Mann verliebte, der ihre Liebe erwiderte und sie zum Schluss heiratete. Sie ließ sich von diesen Geschichten forttragen und fühlte sich für ein paar Stunden in die Ängste und Hoffnungen dieses vom Glück begünstigten Mädchens hinein, teilte mit ihr Freud und Leid.

Aber sobald die Lichter angingen, fiel ihr wieder ein, wer sie war, und die Ernüchterung tat weh. Sie wusste, dass sie hässlich, plump und glanzlos war, dass sich niemand je in sie verlieben würde, ihr niemand je süße Worte zuflüstern und sie auf den Hals küssen würde, niemand je um sie kämpfen würde.

Nach der Vorstellung kehrte sie in das Haus der Alten zurück, wo sie wie eine Gefangene einer weiteren Woche voller Arbeit und Schikanen die Stirn bieten musste, noch trauriger als zuvor, mit einem Knoten im Hals und düsteren Gedanken im Kopf. Und nachts in ihrem alten Bett grübelte sie über ihre Zukunft nach und darüber, wie es wohl nie sein würde. Und dann kauerte sie sich ganz eng zusammen, weinte leise vor sich hin, wünschte sich, einzuschlafen und niemals mehr aufzuwachen.

Eines Tages, es war wie ein Wunder, ereilte die Signora ein Schlaganfall. Zur Hälfte gelähmt, konnte sie Gioia nicht mehr durchs ganze Haus verfolgen, um ihre Arbeit zu kontrollieren. Sie konnte nur noch ein merkwürdiges Gebrumme von sich geben, schrieb ihre Anweisungen auf Zettelchen und konnte Gioia nicht mehr von morgens bis abends ausschimpfen. Aber vor allem konnte sie, behindert wie sie nun war, nicht mehr selber ihre Einkäufe erledigen, Rechnungen bezahlen, Zeitschriften und Medikamente kaufen.

Darum musste sich Gioia jetzt kümmern. Jeden Tag musste sie das Haus verlassen, oft sogar mehrmals am Tag. Um die Aufträge der Signora zu erledigen, musste sie durch dieses elegante Stadtviertel laufen, das sie nach all den Jahren, die sie abgeschieden im Haus der Alten zugebracht hatte, immer noch nicht kannte. So kam es, dass Gioia, als sie an einem Frühlingstag ein wenig von der gewohnten Einkaufsroute abwich, ihr Paradies entdeckte.

Die Villa Borghese, ein riesiger Park mitten in Rom, voller uralter Bäume, von tausend kleinen Pfaden durchkreuzt, hier und da ein Tempelchen, großartige Bauwerke, Lichtungen, gesäumt von antiken Statuen, sonnige Wiesen und schließlich ein kleiner See.

Mehr als das hier brauchte sie nicht, über diesen geschmeidigen Rasen zu gehen, um das erste Mal in ihrem Leben zu spüren, dass sie lebendig war. Sie begriff, dass dies Hoffnung war. Eine kleine Hoffnung, ohne Namen und ohne Inhalt, die ihr das Leben annehmbarer machte.

Die Villa Borghese wurde zu ihrem Ziel, dem einzigen wirklichen Zweck ihrer Tage. In Windeseile machte sie ihre Besorgungen, um sich die Zeit für einen Spaziergang in diesem Park zu stehlen. Oder sie erledigte sie im voraus, stürzte atemlos von einem Ort zum anderen, um am Tag darauf für eine ganze Stunde, manchmal auch zwei, den Park zu erkunden oder sich unter einem Baum auszustrecken und mit offenen Augen zu träumen, wozu die Hoffnung, die in ihr wuchs, sie brachte. Sie kaufte sich sogar ein Buch über die Villa Bor-

ghese. Das einzige Buch, das sie sich jemals gekauft hatte. Nachts las sie, dass der Park sich über sechs Kilometer ausdehnte, dass Kardinal Scipione Borghese, Neffe von Papst Paul V., im Jahr 1605 beschlossen hatte, ihn sich zusammen mit einer prächtigen Villa entwerfen zu lassen. Er ließ vierhundert Pinien pflanzen und den Park mit Statuen eines Bildhauers namens Bernini bestücken. Mal besuchte Gioia den kleinen Tempel der Diana, mal das Amphitheater auf der Piazza di Siena oder das Museo Borghese, vor dem Touristenmassen auf Einlass warteten.

Aber das, was sie am meisten begeisterte und was zu ihrem Lieblingsort wurde, war der kleine See. Er lag im Herzen des Parks, seine Ufer waren mit Bananenstauden und Bambus bepflanzt, und die Lichtungen dazwischen mit Statuen geschmückt. Und in der Mitte war ein winziges Inselchen – genau wie im Märchen –, auf dem ein Tempelchen aus schneeweißem Marmor thronte, dessen Fassade von vier zierlichen Säulen geprägt wurde. Im Wasser gab es Seerosen, zwischen denen Entenküken dahinglitten. Und dann, das war das Wunderbarste, konnte man auf diesem See in kleinen Ruderbooten fahren, die ein freundlicher alter Mann an verliebte Pärchen oder an Eltern, die ihren Kindern eine Freude machen wollten, vermietete.

Gioia setzte sich immer öfter an das Ufer und träumte davon, dass jemand käme und sie zu einer Fahrt über das ruhige Wasser mitnehmen würde. Allein war sie zu ängstlich. Dem Wasser hatte sie noch nie getraut, außerdem konnte sie weder schwimmen noch rudern. So schaute sie verträumt auf den See, schloss die Augen, wiegte sich ein wenig hin und her und stellte sich vor, dass sie in einem Bötchen säße, das sie ganz langsam und behutsam bis zu der Insel tragen würde.

Eines Tages war sie so tief in ihre Träumereien versunken, dass sie nicht merkte, wie sich jemand neben sie gesetzt hatte.

»Hättest du Lust auf eine Bootsfahrt?«

Gioia schrie vor Schreck fast auf.

»Entschuldige, ich wollte dich nicht erschrecken ...«

Gioia riss die Augen auf und starrte auf einen dunklen Jungen mit dichtem Haar und langen Wimpern, der ihr mit einem freundlichen Gesicht zulächelte. Sie starrte ihn weiter an; die Überraschung, dass ein Junge sie angesprochen hatte, hatte ihr die Sprache verschlagen. Es war ein Unbekannter, aber er machte einen höflichen Eindruck, seine Jeans und sein Hemd waren sauber und gebügelt und er hörte nicht auf, ihr zuzulächeln. Wirklich ihr!

»Hast du dich von deinem Schreck erholt? Dann frage ich dich nochmal. Hast du Lust auf eine Bootsfahrt? Ich schon, aber alleine macht das weniger Spaß, findest du nicht?«

Sicher, Dinge gemeinsam zu erleben, das musste natürlich mehr Spaß machen, aber das konnte sie sich nur vorstellen, weil es ihr noch nie passiert war.

»Und, was ist jetzt?«

Nachdem sie darüber nachgedacht hatte, willigte sie ein.

Diese Nacht konnte sie nicht schlafen und kam auch nicht auf das heftige Klingeln der Alten herbeigestürzt.

Immer und immer wieder durchlebte sie die Minuten, die sie mit diesem Jungen verbracht hatte. Er hatte ihr erzählt, dass er Sandro hieß, Mechaniker war und auf der Suche nach einer Arbeit. Er hatte sie bis zu der kleinen Insel gerudert, er war freundlich gewesen, hatte sie gefragt, was sie so mache, und sie hatte ihm die Wahrheit gesagt, jedenfalls mehr oder weniger, indem sie sich etwas großspurig als Gesellschafterin einer alten Signora darstellte. Er hatte gelacht und gescherzt, sie ans Ufer zurückgebracht und gesagt, dass er sie hoffentlich bald wiedersehen würde. Und als er sich von ihr verabschiedete, sagte er ihr, sie sei hübsch. Hübsch! Sie!

Am Tag darauf hastete sie wieder zu dem kleinen See, aber von Sandro nicht die geringste Spur. Den folgenden Tag auch nicht und dann wieder nicht. Das Leben, das ihr für einen kurzen Augenblick zugelächelt hatte, erlosch, und ihre Gedanken wurden so finster wie zuvor. Nicht einmal der Park konnte sie wie gewöhnlich erheitern.

Am vierten Tag, als sie vor lauter Enttäuschung eigentlich nur noch weinen konnte, erblickte sie Sandro, der am Ufer des kleinen Sees auf sie wartete. Gioia hatte plötzlich verstanden, was das Wort

Freude bedeutete und lief ihm entgegen, völlig unfähig, ihre Gefühle zu verbergen.

An diesem Morgen fragte Sandro sie im Boot, ob sie seine Freundin sein wolle und, ohne eine Antwort abzuwarten, küsste er sie.

Für Gioia begann eine Zeit blinder Glückseligkeit. Sie fühlte sich geliebt, sie fühlte sich begehrt. Nichts konnte sie aus der Fassung bringen, weder das ununterbrochene Gebrumme der Alten, noch die anstrengenden Arbeiten oder die Nörgeleien ihrer Mutter. Ihre gewöhnliche Düsterkeit war wie weggeblasen, die Welt war perfekt und ganz in Rosa getaucht.

Bis Sandro von einem Tag auf den anderen sein Lächeln verlor. Er fand keine Arbeit, sein Erspartes war aufgebraucht, seine Familie konnte ihm keine einzige Lira pumpen, und er musste noch sein Moped abbezahlen. Gioia beruhigte ihn, sie hätte ein wenig Erspartes. Sandro lächelte wieder.

Dann machte er irgendein mieses Geschäft, bei dem er sich verschuldete. Und dann gab es da noch die fixe Idee, eine eigene Werkstatt aufzumachen. Mit einer eigenen Werkstatt würde er gut verdienen, sich einen Platz im Leben schaffen ... würde er sie heiraten können.

Die Vorstellung von sich selbst im weißen Brautkleid verzückte Gioia dermaßen, dass sie die Sorgen verdrängte, die sie ab und zu peinigten. Wenn sie an Sandro dachte, dachte sie an ihre gemeinsame Zukunft, und sie gab ihm ihr letztes Erspartes.

Sandros Lächeln war von kurzer Dauer. Wieder brauchte er Geld für die Werkstatt, sonst würde alles den Bach runtergehen. Er wurde ruppig, schroff und war kaum wiederzuerkennen. Einmal gab er ihr sogar eine Ohrfeige. Sie versprach, dass sie ihm jeden Monat ihren gesamten Lohn geben würde. Ihre Treffen im Park hatten all ihre Heiterkeit verloren, von Bootsfahrten ganz zu schweigen. Dumme Schwärmereien eines Hausmädchens, sagte Sandro. Er sagte auch, dass sie wenig verdiene, und dass das Geld, das sie ihm gab, jämmerlich sei und nicht reiche. Er drohte, sie zu verlassen.

Gioia wurde immer unglücklicher. Inzwischen war ihr klar geworden, dass Sandro sie nicht liebte, wie sie sich das eingebildet hatte, und dass er sie sogar ausnutzte, aber sie war davon überzeugt, dass das der Preis war, den sie für ihre Liebe bezahlen musste, und daran klammerte sie sich mit aller Kraft der Verzweiflung. Wenn sie ihn weiterhin liebte, dann könnte die Welt nicht wieder so düster und ohne Hoffnung werden wie einst. Wenn es ihr gelang, in dieser Liebe stark zu bleiben, würde Sandro ihre Hingabe verstehen und wieder aufmerksam und freundlich zu ihr sein. Alles würde wieder schön. Es gäbe wieder Spaziergänge Hand in Hand, Küsse und Zärtlichkeiten.

Aber wenn die Träume nur durch die Kraft der Verzweiflung getragen werden, zerbrechen sie immer an der Realität.

Gioias Träume fingen an zu zerbrechen, als Sandro die Vermutung aussprach, dass die Alte doch sicherlich irgendwo Schmuckstücke versteckt haben müsste. Gioia verneinte erst, suchte Ausflüchte und gab es dann zu. Und von da an hatte sie keinen Frieden mehr.

Was sollte denn eine halbgelähmte Alte mit Schmuckstücken anfangen? Sie hätte es nicht einmal gemerkt, wenn Gioia sie genommen hätte. Was nützten sie ihr, wenn sie in einer Schatulle schimmlig wurden? Aber für die beiden waren sie schon von Nutzen. Gioia musste sie stehlen. Sie musste sie stehlen und ihm bringen. Sie musste es einfach tun.

Gioia sagte, dass sie das nicht könne, sie könne das wirklich nicht. Sie weinte, flehte ihn an, klammerte sich an ihn. Sandro schüttelte sie ab und blickte sie voller Hass an, seine Augen zwei schmale Schlitze.

»Dann ist alles aus. Wenn du nicht tust, was ich dir sage, dann verlasse ich dich.«

»Nein!«

»Nein? Aber ja. Was glaubst du denn? Weißt du eigentlich, wie du aussiehst? Dann schau dich mal an. Hast du eigentlich gedacht, ich wäre wegen deiner schönen Augen mit dir zusammen? An dir ist gar nichts schön, absolut gar nichts. Und jetzt sage ich dir mal was. Du bist obendrein noch dumm. Ein dummes Huhn.«

Diese Worte durchbohrten sie wie eine Lanze und verschlugen ihr den Atem. So war das also. Sandro liebte sie nicht, hatte sie nie geliebt. Eine trübe Finsternis vernebelte ihr den Blick. Und die tiefe Angst, die sich vor langer Zeit in ihrem Herzen eingenistet hatte und die sie immer mit Gewalt unterdrückt hatte, schlug um in einen höllischen lähmenden Schmerz. Gioia hörte auf zu weinen, hörte auf zu zittern. Eine eisige Kälte durchlief ihren Körper, und eine Klarheit, die sie nie von sich erwartet hätte, bemächtigte sich ihrer.

Mit diesem Schmerz konnte sie nicht leben und wieder dieselbe wie früher werden. Nie wieder wollte sie ohne Hoffnung leben. Sie wollte überhaupt nicht mehr leben. Und sie wollte sich rächen. Ein Plan nahm in ihrem Kopf schlagartig Gestalt an. Ein glänzender, logischer und wirksamer Plan, der alles wieder in Ordnung bringen, alles aufräumen würde, der sie von der Demütigung und dem Schmerz befreien und alle Rechnungen bis auf die letzte Lira begleichen würde. Sie musste sich selbst zulächeln und war von ihrer unerwarteten Geistesgegenwärtigkeit sehr angetan.

»Du hast Recht«, sagte sie nach einigen Augenblicken mit tonloser Stimme, »ich bin dumm.«

»Das wurde ja langsam Zeit«, rief Sandro. »Es wurde wirklich Zeit, dass du das kapierst! Wir können diese Schmuckstücke brauchen. Ich werde sie gut verkaufen, warte nur ab. Und ich werde das Geld investieren.«

»In die Werkstatt?«

»Na sicher, in die Werkstatt.«

»Und dann werden wir heiraten?«

»Sicher. Du wirst doch kaum geglaubt haben, was ich dir vorhin gesagt habe. Ich war nur wütend.«

»Jetzt bist du aber nicht mehr wütend, oder?«

»Nein, natürlich nicht.«

Gioia zwang sich zu einem Lächeln.

»Hättest du Lust, bei einer Fahrt auf dem See wieder Frieden zu schließen?«

»Ja sicher, auf zum See ...«

Gioia blickte um sich. Am Ufer waren Mütter mit ihren Kindern, eine betagte Signora und zwei Pärchen. Und da war noch der alte Mann, der die Boote vermietete. Gut. Genau so musste es sein. Das

Szenario war perfekt. Sie lächelte immer noch und wunderte sich über ihre Ruhe. Das erste Mal in ihrem Leben wusste sie genau, was sie wollte. Und war sich sicher, dass sie es kriegen würde.

Sie mieteten sich ein Boot. Sandro fing an zu rudern und plauderte vor sich hin, als ob nichts gewesen wäre. Gioia saß ihm gegenüber und betrachtete ihn mit Distanz. Sie sah jetzt alles aus der Distanz. Ihre eigene Untauglichkeit, ihre eigene Dummheit, die Sinnlosigkeit ihres Daseins. Und sie sah ihn, für den sie lebte. Ein kleiner Betrüger, der es gerade einmal schaffte, so eine arme Seele wie sie zu umgarnen. Da saß er nun und schwatzte wie ein Idiot drauflos und hatte keine Ahnung von der Rache, die ihn sehr bald ereilen würde.

Jetzt waren sie fast auf halber Strecke zwischen Ufer und Insel. Der Moment war gekommen.

»Weißt du was, Sandro?«, fragte sie so ganz nebenbei, als ob ihr der Gedanke gerade eben eingefallen wäre. »Du bist nichts als ein mieser kleiner Schurke.«

Sandro hörte auf zu rudern. »Was hast du da gesagt?«

Gioia beugte sich zu ihm. »Ich sagte, und ich wiederhole es für dich, dass du ein mieser kleiner Schurke bist.«

Sandro schaute sie ungläubig an. »Bist du verrückt geworden?«

»Ein unfähiger Ausbeuter, der es nicht einmal schafft, für seinen Lebensunterhalt zu sorgen«, zischte Gioia ihn an.

Sandro kochte vor Wut. Niemals zuvor hatte sich jemand erlaubt, so mit ihm zu reden, und jetzt dieses dumme Dienstmädchen ...

»Halt deinen Mund«, schrie er. »Halt deinen Mund, du Verrückte!«

»Das trifft dich, oder? Weil es die Wahrheit ist. Du weißt ganz genau, dass es die Wahrheit ist.«

Sandro kniff die Augen zusammen, ließ die Ruder los und verpasste ihr eine Ohrfeige. Das Boot schaukelte ein wenig. Gioia lächelte.

»Und obendrein bist du dumm.«

Sandro gab ihr eine zweite Ohrfeige. Das Boot schaukelte jetzt heftig. Gioia schmiss sich auf ihn, klammerte sich an ihm fest, zerkratzte ihm das Gesicht und schrie um Hilfe. Die Leute am

Ufer schauten wie auf Kommando entsetzt zu den zwei Gestalten hinüber, die sich in einem Boot bekämpften, das gefährlich mitten auf dem See herumschlingerte. Ein Junge zog sein Handy aus der Tasche und verständigte die Polizei.

Sandro versuchte, ihrem Griff zu entkommen, aber sie war wie eine Furie. Er packte sie bei den Händen. Sie befreite sich wieder und schrie laut, dass er sie nicht umbringen solle, dass er Mitleid haben möge und sie nicht sterben wolle. Er beschimpfte sie, dass sie verrückt geworden sei und schweigen solle und versuchte, ihr den Mund zuzuhalten. Ziemlich heftig biss sie ihm in die Hand. Jetzt packte Sandro sie an der Kehle. In Gioias Augen funkelte ein irres Licht.

»Jetzt wirst du sehen«, flüsterte sie mit dem bisschen Luft, die sie noch bekam. Mit all ihrer Kraft hielt sie sich an ihm fest und warf sich zur Seite.

Das kleine Boot kenterte und sie fielen ins Wasser.

Endlich! Es war ihr geglückt. Ihr Plan hatte perfekt funktioniert. Jetzt konnte sie ihre Beute freigeben, ihn gehen lassen und, vor allem, sich selber gehen lassen. Voller Mitleid schloss sich das Wasser über ihr. Ganz bewusst atmete sie es tief in sich hinein, die Augen hatte sie geöffnet, und die Wasseroberfläche entfernte sich immer mehr und wurde immer dunkler.

Mörder. Sie würden ihn einen Mörder nennen. Die Leute am Ufer würden es bezeugen, dass sie sie um Erbarmen hatten rufen hören, dass sie darum gefleht hatte, nicht umgebracht zu werden. Sie würden aussagen, wie er sie geohrfeigt habe, ihr die Kehle zugedrückt habe, und wie sie verzweifelt gekämpft habe, und dass während des Kampfes das Boot umgekippt sei ...

Ja, sie würden ihn einen Mörder nennen. Sie würden ihn ins Gefängnis sperren und ihn zu lebenslänglich Zuchthaus verurteilen.

Es war gerecht. Es war die Wahrheit. Er war ein Mörder. Hatte er etwa nicht ihren einzigen Traum und damit ihr Leben zerstört?

Gartenteich

Im kleinen See der Villa Borghese in Rom kann man ohne Zweifel ertrinken; wie die Erfahrung zeigt, im Gartenteich leider auch. Kleinkinder sollten sich diesem nicht ohne Aufsicht nähern.
Ursprünglich gab es das Wort »Teich« nur im Osten und Norden Deutschlands. Erst im Mittelalter erobert es als Schriftwort auch den Süden und Westen, während dort noch heute im Sprachgebrauch der »Weiher« vorherrscht (aus dem lateinischen »vivarium«, Tiergarten, Fischbehälter).

Hier eine kleine Auswahl aus dem riesigen Pflanzenangebot für den heimischen Teich.

Pflegeaufwändige tropische und subtropische Teichpflanzen:
Seerosen für einen Teil der freien Wasserfläche, Sumpfpflanzen wie Kalmus, Pfeilkräuter, Binsen und Schwertlilien für die Teichränder. Dazu die reizvolle Wasserhyazinthe (Eichhornia) Hechtkraut (Pontederia cordata) und Muschelblume (Pistia stratiotes).

Pflegeleichte einheimische Pflanzen, wurzelnde und schwimmende:

Hornkräuter	*30–50 cm Wassertiefe*
Quellmoos	*30–50 cm Wassertiefe*
Wasserschlauch	*30–50 cm Wassertiefe*
Wasserpest	*30–50 cm Wassertiefe*
Wasserprimel	*30–80 cm Wassertiefe*
Tausendblatt	*30–100 cm Wassertiefe*
Wasserhahnenfuß	*30–60 cm Wassertiefe*
Wassernuss	*20–60 cm Wassertiefe*

Fremde Lorbeeren

HARTMUT MECHTEL

Gegen die Wälle der Festung wirkte der Tote gigantisch. Dabei war nicht mal sein Kopf zu sehen. Der steckte vornüber gebeugt in einer halbkreisförmigen Aussparung der Mauer. Die Arme waren steif abgespreizt, die Beine eingeknickt. Wie zu einem muslimischen Gebet kniete er auf einem Treppchen vor einem geschwungenen Torbogen; seine Knie waren größer als die gesamte Freitreppe. Er trug einen dunkelbraunen Anzug, ein weißes Hemd mit goldenen Manschettenknöpfen und eine dunkle Krawatte mit goldener Anstecknadel, doch das sah man erst, als der Arzt ihn auf den Rücken gedreht hatte.

Die Festung bedeckte ein Areal von nicht einmal vierzig Quadratmetern und war einen halben Meter hoch; wenn man den winzigen Hügel mitrechnete, in den sie sich verkroch, vielleicht sogar einen Meter. Vom Weg aus sah man sie nicht, und kein Schild wies zu ihr hin. Einziges Anzeichen war ein Trampelpfad, der unter hohen Eichen und Buchen zu dem winzigen, grasbewachsenen Hügel führte. Die Anlage war dem Verfall überlassen, der schwarzgraue Putz bröckelte, darunter schimmerten rötliche Backsteine hervor. In den Laufgräben zwischen den Wällen wucherten Brennnesseln auf Laub, das auf dem Putz zu Erde verrottet war.

Die Grannen und Spelzen des hohen Grases neben der Miniaturfestung schwankten im leisen Wind. Hauptkommissar Martens streifte eine Ähre ab und krümelte sie auf den Boden. Nachdenklich betrachtete er das eigentümliche Bauwerk.

»Was ist das bloß?«, fragte er. Er sprach mehr zu sich selbst als zu den Männern, die um den Toten herumstanden, doch einer von ihnen antwortete.

»Das ist Fort Douaumont.«

»Wissen Sie hier Bescheid?«, erkundigte sich Martens.

»Wie man eben als Einheimischer Bescheid weiß.« Der Mann mochte Ende Vierzig sein. Er trug verblichene Jeans, ein weißes, unbedrucktes T-Shirt und eine schwarze Lederweste, und er wirkte auf den Kommissar vertrauenerweckend genug, ihm ein paar weitere Fragen allgemeiner Art stellen zu können.

»Wozu dient das Ding? Und weshalb habe ich noch nie davon gehört?«

»Es dient zu gar nichts«, sagte der Einheimische. »Sie sehen ja, es verfällt. Was es genau sein soll, weiß ich nicht. Mein Vater nannte es Fort Douaumont. Woher er das hatte, weiß ich auch nicht. Ich war nämlich inzwischen in Douaumont, das sieht ganz anders aus. Man nennt die Festung auch das Prinzenspielzeug. Zwar weiß ich nicht, welche Prinzen damit gespielt haben, aber es wurde mit Sicherheit nicht für die Kinder des Gärtners gebaut. Sie haben noch nichts davon gehört, weil Sie nicht aus Potsdam sind, und das Fort gehört nicht zu den offiziellen Attraktionen des Parks. Für die Touristen gibt es Schloss Sanssouci, das Neue Palais und das Chinesische Teehaus. Die Festung finden nur Ortskundige. Man könnte sie tatsächlich fast als geheim bezeichnen, und ein wenig geheimnisvoll ist sie ja auf jeden Fall. Irgendwie passt es dazu, dass die Leiche gerade hier liegt.«

»Sie haben den Toten gefunden?«, kombinierte Martens.

»Ja. Ich habe Sie über mein Handy angerufen.«

»Wissen Sie, wer er ist?«

»Nein. Nie gesehen.«

»Was haben Sie hier gemacht?«

»Ich bin spazieren gegangen.«

»Abseits der Wege?«

»Ich liebe die Festung.«

»Sie waren schon öfter auf diesem Gelände?«

»Dutzende Male. Aber das ist die erste Leiche, die ich hier gefunden habe.«

Ein junger Mann trat zu den beiden. Es war Martens' Mitarbeiter Sollner. Er präsentierte seinem Chef die Papiere des Toten, die er aus dessen Tasche entnommen hatte. Diskret trat der Einheimische beiseite, und Sollner referierte, was er bisher herausgefunden hatte. Der Tote war zu Lebzeiten Mitarbeiter der Verwaltung der Staatlichen Schlösser und Gärten zu Potsdam gewesen, ein gewisser Doktor Bernhard Dennewitz. Er trug eine wohlgefüllte Brieftasche bei sich, desgleichen am Arm eine Rolex, beraubt worden war er also mit Sicherheit nicht. Ohne Obduktion konnten über die Todesursache natürlich nur Mutmaßungen angestellt werden. Dem Augenschein nach war Dennewitz weder erschossen noch sonst mit einer Waffe verletzt worden. Sichtbare Wunden hatte er nur am Kopf. Sie waren kreisförmig und stammten vom Aufprall in das Loch, das sowohl eine scharfe steinerne Kante als auch im Inneren eine kreisrunde, rostige Stahlbewehrung hatte; möglicherweise stand dort einst ein Turm, oder, noch wahrscheinlicher, ein drehbares Miniaturgeschütz.

Martens ließ Sollner die Personalien des Zeugen aufnehmen. Er selbst setzte sich in den Einsatzwagen, der einhundert Meter entfernt in der Maulbeerallee vor dem hohen, rostigen Parkgitter stand, und telefonierte eine Weile herum, bis er das Büro ermittelt hatte, in dem Dennewitz gearbeitet hatte.

»Totzke«, meldete sich eine frische Stimme.

»Arbeitet bei Ihnen ein Doktor Dennewitz?«

»Ja. Der Chef ist im Augenblick nicht da. Kann ich ihm etwas ausrichten?«

»Das glaube ich nicht. Sind Sie sein Vertreter?«

»Wir sind hier nur zu dritt, da vertreten wir ihn alle, wenn er nicht da ist. Worum geht es?«

»Kriminalpolizei, Hauptkommissar Martens. Ihrem Chef ist etwas zugestoßen.«

»Was denn? Ist es schlimm?«

»Ziemlich. Wo sitzen Sie?«

»In den Communs.«

»Das ist ganz in der Nähe. Sind Sie allein im Büro?«

»Ja ... Nein.«

»War die Frage so schwierig, dass Sie mir gleich zwei Varianten anbieten?«

»Mein Kollege ist gerade hereingekommen.«

»Ich habe noch eine Weile vor Ort zu tun. Würde es Ihnen etwas ausmachen, bei mir vorbeizukommen?«

»Wo sind Sie denn?«

»Bei dieser komischen kleinen Festung.«

»Am Prinzenspielzeug. Wir sind in zehn Minuten da.«

Martens verließ seinen Wagen und ging zurück zur Festung. Der Gerichtsmediziner konnte ihm noch nicht mehr sagen, als er Sollner bereits mitgeteilt hatte. Nein, vor dem Abend war nicht mit dem Ergebnis der Obduktion zu rechnen, und auch das ging nur so schnell, weil es sich um Martens handelte, jeder andere hätte bis zum nächsten Tag warten müssen. Die Kriminaltechniker hatten keine verwertbaren Spuren gefunden, keinen verräterischen Fußabdruck, keinen blutigen Ast, und in der Hand des Toten lag weder ein Knopf noch eine Faser der Kleidung des Mörders. Unter seinen Fingernägeln waren keine Hautpartikel des Täters. Ein Mord ohne Spuren, und das im Freien. Tatzeugen gab es auch nicht. Da war in einem der besuchtesten Parks der Welt am frühen Nachmittag eines heißen Frühlingstages ein Mann ermordet worden, und keiner der paar tausend Besucher hatte etwas bemerkt; zumindest hatte sich bisher niemand gemeldet. Allerdings war dies auch ein abgelegener Winkel des Parks, die Touristen strömten anderenorts zusammen. Keine Spuren, keine Zeugen, kein Anfangsverdacht. Martens musste das Umfeld des Opfers untersuchen, eine andere Möglichkeit gab es nicht. Da nichts gestohlen war, lag eine Beziehungstat nahe.

Die beiden Männer, die ihm erste Aufschlüsse geben konnten, nahten gerade. Martens wusste sofort, dass er die Mitarbeiter von Dennewitz vor sich hatte. Es lag etwas in ihrem Habitus, das sie als Verwaltungsmitarbeiter kenntlich machte. Dabei waren sie nicht mal ähnlich gekleidet. Der eine, ein Schlacks mit dickglasiger Hornbrille, trug trotz der Hitze wie sein inzwischen toter Chef Anzug, weißes Hemd und Krawatte, der andere, kleinere gab sich ein wenig salopper mit dunkler Cordhose und weißem Sweatshirt.

Martens nahm sie in Empfang und eröffnete ihnen, was er am Telefon nur angedeutet hatte: dass ihr Chef, Doktor Dennewitz, eines gewaltsamen Todes gestorben war. Die Reaktion beider erschien ihm angemessen. Verwirrte Betroffenheit, Ratlosigkeit, Unverständnis.

Er vertraute den Mann im Sweatshirt der Obhut seines Assistenten an und nahm sich als erstes den bürgerlicheren der beiden vor, Doktor Alfred-Peter Jente, fünfundvierzig Jahre, ledig. Sie schlenderten unter den Bäumen entlang auf den Weg und setzten sich auf eine graue, verwitterte Parkbank.

Doktor Dennewitz war ein großartiger Chef, eröffnete Jente steif und ein wenig gehemmt. Er war ein sachkundiger Wissenschaftler, eine Zierde seines Standes. Nein, einen Grund dafür, dass der Doktor sich zum Prinzenspielzeug begeben habe, wusste er nicht zu nennen, das sei ja, wie deutlich zu bemerken, eher eine vergessene Attraktion des Parkes. Natürlich gehöre es, genau betrachtet, zu den Gegenständen, mit denen sie sich im Büro beschäftigten. Ihre Aufgabe bestand darin, bekannte und unbekannte Quellen über die Geschichte des Parkes publizistisch zu erschließen, Ausstellungen vorzubereiten, Materialien zur Veröffentlichung aufzubereiten und sich in den Jahresschriften auch über ihre Forschungsergebnisse auszulassen. »Wir sind eher Wissenschaftler als Verwaltungsmitarbeiter. Unser Fachgebiet ist die Historie«, sagte Jente.

»Ist das eine Arbeit, bei der man sich Feinde macht?«, fragte Martens.

»Das kann ich mir nicht vorstellen«, antwortete Jente bestimmt.

»Was können Sie mir über das Privatleben von Doktor Dennewitz sagen?«

»Er hatte keines.«

»Jeder Mensch hat eins!«

»Doktor Dennewitz nicht. Er ging ganz in seiner Arbeit auf. Oft genug nahm er sich Arbeit mit nach Hause und kam dann am nächsten Morgen mit einem neuen Artikel oder einer fertig ausgearbeiteten Studie ins Büro. Gelegentlich besuchte er wohl ein Konzert oder eine Theateraufführung, aber das meinen Sie ja nicht. Er ist unverheiratet und hat außerhalb der Arbeit keine Freunde, jedenfalls keine, von denen ich weiß.«

»Verwandte?«, fragte Martens.

»Seine Eltern sind längst tot. Falls er Geschwister haben sollte, hat er sie jedenfalls nie erwähnt. Soweit ich weiß, war er ohne jeden Anhang.«

»Eine Art Sonderling offenbar«, bemerkte Martens.

»Finden Sie?«, fragte Jente pikiert.

»Darf ich daraus folgern, dass Sie ebenfalls keinen Anhang haben?«

»Das ist ja wohl nicht strafbar!«

»Keinesfalls«, versicherte Martens. »Ich wundere mich nur, dass Ihre Arbeit so interessant ist, dass zwei Männer deshalb auf jede Freude des Lebens verzichten.«

»Mir macht meine Arbeit Freude«, sagte Jente.

»Schön für Sie. Und Ihr Kollege Totzke? Hat der ein Privatleben?«

»Ja.« Offenkundig dachte Jente nicht daran, die Auskunft zu präzisieren. Er hatte durch seinen Tonfall deutlich gemacht, dass er Privatleben prinzipiell missbilligte, dem war nichts hinzuzufügen.

Martens ließ es auf sich beruhen und fragte stattdessen nach Jentes Alibi. Vor zwei Stunden? Da war er auf dem Weg zur Ausstellung in der Orangerie gewesen, es gab vor Ort einiges zu besprechen, zurückgekehrt sei er erst vor ein paar Minuten. Nein, dem Chef war er unterwegs nicht begegnet, er hatte ihn nur morgens im Büro gesehen. Wohin der gegangen war, wisse er nicht, schließlich sei der Chef seinen Mitarbeitern ja keine Rechenschaft schuldig. Doch, meist sagte er schon, wohin er ging, manchmal indes nicht, so auch an diesem Tag.

Martens winkte seinem Mitarbeiter, den Kollegen Totzke zur Bank zu schicken. Bei Jente bedankte er sich für die Auskünfte und stellte ihm anheim, ins Büro zurückzukehren oder hier auf seinen Kollegen zu warten; letzteres sei ihm lieber, vielleicht würden sich ja noch Fragen ergeben.

Dietmar Totzke, achtunddreißig Jahre, geschieden, nein, nicht Doktor, nur Diplomhistoriker, war ein heiter aussehender Mann; selbst der gewaltsame Tod seines Chefs konnte den ironischen Zug um seinen Mund und den verschmitzten Blick nicht löschen. Ja, Dennewitz sei ein großartiger Chef gewesen, wenn Jente das gesagt habe, werde es wohl stimmen.

»Sie sehen es also anders?«

»Nicht wirklich. Ich würde es nur nicht so formulieren. Er war so, wie Chefs eben sind, ein wenig unzugänglich und anmaßend, doch durchaus kompetent, und er verlangte von uns Mitarbeitern nichts, was er nicht selbst auch zu leisten bereit war. Unseren Publikationswünschen gegenüber war er aufgeschlossen, und darum ging es ja vor allem. Kein Grund zur Klage, aber auch kein Grund zur Verherrlichung.«

Ja, er sei ein Eigenbrötler gewesen, hatte wirklich nur ein arg reduziertes Privatleben, und seine größte Freude sei es gewesen, in Archiven zu stöbern und dabei etwas zu entdecken. Ihm, Totzke, mache das im Übrigen auch Spaß, doch gebe es daneben noch so viel anderes.

»Was kann Doktor Dennewitz am Prinzenspielzeug gewollt haben?«

»Ich glaube, er bereitete eine Publikation darüber vor. Heute Morgen erwähnte er etwas in der Richtung.«

»War Doktor Jente dabei anwesend?«

»Ich denke schon.«

»Er sagt, er weiß nicht, was der Chef in der Festung wollte.«

»Vielleicht war Jente auch gerade auf dem Klo oder hat es überhört. Das war nur eine beiläufige Bemerkung.«

»Wann hat Doktor Dennewitz das Büro verlassen?«

»Kurz vor zwölf, glaube ich.«

»Und Doktor Jente?«

»Zehn Minuten später, wenn ich mich recht entsinne.«

»Und Sie?«

»Ich bin dort geblieben bis zu Ihrem Anruf.«

»Keine Mittagspause?«

»So etwas machen wir prinzipiell nicht. Wir bringen uns Brote mit und essen abends warm. Falls überhaupt.«

»Hat jemand Sie im Büro gesehen?«

»Leider nicht. Brauche ich ein Alibi?«

»Das sind nur die üblichen Routinefragen.«

Von Verwandten, Bekannten oder Freunden des Verstorbenen hatte auch Totzke noch nie gehört, und da er im Augenblick nichts zur Untersuchung beisteuern konnte, beendete Martens das Gespräch. Die beiden liefen zurück zum Prinzenspielzeug.

Der Tote war längst abtransportiert. Eigentlich gab es nichts mehr zu sehen, denn dass zwei Kriminaltechniker noch immer nach Spuren suchten, war alles andere als aufregend. Sie rutschten auf den Knien herum und spähten unter Gras und Brennnesseln. Trotzdem standen die Polizisten und ein paar Schaulustige noch immer beisammen, unter ihnen Jente. Totzke tippte ihm auf die Schulter und gab ihm ein Zeichen. Die beiden schlenderten zur Bank und setzten sich.

»Was ist?«, fragte Jente.

»Damit kommst du nicht durch«, sagte Totzke.

»Womit?«, fragte Jente.

»So dumm kannst du dich nachher bei der Polizei stellen. Warum hast du dem Oberbullen gesagt, du weißt nicht, was der Chef beim Prinzenspielzeug wollte? Ich habe ihm nichts gesagt, aber er hat was gemerkt und kommt sicher darauf zurück. Und du wirst dich in Widersprüche verwickeln oder lahme Ausreden gebrauchen. Natürlich warst du dabei, als er das mit der Veröffentlichung heute morgen gesagt hat, und ich habe gesehen, wie blass du geworden bist. Denn das ist dein Thema gewesen, und er hat es dir wieder einmal weggenommen. Hat er auch die Zeichnung an sich gebracht?«

Jente lief erst rot an, dann erbleichte er. Seine Hände zitterten. Eigentlich war er Nichtraucher. Er bat Totzke um eine Zigarette.

»Es war ein Unfall«, stammelte er.

»Erzähle es mir der Reihe nach, das erleichtert«, sagte Totzke kollegial und gab ihm Feuer.

Jente nahm einen tiefen Zug, ohne zu husten. »Wieso weißt du das?«, fragte er dann.

»Bei einem Menschen ohne soziales Umfeld jenseits der Arbeit ist die Auswahl an Bezugspersonen nicht sehr groß, das wird auch dieser Martens sich ausrechnen können. Wenn es kein Raubmord war, dann muss es einer von uns beiden gewesen sein, und ich war es nicht. Außerdem hast du mir tagelang vom Prinzenspielzeug vorgeschwärmt, seit du diese Skizze gefunden hast.«

»Das ist keine Skizze, sondern ein maßstabgetreues Aquarell«, korrigierte Jente. »Als ich das im Nachlass dieser alten Dame fand, du warst ja dabei, da wusste ich: Das ist der Durchbruch. Die Festung konnte bisher gar nicht rekonstruiert werden, weil niemand eine Ahnung hatte, wie sie aussah. Und auf einmal wissen wir es! Das wäre eine Sensation gewesen! Ich habe die Karte nicht nur dir gezeigt, sondern auch Dennewitz. Der war erst nicht so begeistert, weil er die Tragweite nicht begriff. Gestern hat er sich die Zeichnung geben lassen, weil er sie genau studieren und zu Hause darüber nachdenken wollte. Und ich Idiot habe sie ihm gegeben! Heute Vormittag sagte er plötzlich, dass er eine Veröffentlichung vorbereiten will. Er! Das war *mein* Fund! Ich war völlig sprachlos, ich konnte mich nicht mal wehren. Als er losging, war ich wie gelähmt, ich brauchte fast eine Viertelstunde, bis ich endlich die Kraft fand, ihm zu folgen. Tatsächlich war er beim Prinzenspielzeug, die Karte in der Hand. Er studierte die Anlage und malte sich aus, wie sie bald aussehen würde. Nach seiner Rekonstruktion! Meine Anlage! Mein Spielzeug! Das habe ich ihm auch gesagt. Und er? Du hast die Festung nicht gepachtet! Wir sind ein wissenschaftliches Team, und was wir herausfinden, publizieren wir auch als Team. Du bist doch kein Privatgelehrter! – Und du hast die Zeichnung nicht entdeckt, gab ich zurück. So was nennt man Diebstahl von geistigem Eigentum. – Darauf er: Du hast das Aquarell nicht selbst gemalt. Bloß gefunden, und das während der Arbeitszeit. Dass du sie unserem Team zur Verfügung stellst, versteht sich von selbst. Alles andere wäre Diebstahl. Du bist ein Dieb, wenn du das für dich allein behalten willst. – Er verhöhnte mich. Ich sah rot. Ich wollte ihm die Zeichnung aus der Hand reißen. Er zog sie weg und gab mir einen Stoß. Er beraubte mich, und dann schlug er mich auch noch! Das war mehr, als ich ertragen konnte. Ich schlug mit voller Wucht zurück. Er fiel um und schlug sich den Kopf an der Festung auf. Ich rannte weg. Nur weg! Das war ein Unfall. Nichts als ein Unfall!«

»Ach Alfred!«, sagte Totzke. »Wer soll dir das denn glauben! Wenn ich es schon bemerke, wird Martens dich dafür in der Luft zerreißen.«

»Was bemerkst du?«, fragte Jente beklommen.

»Das meiste wird schon so abgelaufen sein, wie du erzählt hast. Außer der Tat selber. Dennewitz lag vornüber mit dem Kopf in einem der Trichter für die Geschütze. Wenn man von vorn geschlagen wird, fällt man nach hinten. Du hast ihm also von hinten mit der Handkante oder Faust ins Genick geschlagen. Das macht man, um zu töten. Es war kein Unfall, sondern Mord. Meinetwegen Totschlag im Affekt, und sicher billigen sie dir mildernde Umstände zu. Aber es muss einfach mehr gewesen sein als nur ein Schlag im Affekt.«

»Das ist nicht wahr!« Jente heulte fast. »Ich habe von vorn geschlagen, und so, wie ich ihn verließ, lag er noch da, als wir kamen.«

»Weil die Polizei ihn inzwischen umgedreht hatte.«

»Woher willst du das wissen? Wir sind doch zusammen gekommen.«

»Stimmt. Ich war vorher schon einmal dort.«

»Was?«

»Ja. Ich hatte euren Abgang beobachtet und dabei ein blödes Gefühl. Nenne es eine Vorahnung. Eine halbe Stunde nach dir bin ich zum Prinzenspielzeug gegangen. Und da lag Dennewitz und war tot. Von dir keine Spur. Ich bin sofort zurück ins Büro, um die Polizei zu rufen. Unterwegs habe ich nachgedacht. Mir war klar, dass du ihn getötet hast. Aber du bist mein Freund. Dennewitz allerdings auch. Ich konnte es dir nicht so einfach durchgehen lassen, doch ich wollte erst mit dir sprechen. Also habe ich gar nichts unternommen, nur auf dich gewartet. Du kamst erst, als die Polizei schon am Telefon war, und der Weg hierher war zu kurz für ein Gespräch. Bis jetzt habe ich dich gedeckt. Das werde ich nun nicht mehr tun. Du hast unseren Chef getötet. Für Freundschaft gibt es wenig Grenzen. Mord ist eine! Jedenfalls für mich. Ich gebe dir den guten Rat, dich der Polizei zu stellen. Mit deinem Alibi wird es sowieso nicht weit her sein; wie ich dich kenne, bist du stundenlang im Park herumgerannt und hast dich gesammelt. Mir widerstrebt es, dich zu verpfeifen. Eine Selbstanzeige gibt mildernde Umstände wegen tätiger Reue. Aber wenn du dich nicht selber meldest, werde ich es tun.«

Jente hatte seine Zigarette längst aufgeraucht. Seine Hände zitterten noch immer, und er blickte sehr tragisch drein. Für ihn gab es keinen Ausweg, das hatte er nur zu gut begriffen. Nun kam auch noch Hauptkommissar Martens herüber und sagte: »Ich habe da noch eine Frage, Herr Jente.«

Totzke erhob sich und sagte zu seinem Kollegen: »Stell dich. Das ist das Beste für uns alle!« Er sagte es leise. Martens hatte es dennoch verstanden und hob verwundert eine Augenbraue.

»Anschließend möchte ich noch einmal mit Ihnen sprechen, Herr Kommissar«, sagte Totzke. »Ich habe Ihnen beim ersten Mal nicht alles gesagt.«

Martens nickte Gewährung und setzte sich auf die Holzbank.

Totzke spazierte den Weg entlang. Er wollte nicht, dass jemand sein Gesicht sah. Es wirkte unangemessen triumphierend. Er hatte es geschafft! Alles, was er wollte! Dieser Idiot Jente glaubte wirklich, dass er Dennewitz getötet hatte!

Und nicht mal den Plan hatte er dem Widersacher abgenommen! War einfach weggerannt, erschrocken darüber, dass er zum ersten und einzigen Mal in seinem Leben aus sich herausgegangen war. Als Totzke wenig später zum Prinzenspielzeug gekommen war, rappelte sich Dennewitz gerade auf. Totzke begriff sofort, was vorgefallen war und welche einmalige Chance sich ihm bot. Wenn Dennewitz tot war und Jente der Täter, dann würde er, Totzke, mit Sicherheit zum Leiter des Büros ernannt werden. Mehr Verantwortung, mehr Geld, mehr Spaß. Und noch besser – die Veröffentlichung der wissenschaftlichen Sensation, der detaillierten Ansicht des unversehrten

Prinzenspielzeugs, läge dann einzig in seinen Händen. Im Unterschied zu seinen vertrockneten Kollegen führte Totzke tatsächlich ein Privatleben. Dazu gehörte unter anderem Sport, Kampfsport. Regelmäßig trainierte er zwar nur Judo, aber er hatte vor Jahren auch mal einen Karatekurs belegt. Mit einem einzigen Handkantenschlag brach er Dennewitz das Genick. Dann nahm er ihm die Zeichnung ab und fertigte in seinem Büro auf dem Farbkopierer mehrere Kopien an. Denn das Original musste er nun, im zweiten Gespräch, natürlich der Polizei als Beweisstück übergeben, darum war es bei Jentes grausamer Tat schließlich gegangen. Seine Geschichte würde er so darstellen, wie er sie Jente erzählt hatte. Das klang glaubwürdig. Das einzige, was überhaupt gegen ihn sprechen mochte, war der Handkantenschlag. Dazu war Jente vermutlich gar nicht fähig. Aber er hatte ihm die Geschichte untergejubelt, und in seiner Verwirrung würde Jente sie sicher auf sich nehmen. – Ja, ich habe zugeschlagen, würde er dem Polizisten vorjammern, ja, vielleicht mehr als einmal, ich war außer mir, nein, eigentlich von vorn, ach, ich weiß nicht …

Eine Woche später betrat Dietmar Totzke das Büro des Generaldirektors, um seine Lorbeeren zu ernten. Alles war gekommen, wie er es vorausgesehen hatte. Jente war bei der ersten Vernehmung zusammengebrochen und hatte selbst den Todesschlag auf sich genommen. Und da der Fall befriedigend gelöst war, sah Martens Totzke gern nach, dass der im ersten Gespräch nicht mit der kompletten Wahrheit herausgerückt war. Er verstand seine edlen Motive.

Dass der Generaldirektor nicht allein war, wunderte Totzke, das sah ihm der Generaldirektor an, also sagte er sofort: »Wundern Sie sich nicht, dass wir Besuch haben. Darf ich Ihnen Ihren neuen Chef vorstellen? Doktor Scheumann wird ab nächsten Monat Ihr Büro leiten.«

»Ich dachte, ich –« rutschte es Totzke heraus.

»Na, vielleicht beim nächsten Mal, auch wenn Sie nicht Doktor sind«, bemerkte der Generaldirektor konziliant. »Aber Sie haben ja nicht um den Termin gebeten, um Ihren neuen Chef kennenzulernen. Was gibt's denn?«

Totzke fasste sich. »Ich habe eine Zeichnung entdeckt«, sagte er und präsentierte sie dem Generaldirektor.

»Was ist das?«

»Eine detailgenaue Ansicht des Prinzenspielzeugs.«

»Ach ja. Das Ding, worüber sich Dennewitz und Jente verstritten haben?«

»Das wissen Sie?«

»Die Polizei war bei mir. Was sollen wir damit Ihrer Meinung nach machen?«

»Nun«, Totzke lebte auf, »ich dachte an zweierlei. Zum ersten können wir die Rekonstruktion in Angriff nehmen. Die Festung wird die Attraktion im Park, da bin ich sicher. Und zum anderen dachte ich an eine wissenschaftliche Publikation. Eine Monografie über das Prinzenspielzeug, Geschichte, Nutzung. Ich habe da inzwischen ein paar sehr aufschlussreiche Dokumente ausgegraben. Ich würde die Veröffentlichung gern dem Andenken meines verstorbenen Chefs widmen.«

»Abgelehnt«, sagte der Generaldirektor.

»Was?«, fragte Totzke entgeistert.

»Beides. Die Rekonstruktion können wir uns nicht leisten. Sie wissen selbst am besten, dass unsere finanzielle Decke nicht mal für das Notwendigste reicht. Da werden wir uns doch nicht mit diesem Spielkram befassen.«

»Aber das wären kaum mehr als 10000 Mark!«, sagte Totzke.

Der Generaldirektor warf einen Blick auf das Aquarell. »Schwenk- und drehbare Kanonen«, sagte er. »Aufwändige Spezialanfertigungen. Sagen Sie lieber hunderttausend, das kommt eher hin. Und das, wo unser Etat nicht mal für den Anstrich aller Parkbänke reicht.«

»Und die Veröffentlichung?«

»Wir wollen doch keine schlafenden Hunde wecken. Dann gibt es nur unnötige Anfragen von Bürgern. Außerdem ist das ganze Ding den Aufwand nicht wert. Eine gemauerte Puppenstube! Wir sind doch nicht Disneyland!«

Totzke konnte seine Enttäuschung nicht verbergen, und der Generaldirektor bemerkte es. »Schreiben Sie einen Artikel«, sagte er,

»vielleicht bringen wir ihn in unserer Jahrespublikation unter. Nur nicht zu lang. Aber wissen Sie«, korrigierte er sich gleich, »eigentlich wird auch das nicht nötig sein. Ich meine, wer interessiert sich denn ernsthaft für dieses im Grunde doch alberne Spielzeug, das keinerlei künstlerischen oder historischen Wert besitzt? Niemand, Totzke. Niemand!«

Wörlitzer Gartenreich

Parks sind wegen ihrer Größe und Unübersichtlichkeit bevorzugte Tatorte für Pistolenhelden und Messerstecher in Kriminalfilmen und -miniaturen, wie den vorliegenden.
Das Wörlitzer Gartenreich (bei Dessau in Sachsen-Anhalt) aber, das seit dem Jahr 2000 zum Weltkulturerbe der UNESCO gehört, war von vornherein anders als die meisten Parks in Europa: In den Elbwiesen gelegen und mit großflächigen Wasseranlagen versehen, kann man dort leichter als anderswo einem tatortlichen Ertränktwerden entgegensehen. Also äußerste Wachsamkeit auf den vielen Brücken sowie an den Teichrändern!
Fürst Leopold III. von Anhalt-Dessau (1758–1817) begann die Wörlitzer Anlagen nach englischem Vorbild im Jahre 1764 und hielt sie von Anfang an für jedermann offen, denn seine von allen Gebildeten bewunderten Großprojekte sollten der Unterrichtung und Erziehung des Volkes dienen. Alle Bauten ordneten sich diesem Zweck unter: Schloss, Pantheon, Gotisches Haus, Kirchen, Sarkophage, Tempel, Statuen, Pyramiden und Marstall.

Große Parkteile blieben landwirtschaftliche Nutzfläche. Es gab Baumschulen, Obstgärten, Maulbeeren für die Seidenraupenzucht, Rinderherden in vorbildlichen Ställen sowie Gebäude, in denen moderne Ackergerätschaften vorgeführt wurden. Alles diente der ackerbauenden Bevölkerung als Anregung – eine ökonomische Musterschau.
Zum Wörlitzer Gartenreich im weiteren Sinne gehören auch das Barockschloss Oranienbaum und das Rokokoschloss Mosigkau nebst deren Parkanlagen.
Ein Besuch lohnt sich immer.

Mörder im Park

KRIS NERI

Mit ihrem geschwärzten Gesicht war Detective Gina Miller vom Los Angeles Police Department zwischen all den Bäumen und Sträuchern hier oben auf dem Hügel so gut wie unsichtbar. Dennoch ging sie kein Risiko ein. Als sie ein Rascheln hörte, presste sie die Wange an die raue Rinde einer knorrigen alten Kiefer und spähte vorsichtig zur Lichtung hinüber.

Immer noch nichts. Ihre Beute würde schon kommen, früher oder später. Er konnte den Ködern bestimmt nicht widerstehen, die sie für ihn ausgelegt hatte und weiter auslegen würde. Wenn er danach griff, würde sie ihn schnappen. Und dann wäre die Herrschaft des Schreckens in diesem Park endlich vorbei.

Sie befand sich im Griffith Park, einem ausgedehnten und überwiegend wilden, naturbelassenen Park in Los Angeles. Im hellen Mondschein konnte sie zwischen den Blättern auf der anderen Seite des breiten Hohlwegs eine Bewegung erkennen. Sie hob das Fernglas und beobachtete den Bereich. Vermutlich nur Wild oder ein Kojote. Oder ein anderer Polizist. Hier wimmelte es nur so von ihnen. Von Polizisten – und von Mördern.

Zwei Killer terrorisierten die nächtlichen Besucher des Parks nun schon seit Monaten. Einer davon war obendrein auch noch ein brutaler Vergewaltiger. Nachdem er die jungen Mädchen in die Falle gelockt, gefoltert und vergewaltigt hatte, brachte er sie um. Und seit die ersten toten Mädchen im Park gefunden worden waren, hatte je-

mand angefangen, obdachlose Männer zu ermorden, die in den wärmeren Monaten auf dem hügeligen Gelände des Parks schliefen.

Dass der hinterhältige Vergewaltiger bisher neun Opfer und kaum eine brauchbare Spur hinterlassen hatte, machte der Polizei mehr zu schaffen als der Tod von ein paar Obdachlosen. Die jungen Mädchen waren schließlich Töchter angesehener Bürger der Stadt, wogegen es sich bei den Obdachlosen lediglich um den Abschaum der Gesellschaft handelte. Erst als eine Kämpferin für die Rechte der Obdachlosen diese Ungleichbehandlung angeprangert hatte, bekam die Sonderkommission Griffith Park eine zweite Ermittlungsgruppe zugeteilt, aber die bestand nur aus wenigen und noch sehr jungen Polizisten.

Gina war jetzt sicher, dass sie hier oben allein auf der Lauer lag, und kroch aus ihrem Versteck. Sie zog einen Leinenbeutel mit ihren Utensilien hinter sich her. Daraus holte sie ein kleines, goldenes Medaillon, wie junge Mädchen es gern trugen, graviert mit dem Buchstaben K. Eines der Opfer hatte Kathryn geheißen, aber es war nicht ihr Medaillon. Gina drückte einen zärtlichen Kuss darauf und hängte es über einen Zweig, der in den Weg zur Lichtung ragte. Ein Köder, der sowohl ihr Problem als auch den anderen Fall lösen sollte, der die Sonderkommission auf Trab hielt.

Lieutenant Taylor, Ginas Vorgesetzter in der Sonderkommission, war sicher, dass die Ergreifung des Vergewaltigers seiner Karriere mehr nutzen würde als der andere Fall, und er verfolgte stur die einzige Spur, die er hatte. In der Nähe eines der Opfer hatte ein staubiger Blazer gelegen; er gehörte zu der Schuluniform einer exklusiven Privatschule für Jungen, die an den Griffith Park grenzte. Da die Jungs den Park als ihren privaten Tummelplatz betrachteten, war der Lieutenant sicher, dass einer oder mehrere von ihnen für die Verbrechen an den Mädchen verantwortlich waren.

Gina war genauso sicher, dass diese Spur in eine Sackgasse führte. Der Blazer war nicht bloß staubig, sondern erdverkrustet und verschlissen gewesen. Bestimmt hatte einer der Schüler ihn vor Monaten verloren, und ein Obdachloser hatte ihn seither getragen. Einer von *denen*, einer dieser schmutzigen Parkvagabunden musste der

Vergewaltiger sein. Wer wüsste besser als Gina, wie verschlagen manche von ihnen waren?

Keiner ihrer Einwände hatte den Lieutenant überzeugt, aber ihre wiederholten Versuche hatten ihn schließlich zur Weißglut gebracht.

»Miller«, hatte er sie gestern erst angefaucht. »Sind Sie eigentlich gern Mitglied der Sonderkommission? Wollen Sie bei der Obdachlosen-Ermittlungsgruppe bleiben?«

Sie *musste* einfach dabei bleiben. So wie Taylor an dieser falschen Spur klebte, war sie doch die einzige, die den Fall lösen und dafür sorgen konnte, dass der Park wieder sicher wurde.

»Tun Sie einfach genau das, was ich Ihnen sage, Miller«, hatte Taylor hinzugefügt. »Sie können froh sein, dass Sie überhaupt im Team sind.«

Das konnte sie nicht abstreiten. Sie war noch nicht einmal ein Jahr bei der Kripo, und in die Sonderkommission war sie nur aufgenommen worden, weil eine zierliche junge Frau als Lockvogel für die Privatschüler gebraucht wurde, die nach dem Unterricht den Park durchstreiften. Aber die Jungs hatten nicht auf den Lockvogel reagiert, und Gina wurde in die weniger prestigeträchtige Obdachlosen-Ermittlungsgruppe abgeschoben. Aber genau dorthin hatte sie gewollt.

Jetzt zog sie aus dem Leinenbeutel ein Baumwoll-T-Shirt heraus, dessen einst leuchtendes Rot längst verblasst war. Sie schnupperte daran, um festzustellen, ob es immer noch nach Mottenkugeln roch, aber die chemische Reinigung hatte alle Erinnerungen an die lange Lagerzeit getilgt. Sie hängte auch das T-Shirt über einen Ast und kroch wieder ins Unterholz.

Das Funkgerät an ihrem Gürtel rauschte und knisterte; dann ertönte Taylors Stimme. »Melden Sie sich, Miller. Wo sind Sie?«

»Dante's View«, behauptete Gina.

Dante's View war ein Garten- und Picknickbereich in einem der höher gelegenen Gebiete des Parks, dessen Hügel sich bis auf fünfhundert Meter über dem Meeresspiegel erhoben. Ein italienischer Einwanderer hatte diesen Teil als Geschenk an die Bewohner seiner

neuen Heimatstadt anlegen lassen. Der Garten war wundervoll, aber Dante's View konnte von noch höheren Hügeln in der Umgebung eingesehen werden und war deshalb für Ginas Zwecke nicht geeignet. Dennoch machte sie sich keine Gedanken darüber, dass der Lieutenant sie beim Lügen erwischen würde. Alle Stellen, die sie überwachen sollte, waren für ihn nichts weiter als Namen auf einer Wanderkarte. Er war viel zu faul, um den Hügel hinaufzusteigen und ihren Standort zu kontrollieren, und er war viel zu ehrgeizig, um sich für irgendetwas anderes zu interessieren als für seinen eigenen Fall.

Wie erwartet, brummte der Lieutenant zustimmend. Griffith Park umfasste ein Gebiet von mehr als sechzehn Quadratkilometern. Die meisten Besucher hielten sich nur in den ebenen, kultivierten Teilen auf, die leicht zu durchwandern waren. Den Großteil des Parks machte jedoch das hügelige Gebiet mit mehr als fünfzig Meilen Wanderwegen aus.

Taylor hatte ohne Schwierigkeiten Leute gefunden, die mit Begeisterung die vielen Golfplätze, Baseball- und Fußballfelder kontrollierten. Auch für die Überwachung von Travel Town mit dem Miniaturbahnhof und dem Eisenbahnmuseum, wo eines der Opfer gefunden worden war, mangelte es nicht an Freiwilligen. Genau wie für den Zoo, das alte Karussell und den Ponyreitplatz. Aber es gab nur wenige Polizisten, die fit genug waren, in den Hügeln herumzuklettern und Gebiete zu durchkämmen, in denen sogar die Wanderwege überwuchert waren.

Gina war überzeugt davon, dass Taylor ihre Arbeit eigentlich für unnötig hielt. Seine Verdächtigen waren die Jungs der Privatschule, und die hielt er für Weicheier, die nicht in wildem Gelände herumkletterten. Gina hier in den hügeligen Teil des Parks zu schicken, war also nichts als eine Vorsichtsmaßnahme.

Der Lieutenant hatte erleichtert reagiert, als Gina sich nicht über den mühsamen Marsch beschwerte, der ihr jeden Abend zugemutet wurde. Dass sie genau das wollte, schien ihm nie in den Sinn zu kommen. Sie war eine zierliche Frau, aber sie war auch ungewöhnlich stark. Und sie kannte hier jeden Grashalm. Ihren Eltern gehörte ein Blumengeschäft, nicht weit vom Park entfernt. Als Kinder hatten sie und ihre Schwester Karen den Park als ihr eigenes Reich betrachtet und dort nach der Schule bis spät in den Abend hinein jeden Winkel erforscht. Bis zu der Nacht, in der Karen für immer von hier verbannt wurde.

Wieder holte Gina etwas aus dem Beutel – die silberne Teekanne ihrer Mutter. Das lockte die Kerle immer am meisten. Und obwohl das gute Stück schon seit Generationen in der Familie weitergegeben wurde, hatte ihre Mutter es ihr gern zur Verfügung gestellt. Nichts in ihrer Familie war wie früher gewesen nach dieser Nacht, und nichts war wichtiger als die Wiedergutmachung. Gina stellte die Kanne auf die andere Seite der Lichtung; der Köder sollte den Kerl genau dorthin locken, wo sie ihn haben wollte.

Sie kroch in das Dickicht am Rand der Lichtung. Noch einmal nahm sie etwas aus dem Beutel und schob es in ihre Hosentasche; dann versteckte sie den Beutel unter einem Haufen trockenen Laubs. Schließlich griff sie nach dem Funkgerät und meldete sich bei Taylor.

»Ich setze mich jetzt wieder in Bewegung, Lieutenant«, log sie. »Bin auf dem Weg zur Lichtung oben auf dem Mount Hollywood.« Dorthin, wo sie schon die ganze Zeit war.

»Gute Arbeit, Miller.« Der Lieutenant konnte sein Desinteresse kaum verhehlen.

Verärgert schaltete Gina das Funkgerät aus. Es war ihm völlig egal, was sie machte. Aber wenn das nicht so wäre, ermahnte sie sich, wenn er sie die ganze Zeit im Auge behalten würde, hätte sie nie die Chance, den Vergewaltigungsfall für ihn aufzuklären. Oder ein weiteres Stück Gerechtigkeit für sich und ihre Familie zu erkämpfen, das sie so verzweifelt brauchten.

Ihre Gedanken kehrten zu ihrer Schwester zurück. Arme, gebrochene Karen. Obwohl sie damals gerade erst mit der High School angefangen hatten, war Karen nach dieser Nacht nie wieder zu Schule gegangen. Sie war überhaupt nirgendwo mehr hingegangen. Die Eltern hatten das Haus verkauft, und die Familie war in die Wohnung über dem Blumenladen gezogen. Karen lebte immer noch dort,

fertigte tagsüber Blumengestecke an, im Hinterzimmer des Ladens, wo sie niemandem begegnen musste, und versteckte sich nachts oben in der Wohnung.

Gina war nur ein Jahr älter als ihre Schwester, aber sie war immer die Stärkere gewesen. Der Zorn lähmte und deprimierte sie nicht so wie Karen; vielmehr trieb er sie an, sich zu wehren. Er ließ sie mit wilder Entschlossenheit im Krafttraining immer schwerere Gewichte stemmen, als alle meinten, sie sei zu klein, um bei der Polizei angenommen zu werden. Derselbe Zorn ließ sie auch die Ausbildung auf der Polizeischule mit Bravour bewältigen. Und er gab ihr auch die Stärke, den Ausdauertest zu bestehen, den sie für ihren Wechsel zur Kriminalpolizei absolvieren musste.

Sie hörte ein Geräusch vom unteren Ende des Weges, wo sie ebenfalls Köder ausgelegt hatte, um ihre Beute auf die Lichtung zu locken. Ein stämmiger, betrunkener Mann in zusammengestückelter Kleidung, die er vermutlich irgendwo aus einer Mülltonne gefischt hatte, taumelte auf die Lichtung, in der Hand den ausgeblichenen Seidenschal, den sie für ihn hatte liegen lassen. Gina hielt den Atem an und rührte keinen Muskel.

Sie spähte durch das Gebüsch und sah im Mondlicht, wie der Mann den Arm ausstreckte und seine fleischige Pranke sich um Karens Medaillon schloss. Dann fiel sein Blick auf die silberne Teekanne; es war genau wie bei allen anderen. Er taumelte auf die Kanne zu und fiel davor auf die Knie.

Gina kroch leise aus dem Gebüsch und zog dabei die Garotte aus der Hosentasche; ihr Vater hatte die Schlinge aus einer Saite des Klaviers gemacht, auf dem Karen seit dieser Nacht nicht mehr spielte. Sie schlich sich von hinten an den Mann an, der vor Freude über seinen Fund den Verstand zu verlieren schien. Mit geübten Händen legte sie ihm die Garotte um den Hals. Sie kreuzte die Enden im Nacken und zog mit all der Kraft daran, die sie sich in Jahren der Wut und des Schmerzes antrainiert hatte.

Als der Betrunkene unter ihrem Griff zappelte, fing sie an zu schreien. »Jetzt lachst du nicht mehr, du Abschaum der Gesellschaft, was? Du hast nichts mehr zu lachen, du dreckiger Herumtreiber, nicht wie damals, als du und dein Freund zwei Mädchen missbrauchten und folterten, die jedes Recht hatten, im Park zu spielen. Als ihr das Leben der beiden für immer zerstört habt!«

Sie schrie weiter den Nachthimmel an und den Mann, dessen Zappeln immer schwächer wurde, bis er schließlich tot zu ihren Füßen zusammensank. Aufgewühlt und schweißgebadet starrte sie auf den reglosen Körper. Sie musste zugeben, dass es nicht der Mann war, der sie und Karen vor Jahren vergewaltigt hatte, nur einer, der ihm ähnelte, auch wenn sie jedesmal *ihn* sah, während sie diese Szene wieder und immer wieder durchspielte.

Erst als ihr Atem wieder ruhig ging, meldete sie sich per Funk bei ihrem Vorgesetzten. »Wieder ein ermordeter Obdachloser, Lieutenant.«

»Stellen Sie sich hinten an, Miller«, sagte Taylor. »Wir haben hier wieder ein vergewaltigtes und ermordetes Mädchen. Und so wie sie aussieht, ist sie noch nicht lange tot. Halten Sie die Stellung. Sobald die Spurensicherung hier fertig ist, kommt sie zu Ihnen.«

Der Vergewaltiger von Griffith Park war also immer noch irgendwo da draußen, dachte Gina, als sie dem Toten Karens Medaillon aus den Fingern wand. Es war nicht *er*, der hier von ihrer Hand gestorben war. Mit einem Seufzer stopfte sie die blutige Garotte in die Hosentasche und sammelte Teekanne und T-Shirt ein. Bis zum nächsten Mal.

Sie ging dorthin zurück, wo sie ihren Beutel versteckt hatte, und verstaute ihre Sachen darin. Und nahm heraus, was sie als falsche Spuren hinterlegen würde, um die Obdachlosenmorde auf einen unbekannten Angreifer zu schieben. Beweise, die sie selbst fabriziert hatte und nach jedem Mord in die Asservatenkammer des Reviers brachte. Ginas Überzeugung, dass einer der vielen Obdachlosen des Parks auch der blutrünstige Vergewaltiger war, war durch nichts zu erschüttern. Genauso wie ihr fester Glaube daran, das Richtige zu tun.

Sie wurde wieder munterer und dachte daran, dass es egal war, wie lange es dauerte. Je länger, desto besser. Sie würde erst ruhen, wenn sie diesen herrlichen Park von *allen* blutsaugenden Vagabunden befreit hatte. Solange der Lieutenant nicht mitbekam, dass eine seiner Mitarbeiterinnen die Obdachlosenmorde beging, hatte sie genug Zeit, um den Vergewaltiger aufzuhalten.

Und um Karen zu rächen, wieder und immer wieder.

Schlosspark von Bad Muskau

Um den Tatort Park in Los Angeles mit einer Garotte zu kombinieren, bedarf es schon einer ziemlich exklusiven Phantasie. Gottlob sind die meisten Parks in Deutschland garottenfrei. Einer sei hier skizziert, der einstmals riesige Schlosspark von Bad Muskau, den Fürst Hermann von Pückler-Muskau von 1813 bis 1845 nach englischem Vorbild anlegte und der nach dem Zweiten Weltkrieg durch die Oder-Neiße-Grenze zweigeteilt wurde. Nur der kleinere Teil liegt heute in Deutschland.
Pückler, ein bedeutender Landschaftsgartentheoretiker, wollte für die Menschen einen Mikrokosmos schaffen: einerseits aus »dem Ganzen der landschaftlichen Natur ein konzentriertes Bild«, andererseits für die Bürger von Muskau möglichst viele Arbeitsplätze. Daher entstanden dort im Laufe der Zeit eine Glashütte, eine Dampfziegelei, eine Keramikmanufaktur, eine Papiermühle und der Braunkohlenabbau – ein Gesamtkunstwerk von herrlichen Gartenanlagen und industrieller Produktion. 1845 kam für den Fürsten der finanzielle Ruin. Das Projekt Muskau blieb unvollendet. Die Parkanlagen fielen bald dem Wildwuchs anheim und wurden im Zweiten Weltkrieg stark beschädigt. Von 1993 an wurde der Muskauer Park gemeinsam von der deutschen und der polnischen Parkverwaltung restauriert. Der 2004 in die Welterbeliste der Unesco aufgenommene Garten ist heute wieder ein Touristenmagnet – und der Fürst durch das »Fürst-Pückler-Eis« (Vanille-Schokolade-Erdbeer) noch immer in aller Munde.

Der Ausflug

ELIZABETH SYME

Brendy Macintyre war Anwältin in einer Kanzlei. Sie war Anfang vierzig, rothaarig, attraktiv, intelligent und zufrieden genug mit ihrem Leben, als das sie all dies hätte herauskehren müssen.

Als sie am Mittsommermorgen um fünf Uhr in der Frühe nicht mehr schlafen konnte und immer rastloser wurde, stand sie auf, duschte und zog Trainingsanzug und Sportschuhe an. Nach einer Tasse Kaffee sprang sie in ihren Wagen und verließ die Tiefgarage ihres Apartmenthauses in der Innenstadt. Sie fuhr zur Interprovincial Bridge, auf deren Mitte die Provinz Ontario aufhört und das überwiegend französischsprachige Quebec anfängt. Nach kaum einer halben Stunde befand sie sich bereits auf der kurvigen Strecke in die Gatineau Hills. Moorside, das Anwesen von Mackenzie King, war nicht mehr weit entfernt. Park- und Gartenführer lobten es in den höchsten Tönen – eine hervorragende Wahl für einen Ausflug am Mittsommermorgen. Sie bog in den Parkplatz von Moorside ein. Zu ihrer Enttäuschung war sie nicht einmal um diese Uhrzeit dort allein. Sie könnte natürlich so tun, als sähe sie den Ford Crown Victoria nicht und auch nicht den kanadischen Polizeibeamten, der danebenstand. Sie parkte ihren Wagen nicht zu nah an seinem und nicht zu weit davon entfernt und stieg aus.

»Guten Morgen.« Es wäre absurd gewesen, so zu tun als sei er nicht da.

»Guten Morgen. Sie sind aber früh unterwegs, Ma' am.« Sein Blick glitt über ihren Trainingsanzug und die Sportschuhe. »Haben Sie ein Handy dabei, Ma'am? Wenn Sie allein laufen, ist das ganz sinnvoll.«

»Hier drin.« Sie klopfte auf ihre Handtasche. »Ohne das verlasse ich nie das Haus.«

»Das ist eine kluge Entscheidung, Ma'am.« Seine Stimme klang ernst, aber sein Lächeln beruhigte sie. Seine unausgesprochene Warnung interpretierte sie als: »Man weiß nie, wem man begegnet.«

Schließlich war es Mittsommermorgen.

Vom Parkplatz aus ging sie den gepflasterten Weg zum Moorside Cottage, einem alten Landhaus, in dem Mackenzie King immer den Sommer verbracht hatte. Die Räume im ersten Stock waren heute ein Museum. Im Erdgeschoss hatte man vom Café aus einen schönen Blick auf den klassisch gestalteten Teil des Gartens.

William Lyon Mackenzie King, Kanadas zehnter Premierminister, hatte die wilde Landschaft der Gatineau Hills sehr geliebt. Sein Sinn für Romantik spiegelte sich in Moorside wider. Er ließ einen klassischen Garten anlegen und einen Steingarten, verborgen inmitten einer Ansammlung von pittoresken Ruinen. Sein geliebtes Anwesen vermachte er 1950 dem kanadischen Volk.

Brendy ließ sich auf einem Stuhl auf der Terrasse nieder und sah sich um. In den Beeten blühten Rosen in allen Schattierungen von Rot und Rosa. Eine weiße Balustrade erzeugte auf dem Rasen ein interessantes Muster aus Licht und Schatten. Zu ihrem Entzücken begann ein Kammerorchester aus Rotkehlchen und Staren, sie musikalisch zu unterhalten. Sie genoss es, ganz für sich in der Natur zu sein. Moorside hatte zweifellos seinen ganz eigenen Charme.

Auch Gärten haben ihre Geheimnisse, genau wie Häuser. Ob sich wohl eines in Moorside verbarg? Mackenzie King war Spiritualist gewesen; sicher war er während seines langen Lebens mehr als einem Geist begegnet. Aber eigentlich war sie hierher gekommen, weil sie nicht schlafen konnte, und Geheimnisse zu entdecken würde vermutlich bloß zu weiteren schlaflosen Nächten führen. Wo sollte sie als erstes hingehen? Vieles bot sich an. Die Ruinen reizten sie, besonders die der Abtei. Sie waren in den dreißiger Jahren hier errichtet worden und verliehen Moorside einen Hauch schauriger

Romantik. Zwar waren sie nicht echt, sondern zusammengetragen von alten Gebäuden aus aller Welt, aber die Besucher fanden sie eindrucksvoll.

Brendy nahm eine Abkürzung über den Rasen. Wo die Sonne noch nicht hingekommen war, hing der Tau schwer auf dem Gras. Morgendliche Ruhe und Frieden hüllten sie schützend ein, und doch hatte sie das unheimliche Gefühl, beobachtet zu werden.

Die Abteiruine mit ihren hohen Bögen und verzierten Säulen war bezaubernd. Sie erhob sich über einem sanften grasigen Abhang und vermittelte den Eindruck von Einsamkeit und Abgeschiedenheit. Von einer Bank aus konnte Brendy die Ruine gut betrachten. Zwei Libellen umschwirrten ihren Sitzplatz, aber nur kurz, dann flogen sie weiter zu einem Rotahornbaum. Ein wundervoller Morgen.

Plötzlich erhaschte sie zwischen den Säulen einen grauen Schatten. Das Kleid einer Frau? Es verschwand sofort wieder. Eine Sinnestäuschung? An einer Mauer, halb im Schatten, lehnte ein Motorrad. Brendy beugte sich vor, um genauer hinzusehen: ein Oldtimer in ausgezeichnetem Zustand. Aber wo war der Fahrer?

»Ist da jemand?«, rief sie. Keine Antwort. Eine leichte Gänsehaut überzog sie.

Wieder erspähte sie einen grauen Schatten zwischen den Säulen. Dann kam aus einer Lücke zwischen den Teilen der Ruine eine hübsche junge Frau gelaufen. Ihr grauer Rock und die weiße Bluse erinnerten an den Dior-Look der Fünfziger. Ihr langes blondes Haar wurde von einem Band zurückgehalten. Im Laufen sah sie immer wieder über die Schulter zurück. Plötzlich blieb sie stehen und legte die Hand auf den Mund, als ob sie ein Lachen unterdrücken wollte. Ein hochgewachsener junger Mann mit einem Kissen in der Hand stürmte aus der Westseite der Ruine heraus. Der Schnitt seiner Hose und die Frisur erinnerten Brendy an James Dean in »*... denn sie wissen nicht, was sie tun*«. Als die Frau ihn sah, lief sie wieder los, aber diesmal viel langsamer. Offensichtlich wollte sie, dass er sie einholte. Als ihm das gelungen war, küsste er sie leidenschaftlich auf den Mund. Mit erhitztem Gesicht erwiderte sie die Küsse. Dann löste sie sich aus seinen Armen und fing an, auf dem Rasen zu tanzen,

und ihre Bewegungen waren von unwirklicher Schönheit. Brendy rutschte unbehaglich hin und her. Tiefe Stille hatte sich über alles gesenkt. Selbst die Vögel waren verstummt.

Der Tanz war zu Ende, und die Frau streckte die Arme aus. Der Mann trat zu ihr, hob ihre Hand an seine Lippen und küsste sie. Eng umschlungen zogen sich die Liebenden wieder in die Ruine zurück. Brendy war wie gebannt. Es schien alles so normal zu sein, und doch ...

Sie hatte sich im Blickfeld des jungen Paares befunden, aber die beiden hatten sich benommen, als sei sie nicht da. Hatten sie sie etwa gar nicht gesehen? Brendy wurde unbehaglich zumute. Vielleicht war das Ganze auch nur eine Illusion gewesen? Aber warum hatten die beiden dann so lebendig, so überzeugend gewirkt?

Ihr blieb keine Zeit, darüber nachzudenken, denn einen Augenblick später kam die junge Frau aus der Ruine gerannt, das Gesicht aschfahl, mit wildem Blick. Der Mann verfolgte sie. Diesmal war es eine echte Jagd. Als die Frau stolperte, stürzte er sich wie ein Raubtier auf sie. Mit unbarmherzigem Griff drehte er ihr einen Arm auf den Rücken. Ihr Gesicht verzerrte sich vor Schmerz, und ihre Lippen formten sich zu einem stummen Hilfeschrei.

Dies lief vor Brendys Augen ab wie ein Horrorfilm ohne Ton. Ihr Herz klopfte heftig, während sie zusah, wie der Mann die entsetzte Frau in die Ruine zerrte. Brendy sprang auf. »Lass sie los! Lass sie los!«, schrie sie. Ihre Kehle schmerzte vor Anstrengung, aber ihre Stimme blieb unhörbar wie in einem Albtraum. Sie versuchte, dem Paar in die Ruine zu folgen, aber ihre Füße waren entsetzlich schwer. Unter Aufbietung all ihrer Kräfte erreichte sie einen Punkt, von dem aus sie verfolgen konnte, was passierte.

Der Mann hatte die Frau auf eine Decke im Gras niedergerungen und hielt sie fest. Brendy konnte es kaum ertragen, dabei zuzusehen, wie die Frau um ihr Leben flehte. Wieder versuchte sie, in die Ruine hinein zu gelangen, doch es war als ob eine unsichtbare Wand ihr den Weg versperrte. Dann kniete der Mann nieder und drückte das Kissen auf das Gesicht der jungen Frau. Sie zappelte und kämpfte. Ihre Bewegungen wurden immer kraftloser und langsamer, bis sie schließlich ganz aufhörten. Sie lag da, vollkommen reglos. Tränen brannten in Brendys Augen, als sie zu ihrer Bank zurücktaumelte. Sie sank darauf nieder, stützte den Kopf in die Hände und verspürte eine grenzenlose Trauer. Schließlich zwang sie sich dazu, den Abhang hinaufzugehen und in die Ruine hineinzusehen.

Niemand da! Auch das Motorrad war verschwunden. Es war, als hätte der Mord nie stattgefunden.

Als Rechtsanwältin hatte sie es mit Fakten zu tun, nicht mit Phantasien. Aber es war alles so wirklich gewesen. Was hatte das nur zu bedeuten? Hatte hier etwa früher ein Verbrechen stattgefunden, das bislang nicht gesühnt worden war? Ihres Wissens gab es keine Aufzeichnungen über einen Mord in Moorside. Aber wenn er bislang gar nicht ans Tageslicht gekommen war?

Als der junge Mann das Kissen in der Hand gehalten hatte, war ihr aufgefallen, dass zwei Glieder des kleinen Fingers seiner linken Hand fehlten. Sie hatte sich auch ganz automatisch das Kennzeichen des Motorrads gemerkt; so etwas konnte als Beweis wichtig sein. Wenn es tatsächlich einen Mord gegeben hatte, dann war er, den Kleidern nach zu urteilen, in den Fünfzigern geschehen.

Ihr Körper schmerzte vor Erschöpfung, in ihrem Kopf pochte es. Sie musste von hier weg. Doch der Gedanke an die junge Frau würde nun nicht mehr aufhören, sie zu quälen. Langsam ging sie zurück zur Terrasse. Wo sollte sie nur anfangen mit ihren Nachforschungen? Hier in Moorside? Ihre Gedanken sprangen ziellos hin und her, kamen nicht zur Ruhe. Sie dachte an ihre Studienzeit, in der sie glühend vor Eifer und Wissbegier ungelöste historische Kriminalfälle studiert hatte. Einige waren aus den Fünfzigern gewesen. Hatte damals nicht ein junger Farmer bei einem Gang über die frisch gepflügten Felder eine Hand aus der Erde ragen sehen? Sie konnte sich noch gut an den Fall erinnern. Man hatte dort eine junge Frau ausgegraben, die erstickt war. Die Farm lag nur zwei Meilen von Moorside entfernt. Vielleicht hatte der Täter die Leiche auf dem Motorrad zum Feld gebracht. So weit hergeholt war das gar nicht.

Sie erreichte den Kiosk im Nebengebäude von Moorside, vor dem zwei kleine Tische mit Stühlen aufgestellt waren. Eine Frau von

Mitte vierzig war dabei, die Türen der ehemaligen Garage aufzuklappen.

»Bonjour, Madame.«

»Guten Morgen.« Brendy schnupperte; es duftete nach Kaffee. »Haben Sie schon geöffnet?«

»Erst in einer Stunde. Ich mache gerade Kaffee für meinen Mann und mich. Möchten Sie vielleicht eine Tasse mittrinken?«

»Vielen Dank, das ist sehr freundlich von Ihnen.« Brendy setzte sich an einen Tisch. Die Frau stellte ihr einen dampfenden Becher hin und einen zweiten auf den anderen Tisch, an den sich ein großer, bärtiger Mann setzte.

Er wandte sich an Brendy. »Hab Sie von der Abteiruine kommen sehen. Bisschen gruselig dort, was?«

»Sie hat ihre eigene seltsame Atmosphäre.«

»Irgendwas gesehen?« Sein Ton was beinahe aggressiv.

Brendy setzte ihren Becher ab. »Wieso? Gibt es denn Geschichten über Leute, die dort schon einmal etwas gesehen haben?« Sie hatte zwar keine Lust auf ein Gespräch, konnte aber nicht widerstehen, diese Frage zu stellen. Hatte er sie vielleicht heimlich beobachtet?

»Philippe, mach doch der Lady kein Angst«, rief seine Frau.

»Die Lady ist eine ganze Weile in den Ruinen gewesen, Véronique. Sie fürchtet sich nicht so schnell.«

In seiner Stimme hatte ein Hauch von Bösartigkeit mitgeschwungen. Brendy betrachtete ihn näher. »Ist hier in der Gegend irgendwann einmal eine Frau ermordet worden?« Ihre Frage hatte einen Nerv getroffen, das konnte sie erkennen. Offenbar gefiel ihm das nicht. Seine Frau warf ihm einen warnenden Blick zu.

»Nein, Madame. Ich weiß von keinem Mord. Aber manche Menschen bilden sich etwas ein, wenn sie hier sind, und glauben dann ganz fest daran.«

»Arbeiten Sie in Moorside?«, fragte sie.

»Ja, ich bin schon sehr lange hier.« Er stand auf. »Bonne journée, Madame. Zeit für die Arbeit.«

Sie sah ihm nach. Sein Gang kam ihr bekannt vor. Ihr Herz setzte einen Schlag lang aus. Das konnte doch nicht wahr sein, oder?

Er hatte seine Mütze auf dem Tisch liegenlassen.

»Sie haben etwas vergessen«, rief Brendy ihm nach und hielt ihm die Mütze entgegen.

Er kam zurück, und weil er den rechten Arm schon voll mit seinen Sachen hatte, streckte er die linke Hand aus. Ihr Atem stockte. Von seinem kleinen Finger war nur noch ein Stumpf übrig. Brendy saß wie erstarrt da und sah ihn über den Rasen fortgehen. Sie drehte sich um und wollte noch einmal mit der Frau sprechen, doch die war nicht mehr da. Die Türen des Kiosks waren geschlossen; ein Schild mit der Aufschrift *Fermé* hing daran. Langsam ging Brendy zur Ruine zurück. Dort, wo die junge Frau ermordet worden war, blieb sie stehen. Die Antwort musste einfach hier zu finden sein.

Plötzlich hörte sie ein leises Geräusch. Philippe stand zwischen den Säulen und beobachtete sie. Keiner von beiden sagte etwas. Schweigend maßen sie einander. Dann setzte Brendy alles auf eine Karte. »Haben Sie sie auf dem Feld begraben?«

»Madame, sagen Sie so etwas nie wieder.« Drohend näherte er sich ihr.

Brendy flüchtete entsetzt. Sie rannte den Waldweg entlang, und das einzige Geräusch, das sie wahrnehmen konnte, war das Trommeln ihrer Turnschuhe auf dem Boden. Sie lief in Richtung Parkplatz; als er in Sichtweite war, blieb sie stehen und blickte zurück: Niemand folgte ihr.

Gott sei Dank war der Ford noch da. Ein paar Meter entfernt stand der junge Polizist. Als er sie erblickte, kam er auf sie zu. »Na, na, immer mit der Ruhe, Ma'am. Ist alles in Ordnung?«

»Ja, danke, mir geht's gut«, keuchte sie mit rauer Kehle.

Immer noch außer Atem sah Brendy zu ihm auf. »Waren Sie die ganze Zeit hier? Sind Sie nicht Streife gefahren?«

»Doch, das bin ich. Aber ich habe gedacht, dass ich die nächste Runde erst ein bisschen später mache.«

»Haben Sie etwa auf mich gewartet?«

Er wählte seine Worte mit Bedacht. »Joggen am frühen Morgen kann voller Überraschungen sein.« Er lächelte rätselhaft. »Und es ist Mittsommermorgen.« Er hatte ihren Arm genommen und gelei-

tete sie sanft zu ihrem Wagen. Beim Einsteigen fragte sie: »Wissen Sie zufällig, ob jemand namens Philippe hier arbeitet? Seine Frau Véronique hat den Kiosk.«

Er schüttelte den Kopf. »Philippe? Nie gehört. Den Kiosk führt eine junge Frau namens Denise.«

Brendy glitt hinters Lenkrad. Sie sah wieder zu ihm hoch. »Vielen Dank, dass Sie mein Schutzengel waren.«

Er lächelte kurz und salutierte. »Gern geschehen, Ma'am. Fahren Sie vorsichtig.«

Sie ließ den Motor an und fuhr los. Was für eine seltsame Gesellschaft: die hübsche junge Frau, Philippe und Véronique, selbst der junge Polizist. Es gab vieles, worüber sie nachdenken musste. Es wäre vergleichsweise einfach, den Fall der erstickten jungen Frau zu recherchieren. Darüber mussten die Zeitungen von Ottawa berichtet haben. Vielleicht gäbe es sogar Fotos. Wer weiß, vielleicht erkannte sie sogar darauf die junge Frau, die in den Ruinen getanzt hatte? Mit etwas Glück wäre auch der Fahrer des Motorrads aufzuspüren. Ihn zu finden und vor Gericht zu bringen, wenn er noch am Leben war, wäre eine echte Sensation.

Aber ihre Suche musste geheim bleiben. Was würden ihre Mandanten von einer Anwältin halten, die an Geister glaubte? Fakten, nicht die Phantasien, waren ihr Metier. Die Partner in ihrer Kanzlei hätten vielleicht Angst, dass sie die Firma in eine prekäre Lage brachte. Und ihren Lebensunterhalt musste sie schließlich auch verdienen. Aber das alles würde sie nicht daran hindern, der Sache nachzugehen. Wenn der junge Mann von damals noch lebte, würde sie ihn finden. Wenn nicht – nun, ein Phantom kann nicht vor Gericht gestellt werden. Ein Schauder überlief sie. So unheimlich ihr das auch war, wenn es erforderlich sein sollte, würde sie die furchterregende Schwelle zur Welt der Schatten ein weiteres Mal überschreiten. Der jungen Frau musste Gerechtigkeit widerfahren. Sie musste die Antworten auf alles finden, was sich noch daraus ergeben konnte, ob im Hier und Jetzt oder anderswo. Und sie musste alle Eventualitäten berücksichtigen. Schließlich wusste man nie, wem man bei einem Ausflug begegnet.

Künstliche Ruinen

Künstliche Ruinen sind zwar nichts für den Hausgarten, spielen aber in den Parks Europas und Nordamerikas eine große Rolle.
Schon in der Antike dienten Ruinen als Steinbruch für Neubauten; im Mittelalter wurden sie in Kirchen umgewandelt – wie die Porta Nigra in Trier –, in Burgen – wie das Hadriansmausoleum in Rom, das zur Engelsburg wurde – oder in ganze Städte – wie der Diokletianspalast, aus dem die Stadt Split an der Adria entstanden ist.
Seit der Spätrenaissance schätzt man Ruinen aber auch um ihrer selbst willen, als romantische Zeugen des Verfalls. Seit dem Ende des 18. Jahrhunderts stellt man Ruinen künstlich her, um großen Gartenanlagen einen ästhetischen Reiz zu geben. Sehenswert sind die künstlichen Ruinen in den Parks von Kassel, Schwetzingen, Ludwigsburg und Veitshöchheim. Hinzu kommen die Gartentheater mit künstlichen Arenen, Ruinen und Grotten wie in Hannover-Herrenhausen, Salzburg-Helabrunn, Sanspareil bei Bayreuth.
Künstliche Ruinen bereichern somit das große Repertoire der Garten-Schmuckelemente (Balustraden, Loggien, Gartenhäuser, Orangerien) um eine sentimentale Note. In England heißen sie »follies«, also »närrische, verrückte Einfälle mit Gefühlswert«.

Trügerische Idyllen

Unter Palmen so grün

GABRIELE WOLFF

Hier also war es einst: dass ein Rappe tänzelte, auf dieser so trügerisch grobkörnigen Salzkruste, ein Abenteuer seinen Anfang nahm, eine Bekehrung begann, die in einer Umkehrung endete, und überhaupt – Schott el Dscherid, das war ein Name, der sofort Bilder herauf beschwor. Gluthitze, Angst vor dem Einbrechen durch die Salzschicht, Kara Ben Nemsi und Hadschi Halef Omar …

In Wirklichkeit war es sieben Uhr morgens, ein kalter Wind pfiff über die grau-raue Oberfläche des Salzsees, rosa beschienen von einer müden Sonne, die auch über Paderborn hätte aufgehen können. Wie kam ich jetzt nur auf Paderborn?

Heute überquert eine befestigte Straße den See. Zum Schutz der Träume hatten sie die Markierung des alten Fußweges stehen gelassen, windschief in das grindige Salz gestoßene Pfähle, die irgendwann ins Nichts führten. Fröstelnd zog ich meine nach zähen Verhandlungen im Souk erstandene und viel zu teure Lederjacke vor der Brust zusammen. Dem Reisebus und dem Basar auf der Mitte der Wegstrecke wandte ich den Rücken zu; obwohl ich mich weit von der Gruppe entfernt hatte, konnte ich den Stimmen nicht entkommen. Vor allem nicht seiner. Ich wollte Pferdehufe hören, Wiehern und das gutturale Arabisch, das ich nicht verstehen, sondern nur wie Musik wahrnehmen konnte. Stattdessen hörte ich wieder seine Stimme, die das Vorhersehbare sprach:

Ich habe dir doch gesagt, du sollst etwas Vernünftiges zum Anziehen mitnehmen. Du holst dir noch den Tod in diesem Fähnchen. So, das also ist der berühmte Salzsee? Ich weiß nicht, den habe ich mir irgendwie anders vorgestellt, irgendwie – na, du weißt schon.

Ich bewunderte Ann-Marie, denn sie erwiderte nichts. Die ganze Zeit über, schon in der Sahara, war sie still gewesen. Nicht einmal einen mörderischen Blick hatte sie ihm zugeworfen, als er meckerte, dass hier ja noch nicht einmal Kamele seien, sondern nur Dromedare, und überhaupt, diesen verflohten und verlausten Burnus ziehe er nicht über, lächerlich, unhygienisch sowieso, und diese dreckigen Tücher, die die tunesischen Kamelführer den Touristen mit routinierter Fingerfertigkeit um den Kopf wanden, so etwas brauche er schon gar nicht.

Dass du bei so einem Nepp überhaupt mitmachst, das wundert mich wirklich. Die halten ihre Viecher doch nur für uns blöde Touristen. Wüstenbewohner sind das schon lange nicht mehr, die tun doch nur so. Also, ich gehe zu Fuß.

Ann-Marie war auf ihr Dromedar geklettert, hatte sich krampfhaft an dem hölzernen Horn des Sattels festgehalten, als das Tier sich mit zwei ruckartigen Stößen erhob. Die Beine eng gegen seine Flanken gepresst, hielt sie sich stolz und gerade, dem schaukelnden Passgang entgegen wirkend. Natürlich konnte Georg nicht mithalten, obwohl die Führer auch nur in gemächlichem Schritt vorangingen. Dieser Sand war kein Sand, er war Puder, bot keinen Widerstand, kostete Kraft, war nachgiebig und unerbittlich. Und er war so schön, von mattgoldener Farbe und unendlich weit. Sanft verwehte Oasen und zerstörtes Leben. Die Tiere spreizten ihre Zehen, ließen gurgelnde Geräusche hören oder grunzten brunftig. Stoisch schritten sie voran, drehten manchmal die Köpfe nach ihren Reitern um und glotzten Einverständnis. Wir ließen Georg zurück, dahinstolpernd in der flirrenden Hitze, Safari-Look und teure, praktische Boots, er sah irgendwie richtig angezogen aus, schaffte es aber doch nicht.

Wenn mich jemand fragen würde, ob ich jemals Verdacht geschöpft hätte: dann in diesem Moment, als Ann-Marie, stolz, nicht zurück blickend, blind und taub für ihren Mann, mit glänzenden

Augen die Massen an Touristen auf ihren Dromedaren ausblendete und in eine Ferne schaute, in der es nichts gab außer Sand. Ann-Marie sollte immer auf einem Dromedar sitzen, es steht ihr, üppig und ruhig wie sie ist; sie sollte auch immer einen Burnus tragen, der verlockend-fließend ihren Körper mehr ahnen lässt als ihn modelliert. Steht ihr besser als die engen Jeans und das verklebte T-Shirt, das den Blick auf die grau-verwaschenen Träger freigibt und durch das man den verrutschten BH sieht, wie er in das Fleisch des Rückens schneidet. Zu viele Adjektive, ich weiß, aber wie soll ich Ann-Marie, die Stille, beschreiben, ohne zu Adjektiven Zuflucht zu nehmen? Sie sagte ja so wenig.

Das übernahm dann Georg, der, als er uns endlich keuchend an unserem Rastplatz eingeholt hatte, ein Bild des Jammers bot: Sand auf der feuchten Kopfhaut, die zwischen den spärlichen Haaren durchschimmerte, Sand im Gesicht, Sand überall. Hochroter Kopf, und alles, was er sagte, war tödlich korrekt. Dass das ja nicht die wirkliche Sahara sei, sondern nur ihr Rand. Ob wir nicht bemerken würden, dass wir diese Hunderte von Kamelführern von einem authentischen Leben im Einklang mit der Natur abhielten, denn das hier sei ja alles nicht echt. Und viel zu teuer obendrein. Die würden ja nie richtig arbeiten, wenn das Geld sich auf so leichte Weise verdienen ließe ... Er hatte ja recht, echt war es nur in den Büchern meiner Kindheit, und das auch nur, weil der Autor nicht hier gewesen war, bevor er vor hundert Jahren diese Bücher geschrieben hatte.

Ich hätte Georg erwürgen können.

Dann sprengte dieser schöne Schwarze heran, auf einem Araberfuchs, den er eine Kapriole vorführen ließ. *Police du desert*, sagte er lachend, und seine Zähne blitzten wirklich weiß auf. Er trug einen Turban, einen blauen Uniformrock mit Tressen, einen Säbel, weiße Pluderhosen und schwarze Stiefel, die vom Sand ganz grau waren. Ann-Marie und ich sahen uns an, wir lächelten und waren gerührt und ironisch. *Un dinar, wird er gleich sagen*, sagte ich. Aber dann sagte er: *Un dinar pour mon cheval*, und das gab den Ausschlag. Obwohl seine Männlichkeit beschädigt wurde, weil er dann auch noch einen

Kopfstand auf dem Sattel des feurigen Pferdes vorführte, das erschreckt zusammenzuckte – so wie wir: Wir gaben ihm einen Dinar. Jede von uns. Und da wusste ich, dass mit Ann-Marie zu rechnen war. Denn Georg schüttelte traurig den Kopf.

Ich verstehe die Frauen nicht. Das ist doch ein Schmarotzer. Der tut doch nichts für euer Geld. Ihr verderbt die Leute hier, wie alle Touristen.

Was du ja nicht bist, sagte ich böse. *Oder nur ein geiziger. Außerdem ist es für das Pferd.*

Alle wussten, dass das nicht stimmte, auch der schöne Schwarze, der seinen dunklen Blick hochmütig über unsere Köpfe schweifen ließ, als er das Geld entgegen nahm wie einen Tribut. Aber sollte ich Georg sagen, dass Männer wie Georg einem noch nicht mal mehr eine Illusion lassen?

Warum war er nicht in unserem Club auf Djerba geblieben, da passte er doch viel besser hin als in den Traumraum meiner Kindheit; obwohl er auch dort immer das Richtige gesagt hatte, über die ausgebeuteten einheimischen Bediensteten – denen er trotzdem kein Trinkgeld gab – und den ungesunden Sport bei dieser Hitze und dass Ann-Marie aufpassen sollte, bevor sie womöglich mit vollem Magen in den Pool sprang … Dabei sprang sie gar nicht, sie glitt hinein, sanft, wie sie immer alles machte, träge wie eine dösende Katze. Georg hatte sie nicht verdient. Es freute mich, dass sie mit dem sanftäugigen tunesischen Segellehrer einen stummen Flirt begonnen hatte, den Georg nicht bemerkte, weil er fachmännisch über Katamaran-Typen reden musste. Einmal hob sie ihren Arm, um die Hand schützend über die Augen zu halten: Irgendwo auf dem gleißenden Wasser segelte ihr Mann. Habib, der Segellehrer, kniete gerade neben ihr und sog den Geruch ein, der ihrer Achselhöhle entströmte. Das ist noch so eine Erinnerung, die vielleicht wichtig sein könnte.

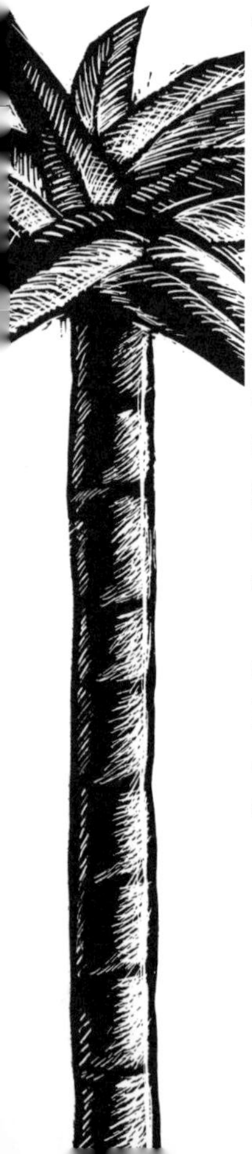

Der Höhepunkt unseres Trips war dann der Palmengarten, die Oase von Gabès. Oase, das kannte ich. Sand, ein sanftes Tal, in der Mitte eine Wasserstelle, Palmen. Der saufende Wüstenkönig, scharfe Ausdünstungen, das Heulen einer Hyäne, eine klagende Flöte, einsam. Nein, auch das war alles falsch, wie unser vielsprachiger Führer charmant erklärte und damit noch ein Bild zerstörte, das ich liebte.

Wo eine Oase ist, ist eine Stadt. Wo sonst sollten Städte sein, wenn nicht dort, wo Wasser ist? Logik tröstet nicht immer. *Und Gabès ist eine große Stadt* – er wurde immer stolzer, während mir immer dumpfer zumute wurde, zumal Georg sich räusperte, als wolle er etwas sagen. Da ich von allen Mitreisenden nur Ann-Marie mochte, musste ich Georg in Kauf nehmen. Er war immer in der Nähe.

Drei-Etagen-Kultur, erklärte unser Führer eifrig. *Nur dann ist es eine echte Oase, wenn es eine Drei-Etagen-Kultur gibt. Unten Getreide, Gemüse oder Futtergras, dazu Obstbäume und oben Dattelpalmen. Sie werden sehen, es ist überwältigend. Der größte Palmengarten überhaupt. Fünfundzwanzigtausend Palmen.*

Ich wusste, was Georg sagen würde. Wenn nicht jetzt, dann später. Ich schloss die Augen vor dem staubgrauen Stein, dem sandigen Nichts, den Müllsackfeldern auf den öden Flächen vor der Stadt, wie sie dort vor jeder Stadt existieren. Ich kannte das schon. Ich machte sie erst wieder auf, als wir vor dem Palmengarten anhielten. Dutzende von Kutschen mit eingespannten mageren, struppigen Pferdchen warteten auf uns.

Und da war er: der Garten. Grün, so grün, so überwältigend grün nach den Tagen der toten Materie, der dürren Farben, dass einem das Herz aufging.

Ann-Marie ging entschlossen auf die erste Kutsche mit dem räudigen Rappen zu, lächelte den kleinen Kutscher an, der Goldzähne zeigte und Zahnlücken, und schwang sich in die Kutsche. Wir folgten ihr. Ich betrachtete die Schaumblasen, die zwischen Geschirr und Pferderücken hervorquollen. Zwischen den aufmerksam spielenden Ohren des Pferdes prangte ein Bouquet von Kunststoffblumen. Die Kutsche quietschte, als wir losfuhren. Der Weg in den Garten begann mit einem Anstieg, den unser Kutscher im Galopp nahm. Die Peitsche knallte, und ich sah nicht hin, wo sie traf, denn wir waren im Paradies. Granatapfelbäume, Riesenschilf mit hellen Federbüschen, Dattelpalmen bis zum blauesten Himmel, wucherndes Grün überall, durch Palmwedelzäune sorgsam parzelliert, Grün

in allen Schattierungen von Gelbgrün bis hin zum Giftgrün von Plastikrasen. Sogar grau-violetten Kohl konnte man entdecken, ein im saftigsten Dunkelgrün weidendes Rind, das erste, das ich in diesem Land gesehen hatte, üppig-krause Tabakblätter, und Schatten war da ...

Das Pferdchen keuchte, und Georg machte nur einen erträglichen Witz über den TÜV, der sich mal um die eiernden Räder unseres Gefährts kümmern sollte, dann war auch er wieder still. Wir rollten durch dieses sagenhafte Grün, und ich wusste auf einmal, dass Wasser der Ursprung ist. Nein, ich wusste es nicht, ich spürte es, das Leben schlechthin atmete dort in all dem Überfluss, verströmte sich in dem Mist aus Kameldung und dem Duft der fremdartigen Blüten.

Dann hielten wir an, und Georg sagte schließlich den Satz, den er nicht hätte sagen dürfen.

Kapier ich nicht, was wir hier sollen, ist doch nur ein orientalischer Schrebergarten, das, oder?

Ann-Marie, die Stille, Sanfte, ihr blondes Haar auf einmal grell vor dem ganzen Grün, ihre Augen blitzend, das erste Mal – zischte ihn an. Wie eine Schlange, ja, genau so war es.

Jetzt reicht es. Du kannst mich mal.

Ich habe oft darüber nachgedacht, ob es wirklich diese Worte waren, die sie benutzt hat, aber das war es wohl, mehr hat sie tatsächlich nicht gesagt. Trotzdem waren wir schockiert, und als sie dann noch weglief, einfach so, da standen wir im ersten Moment wie gelähmt neben der Kutsche. Georg fasste sich dann aber und lief ihr hinterher, sportlich federnd in seinen praktischen Boots. Das war das letzte Mal, dass ich ihn gesehen habe.

Ich bin dann noch alleine durch den Garten gegangen und habe das friedlichste Bild erlebt, das man sich vorstellen kann. Drei halbverschleierte Frauen auf einer Wiese, einer richtigen Wiese, die Brot aßen und Schafskäse und Oliven, ihre Schäufelchen und Hacken neben sich im Gras liegend. Sie lachten und schwatzten, standen dann auf und bewegten sich so unbefangen, dass ich wegschlich. Dann bekam ich es noch mit einem kleinen Jungen zu tun, der mich vor bissigen Hunden beschützen wollte, die aber gar nicht bellten, überhaupt habe ich keinen Hund dort gesehen, und mit einer kleinen Hure, die sich eben noch bezahlen ließ, bevor sie mich ansprach. Der Junge wollte einen Dinar und die Hure Kaugummi von mir, und ich ahnte, dass es in all dem Grün noch anderes Leben gab. Wasser habe ich übrigens auch gesehen, gelbliche Pfützen in steinernen Rinnen, die rechtwinklig durch die Gärten mäanderten. Bougainvillea ist die schönste Pflanze, die ich kenne, und sie wuchert dort einfach so, unbeachtet und ungepflegt, siegreich.

Ann-Marie saß schon in der Kutsche, als ich kam, und sie sagte nicht viel, als ich nach Georg fragte: Sie habe ihn nicht gesehen, und er werde schon den Weg zurück finden. Ob ich ihn etwa vermisse?

Ich antwortete wahrheitsgemäß, und so fuhren wir ohne ihn zurück.

Auch im Club tauchte er nicht mehr auf, aber Ann-Marie blieb ruhig. Als die Polizei kam, hat sie mich nicht befragt. Ich hätte auch kaum etwas gewusst, nur dass der Flirt mit Habib kein stummer mehr war und dass der Mann aus Gabès stammte. Tunesier haben ja immer sehr große Familien, und Familie bedeutet noch etwas im Orient. Und die Oase mit ihren fünfundzwanzigtausend Dattelpalmen? So riesig, so fruchtbar, so grün? Ein wenig frisch aufgebuddelte Erde mehr oder weniger fällt da nicht auf.

Ann-Marie blieb noch eine Woche länger als ich. Wir haben keine Adressen ausgetauscht. Ich hoffe, dass sie glücklich ist.

Zwergpalmen

Im Freien wachsen Palmen bei uns nur im Mittelmeerraum und längs der Golfstromküste Schottlands und Irlands. Zwergpalmen dagegen sind seit der Biedermeierzeit beliebte Zimmerpflanzen geworden.
Unter der Bezeichnung »Zimmerpalmen« fehlte zwischen 1880 und 1914 in kaum einem bürgerlichen Salon oder der Guten Stube ein Exemplar der Howeia-Palme oder ähnlicher Palmen aus der Südsee. Vielleicht war es ja auch eine Dattelpalme (Phoenix roebelenii und Phoenix canariensis) oder eine Hanfpalme (Trachycarpus fortunei).
Die »Zimmerpalmen« sind inzwischen nicht mehr Mode. Nur die Dattel- und Hanfpalme werden noch als Kübelpflanzen gezogen, auf der Terrasse gezeigt und im Haus überwintert. Die Engländer haben die Palmen fest im Griff. Die Handfläche nennen sie »palm« vom lateinischen »palma«, usprünglich »flache Hand« wegen der Ähnlichkeit des Blattes mit einer ausgestreckten Hand.
Die Schusterpalme oder Fleischerpalme gehört nicht in diesen Zusammenhang; sie ist ein Liliengewächs.

Besuchenswert ist der Palmengarten in Frankfurt am Main. Entstanden ist er aus der großen Sammlung exotischer Pflanzen, die Herzog Adolph von Nassau 1868 aufgrund eines Residenzwechsels an eine eigens dafür gegründete Aktiengesellschaft veräußerte. Auf einem von der Stadt Frankfurt überlassenen Gelände wurde ein Garten mit einem großen Gesellschaftshaus und einem angegliederten Palmenhaus errichtet. 1871 wurde alles feierlich eröffnet. Im Zweiten Weltkrieg schwer beschädigt, Anfang der 1960er Jahre komplett überholt, wurden die regen Modernisierungsarbeiten 1992 beendet. Der wunderbar neu gestaltete Palmengarten erhielt einen Rosen-, Stein-, Rhododendron- und einen Staudengarten, zu dem sich ein Tropicarium, ein Subantarktishaus und mit modernster Technik ausgestattete Gewächshäuser gesellen.

Steppenheidepflanzen à la Sahara

Hier einige Pflanztipps für vollsonnige, bodenwarme und trockene Steingartenplätze:
Steppenlilie (Eremurus), ein riesiges Liliengewächs mit waagerechtem seestern-artigem Wurzelstock
Meerkohl (Crambe cordifolia), mit gewaltigen kugeligen weißen Blütenständen
Schleierkraut (Gypsophila paniculata), mit duftiger Blütenfülle
Lavendel (Flores lavendulae), besonders die gedrungene Form Hidcote Blue
Salbei (Salvia officinalis), mit aromatisch duftenden Blättern
Heiligenpflanze (Santolina), weißfilzige Büsche mit grünen Blütentrieben und gelben Blüten.

Und als Bodendecker für Georgs Grab:
Zitronen-Thymian (Thymus citriodorus), Golden Dwarf mit lila Blüten sowie alle Windtulpenarten, zum Beispiel Tulipa kaufmanniana, praestans, turcestanica und eichleri.

Zuverlässige Laucharten:
Goldlauch (Allium moly), Riesenlauch (Allium giganteum), Blaulauch (Allium coeruleum), Paukenschlägerlauch (Allium stipitatum), Allium rosenbachianum, kräftig rosarote Blüten, Gelber Hängelauch (Allium flavum), gelbe, zierliche Blüten, Violetter Hängelauch (Allium pulchellum), überreicher rosavioletter Blütenflor, Roter Turkestanlauch (Allium ostrowskianum), karminroter Zwerglauch.

In dunkler Nacht

ALMUTH HEUNER

Hoffentlich kann ich noch solange die Augen offenhalten, bis ich bei der Polizeiwache ankomme. Wahrscheinlich glauben die mir sowieso nicht, dass ich in den letzten paar Stunden intensiven Umgang mit Mördern gepflegt habe. Es fing an, als ich auf dem Weg zu meiner Pension in der Handtasche das goldene Feuerzeug von Stadtrat Nossat entdeckte. Das war mir ziemlich peinlich. Dauernd fallen mir Dinge in die Handtasche. Es ist eine Krankheit, das weiß ich; aber eigentlich stört sie mich nicht sehr, und meist schaffe ich es, die Sachen wieder unauffällig an ihre Besitzer loszuwerden. Wie dieses Feuerzeug; am besten war wohl, ich brachte es schnell zurück, bevor er es vermisste. Der Vorraum seines Hauses wurde, wie ich wusste, nie abgeschlossen; dort befand sich neben allem möglichen Kram die Garderobe, und ich könnte das Feuerzeug in seine Manteltasche stecken.

Ich wendete in einer Einfahrt. Mittlerweile war es ziemlich neblig, sicherlich im Herbst auch auf Rügen kein ungewöhnliches Phänomen. Leider verbarg der Nebel die Hinweisschilder. Hätte ich nicht schon weiter vorn links abbiegen müssen? Die Windungen der Straße kamen mir völlig unbekannt vor. Nossats Haus, in dem Nossat und ich in Gesellschaft seiner Frau einen anstrengenden Arbeitstag mit einem nicht minder anstrengenden Essen hatten ausklingen lassen, lag etwas außerhalb von Putbus am Ende einer recht unscheinbaren Abzweigung der Landstraße, die ihrerseits von der

Hauptstrecke zwischen Garz und Putbus abzweigte. Ich konnte mich zwar noch gut an die wunderbar erhaltene Lindenallee der Hauptstrecke erinnern, aber wie ich wieder dahin finden sollte, war mir schleierhaft.

Zwanzig Minuten später tat ich das einzig Vernünftige. Ich hielt am Straßenrand, schaltete die Innenbeleuchtung ein und kramte nach der Karte. Rügen war groß und mir völlig unvertraut, und bevor ich die ganze Nacht herumirrte ... Bei der Gelegenheit konnte ich auch gleich feststellen, ob noch mehr fremdes Eigentum in meinen Besitz gelangt war.

Zwischen dem üblichen Sammelsurium an Besteck und Salzstreuern konnte ich außer dem Namensschild von Nossats Sekretärin nichts entdecken. Das hatte ich wahrscheinlich eingesteckt, als sie mir diese ätzend lange Story über die mutmaßliche Affäre von Nossats Schwester erzählte. Wenigstens hatte ich nicht den Ehering von Frau Nossat; beim Essen hatte sie nämlich beiläufig erwähnt, sie habe ihn wahrscheinlich zum Händewaschen abgelegt und bislang nicht wiederfinden können.

Ich gähnte und widmete mich dem Studium der Straßenkarte. Auf der Fahrt von Stralsund nach Putbus heute morgen war ich gleich hinter dem Damm zur Insel nach rechts in kleinere Straßen eingebogen, weil ich es nicht erwarten konnte, die berühmten Alleen zu erleben. Vermutlich war ich dann vor lauter Begeisterung wahllos der Nase nach gefahren, bis ich eher zufällig in Putbus gelandet war.

Unsere Besprechung über die Sichtungsmaßnahmen des Baumbestands – ein Auftrag, für den sie offenbar niemanden anders finden konnten als die unbekannte hessische Garten- und Parksachverständige Mayke Siepen, mein Glück! – hatte sich arg in die Länge gezogen. Völlig erledigt hatte ich die Einladung zum Abendessen bei Nossats angenommen und nicht darauf geachtet, auf welcher Strecke ich dem stadträtischen Wagen aufs Land gefolgt war. Und wo in Putbus meine Pension lag, wusste ich auch nicht, wie mir plötzlich siedendheiß einfiel. Fieberhaft suchte ich nach irgendwelchen Anhaltspunkten, wie ich nun von hier nach dort kam – wo auch immer diese beiden Punkte liegen mochten!

Gelinde verzweifelt legte ich die Karte weg, machte die Innenbeleuchtung aus und saß eine Weile einfach nur da, ohne dass mir eine andere Idee kam, als weiterzufahren und darauf zu hoffen, irgendwelche Wegweiser nach Putbus zu entdecken. Draußen war es jetzt richtig erbsensuppig. Straßenbeleuchtung gab es auf diesen Nebenstrecken sowieso nicht, und unter den Alleebäumen – Buchen, wie ich als Baumexpertin an den ab und zu erahnbaren Stämmen erkannte – war es auch tagsüber oft sehr düster, so dass es mir einleuchtend erschien, immer mit Licht zu fahren, wie es hier Vorschrift war.

Moment mal ... Buchen? Vielleicht wusste ich doch ungefähr, wo ich war. Buchen hatten die Landstraße bei Nossats Haus gesäumt. Ich ließ den Motor an und fuhr langsam weiter.

Doch im Licht der Nebelscheinwerfer tauchte nicht das erhoffte Schild, sondern eine menschliche Gestalt am Straßenrand auf, die in dem Augenblick auch gleich zu Boden sank. Ich hielt an, riss die Handbremse fest und stolperte zu dem Mann, der auf dem Kopfsteinpflaster lag. Ihm musste schlecht geworden sein; ich drehte ihn vorsichtig auf den Rücken, um zu sehen, ob er sich verletzt hatte. Die Fahne, die mir ins Gesicht schlug, fasste seine Vorgeschichte in drastischer Kürze zusammen. Mich ekelte es, dieselbe Luft zu atmen wie er, aber ich konnte ihn ja kaum hier liegenlassen, immerhin war es Ende Oktober und schon ganz schön kalt nachts. Er schien sich auch verletzt zu haben, hatte Blut im Gesicht und auf der Jacke, und ich glaubte nicht, dass er allein nach Hause finden würde. Weil er auf meine Fragen keine verständlichen Antworten gab, suchte ich nach seiner Brieftasche, um seine Adresse herauszubekommen. Er wohnte in Putbus – ärgerlich, weil ich dann noch mal wegen des Feuerzeugs zurück musste. Dann schob und rüttelte ich ihn, bis er sich halb aufraffte und ich ihn ins Auto zerren konnte.

In der Wärme des Wagens taute er ein bisschen auf und wurde so wach, dass er fast sprechen konnte. Dem Genuschel zufolge war eine Frau an seinem Zustand schuld. Oder seine Schüler? Die einzigartige Schönheit der Ostseeinsel? Wahrscheinlich war er ein Naturkundelehrer mit Liebeskummer, was aber nicht zu meinen

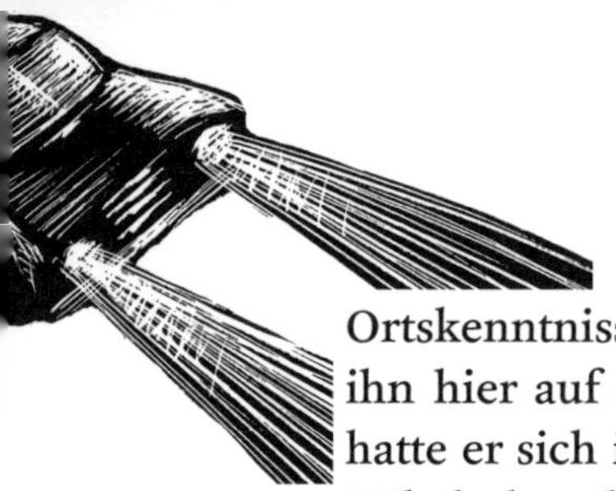

Ortskenntnissen beitrug. Ich fand es eigentlich nicht ungewöhnlich, ihn hier auf der Landstraße getroffen zu haben; wahrscheinlich hatte er sich in der Scheune, die ich vorhin zwischen Buchen und Nebelschwaden aus den Augenwinkeln bemerkt hatte, einen kleinen Schnapsvorrat angelegt, um sich in aller Ruhe in der geliebten Natur voll laufen zu lassen. Lehrern traue ich irgendwie alles zu.

Von der Buchen- kamen wir zurück auf die Lindenallee der Hauptstrecke, und ich düste Richtung Putbus. Unterwegs kam der Lehrer so weit zu sich, dass er mir klarmachen konnte, wo er in Putbus wohnte. Ich lieferte ihn vor seiner Haustür ab und fand auch nach nur zwei Runden durch den Kreisverkehr um den Circus herum meine Pension. Nur den Hausschlüssel, den Stadtrat Nossat mir bereits mittags hatte besorgen lassen, den fand ich nicht mehr. Mist – womöglich war er mir aus der Manteltasche gefallen, als ich den besoffenen Lehrer gerettet hatte! Eine Klingel gab's nicht, mein Klopfen hörte niemand, also blieb mir wohl nichts anderes übrig, als zurückzufahren und den Schlüssel zu suchen. Und das Feuerzeug zurückbringen, das ich in all der Aufregung ganz vergessen hatte. Wenn ich nicht vorher einschlief.

Ich ließ den Wagen mit Licht und Warnblinkanlage am Straßenrand und fahndete im Gras zwischen Asphalt und Baumreihe nach dem Schlüssel. Er hatte einen ziemlich großen Anhänger gehabt, meine Chancen standen gut.

Die kühle, feuchte Nachtluft roch nach Erde und modrigen Blättern. In Meeresnähe hatte ich eigentlich Salzgeschmack erwartet, aber Küste hatte ich so gut wie keine gesehen; so groß war Rügen, dass ich mich fast wie auf dem Festland fühlte, nicht wie auf einer Insel.

Statt auf den Schlüssel stieß ich zuerst auf etwas ganz anderes. An mehreren Buchen war die Grasnarbe aufgegraben und dilettantisch wieder festgedrückt worden. Das würde den Wurzeln aber gar nicht gut bekommen! Neugierig hob ich einen losen Soden an. Darunter lag der Wurzelhals frei, und überall war so ein helles Pulver verstreut. Ich verrieb eine Prise davon zwischen den Fingern. Plötzlich wurde mir alles klar. Das war Salz! Und als ich mit der Nase fast am

Stamm war, entdeckte ich eine Reihe eingeschlagener Kupfernägel. Das war ja wohl die Höhe – ein Baummörder!

Mein Blut kochte auf, meine Müdigkeit verschwand. Das hatte ich schon mal gesehen: Wenn Bäume unter Naturschutz standen, aber jemandem im Weg waren, löste dieser Jemand das Problem, indem er die Bäume mit Streusalz vergiftete, bis sie so krank waren, dass sie doch gefällt werden mussten. Eingeschlagene Nägel beschleunigten den Prozess noch. Der Einsatz von Streusalz ist schädlich und glücklicherweise selten geworden – aber das hier war ein Verbrechen. Bestimmt stand die Allee unter Denkmalschutz.

Der Nachbarbaum war nicht besser dran, an den tieferen Ästen entdeckte ich selbst bei den schlechten Sichtverhältnissen erste Schäden. Wenn ich den erwischte, der dafür verantwortlich war! Die Bäume konnten sich doch nicht wehren; liebevoll waren sie entlang der Straßen so gepflanzt worden, dass sie die schönsten Ausblicke auf die Landschaft wirkungsvoll einrahmten, hatten hundert, zweihundert Jahre lang Stürmen, Frost und Dürre getrotzt, und jetzt kam irgendwer daher und mordete sie, nur um sich persönlich zu bereichern! Ich war so wütend, dass ich die Suche nach dem Schlüssel erst mal zurückstellte, ins Auto sprang und gleich bei der Polizei Anzeige erstatten wollte. Morgen konnte ich dann erforschen, wem die Buchen hier eigentlich im Weg waren und warum.

Doch kaum hatte ich den Motor gestartet und war gerade angefahren, sah ich im Scheinwerferstrahl etwas aufblitzen. Ich hielt wieder an und stieg aus – lag da nicht etwas Großes, Unförmiges? Als ich näher trat, sprang mir sofort der blutige Hammer ins Auge. Die verkrümmte Figur, in deren Kopf er steckte, war nicht besoffen, soviel war auf den ersten Blick schon klar. Hier kam wohl jede Hilfe zu spät.

Mein erster Gedanke, dass der Baum sich doch selbst gerächt und zugeschlagen hatte, war wohl nur auf die Müdigkeit zurückzuführen, die sich wieder heftig bemerkbar machte. Ich spähte umher, aber in der trüben Suppe war natürlich nichts zu erkennen. Vermutlich war das Opfer mit Hammer und Nägeln ausgerückt, um dem Salzfraß nachzuhelfen, und dabei von jemandem überrascht worden, dem das Schicksal der Buchen am Herzen lag. Oder das Opfer hatte den Baummörder – mit oder ohne Hammer – bei seinen Machenschaften überrascht und musste dran glauben. Oder eine Kombination aus all diesen Umständen. Jedenfalls konnte ich nicht sicher sein, dass der Tote auch der Baummörder war.

Es war ein Mann, soviel war klar, aber ich konnte mich nicht überwinden, ihn auf den Rücken zu drehen. Außerdem erinnerte ich mich vage daran, dass ein Tatort möglichst in Ruhe gelassen werden sollte, und überhaupt legte ich im Augenblick auch nicht viel Wert darauf, meine eigenen Spuren hier zu hinterlassen. Ich wollte jetzt zuerst die Sache mit dem Feuerzeug hinter mich bringen; den Mord konnte ich auch ein paar Minuten später melden, darauf kam's jetzt auch nicht mehr an, außerdem bezweifelte ich, dass – erst einmal auf der Wache in Putbus angekommen – es mir gelingen würde, unbeobachtet zu Nossats Haus zu fahren. Überhaupt passte mir diese Leiche ganz und gar nicht ins Konzept. Mein Anliegen war, herauszufinden, wer den Baumfrevel begangen hatte. Ein solches Verbrechen wurde nämlich von den Behörden nicht gerade mit vollem Einsatz verfolgt.

Beim Gedanken daran, was ich noch alles tun musste, bis ich ins Bett kam, überfiel mich offenbar Sekundenschlaf und riss mich fast von den Beinen. Die Liste wurde immer länger: Feuerzeug zurückbringen, Anzeige erstatten, Leichenfund melden, wahrscheinlich als Zeugin aussagen ... nicht zuletzt die Sache mit dem Schlüssel. Doch eins nach dem anderen. Ich schüttelte mich und hastete zurück in den Wagen. Vor lauter Begeisterung über all meine Vorhaben gab ich zuviel Gas, was den Wagen auf dem feuchten Kopfsteinpflaster rutschen ließ. Ich nahm mich zusammen; ein Unfall genau hier war in meinen Plänen nicht vorgesehen.

Knapp hundert Meter weiter entdeckte ich die Einfahrt zu Nossats Haus. In all dem Nebel war mir nicht klar gewesen, wie nah dran ich die ganze Zeit gewesen war. Ich ließ den Wagen ohne Licht am unbefestigten Straßenrand stehen und schlich die sandige Zufahrt entlang. Das alte Bauernhaus war nur ein Schatten, und wo der Eingang mit dem Vorraum war, konnte ich lediglich ahnen. Hier

irgendwo? Tatsächlich. Und genau, es war nicht abgeschlossen. Ich hoffte inständig auf nicht quietschende Türen und darauf, dass um halb zwei nachts alles schlief.

Im Vorraum roch es muffig, und ich stolperte über einen erstaunlich massiven Haufen Plunder neben der Tür, der sich wie ein Sandsack anfühlte. Komisch, beim ersten Besuch war mir der Vorbau viel größer vorgekommen. Doch egal; ich tastete mich die Garderobe entlang und versuchte, den Ledermantel wiederzufinden, den Nossat angehabt hatte, um das Feuerzeug in der Manteltasche verschwinden zu lassen. Feuerzeug! In seinem flackernden Schein erkannte ich schnell, dass der Mantel gar nicht da war. Aber jetzt fiel mir ein, wo ich den Mantel das letzte Mal gesehen hatte. Genau so einen hatte doch eben der Tote –

Ich erstarrte. Die Flamme erlosch. Heiliges Kanonenrohr! Das musste Nossat persönlich sein, der tot an der Straße lag! Umso mehr brannte mir dieses Feuerzeug auf der Seele. Schnell weg damit in die nächste Tasche, es war mir jetzt ganz gleichgültig, ob sie es jemals wiederfanden, aber auf alle Fälle nicht bei mir und nicht mit meinen Fingerabdrücken! Und raus hier, so schnell und so leise wie möglich.

Mein Puls flog nur so, als ich wieder im Wagen saß, der mir wie eine Bratröhre vorkam. Ich kurbelte das Fenster runter, um Luft und einen kühlen Kopf zu bekommen. Nossat selbst hatte sich wohl kaum an den Buchen vergangen; vor meinem geistigen Auge lief noch einmal die Szene von heute Mittag ab, wie er sich empört hatte, dass sein eigener Schwager die Allee abholzen lassen wollte, damit er bessere Zufahrt zu seiner Baustofflagerhalle hatte. Mit diesem Schwager hatte ich ja schon mal einen Anwärter auf den Posten als Baummörder!

Aber was zum Teufel hatte Nossat eigentlich da vorne an der Straße zu suchen gehabt? Als ich, leicht betäubt von gutem Essen und großzügigem Digestif, von hier weggefahren war, hatte er eher so gewirkt, als wolle er gleich ins Bett. Nossat und seine Frau waren den ganzen Abend lang irgendwie ziemlich gereizt gewesen, und der verschwundene Ring hatte genug Stoff für hämische Bemerkungen geliefert. Vielleicht hatten die beiden, als sie alleine waren, so richtig Streit bekommen und Nossat wollte danach noch etwas frische Luft schnappen? Schließlich war die Stelle, an der ich seine Leiche gefunden hatte, nicht weit von hier entfernt. Vielleicht hatte seine Frau ihn umgebracht? Aber meine Lieblingstheorie war immer noch die, dass Nossat den Baummörder bei der Arbeit überrascht hatte.

Ich setzte mich aufrecht hin, strich meine Haare hinter die Ohren und atmete tief und gleichmäßig. Vielleicht konnte ich sogar sofort noch etwas in Sachen Abholzung herausfinden. Dieser Schwager mit seinem Antrag und allem Drum und Dran musste doch auch in dem Bündel Unterlagen drin sein, das ich für meinen Auftrag bekommen hatte; dann hätte ich schon mal Namen und Adresse. Die Unterlagen sollte ich aber besser nicht hier auf der Straße durchsehen, vor dem Haus des Mordopfers, wobei mir wieder einfiel, dass außer dem Mörder und mir noch gar niemand wusste, dass ein Mord stattgefunden hatte! Ich seufzte. Dauernd diese Ablenkungen. Um die Polizei kam ich wohl nicht herum – und diesen vermaledeiten Schlüssel hatte ich auch noch nicht gefunden! Mir wäre viel wohler gewesen, wenn ich gewusst hätte, dass, egal, was mir noch bevorstand, ein Bett auf mich wartete. Ohne große Hoffnung kramte ich noch mal in meiner Handtasche und zog ein Objekt heraus, das mich erschauern ließ: die Brieftasche von Klaproth, dem besoffenen Lehrer!

Entnervt warf ich sie auf den Boden. Ich hatte überhaupt keine Lust auf eine weitere Begegnung mit dem Typen! Vielleicht hatte er Nossat ins Jenseits befördert und sich deshalb betrunken? Entschlossen, die Brieftasche auf dem Weg zur Wache in Klaproths Briefkasten zu werfen, hob ich sie wieder auf und sah hinein. Führerschein, Personalausweis, Geld, Kreditkarten ... ein handschriftlicher violetter Zettel: »Liebster! Treffe Dich an unserem Platz um eins. J. M.« Sieh an – ein Techtelmechtel. Was Klaproths Anwesenheit zu nachtschlafender Zeit auf der Landstraße erklärte. Und beim Rumknutschen in der Scheune hatte er vermutlich keinen Gedanken an Bäume verschwendet. Ich ließ den Motor an und machte mich mal wieder auf den Weg nach Putbus. Jetzt war die Wache an der Reihe.

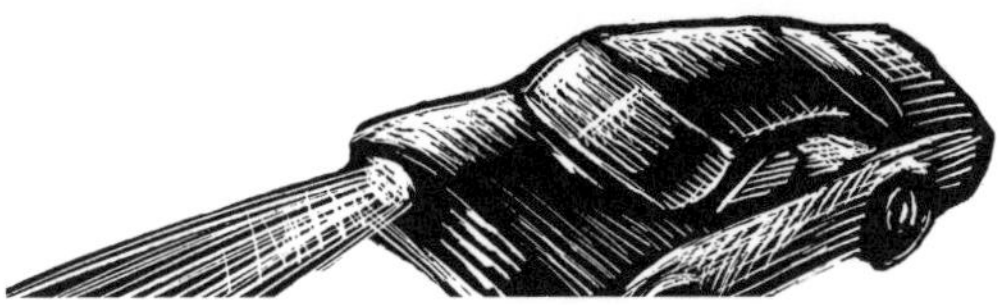

Auf der Hauptstrecke hing der Nebel dicht in der geschlossenen Lindenallee, und ich war noch nicht weit gekommen, als mir eine wild winkende Gestalt vor den Wagen sprang und ich nur mit Mühe bremsen konnte. Hier war ja nachts der Teufel los! Schliefen die denn nie? Die Frau, die ohne viele Umstände in mein Auto stieg, flehte mich an, sie nach Hause zu bringen, und es kam ihr offenbar gar nicht seltsam vor, dass ihr Ziel in entgegengesetzter Richtung zu meiner Fahrtrichtung lag. Sie wohne auf einem Bauernhof ganz in der Nähe, sagte sie, und sie sei ein bisschen spazieren gegangen, weil sie nicht schlafen konnte, aber jetzt sei ihr schlecht, und es würde mir doch sicher nichts ausmachen ... Ich biss die Zähne zusammen, wendete und entfernte mich wieder von Polizei und Bett. Ich fühlte mich wie in diesem Herbstgedicht: *... in den Alleen hin und her unruhig wandern, wenn die Blätter treiben* – das Schicksal derer, die kein Haus haben. Wobei mir der Pensionsschlüssel wieder einfiel.

Wie es der Zufall wollte, wohnte die Frau in Nossats Haus. Ich gab meiner Verwunderung darüber Ausdruck und erfuhr, dass ich seine Schwester, Juliane Melcher, vor mir hatte. Nossats und Melchers wohnten im selben Haus, aber mit separaten Wohnungen und verschiedenen Eingängen. Julianchen ging es offenbar schon wieder besser, und sie war zu einem Schwätzchen aufgelegt. Ich überlegte, ob ihr Mann nun wirklich der Baummörder war. Wir saßen bei laufendem Motor im Wagen vor der Einfahrt, und während sie mich mit ihrem Gerede einlullte, versuchte ich eine Strategie zu entwickeln, wie ich das Gespräch auf Streusalz und Hämmer lenken konnte.

Ich schreckte hoch beim Stichwort »Lehrer«. Was faselte sie jetzt? Irgendwas über Klaproth?

Es fiel mir nicht leicht, das alles auf die Reihe zu bringen. Bevor ich sie jedoch näher zu Naturfreund Klaproth befragen konnte, war sie schon wieder bei ihrem Mann und seiner Engstirnigkeit. Ich dachte sofort an seinen Antrag auf Abholzgenehmigung – aber weit gefehlt, sie sprach über seine Eifersucht und dass sie sich davor fürchtete, er würde »das« rauskriegen, was das auch immer sein mochte. Teile ihrer Story waren mir aber bekannt vorgekommen, hatte nicht die Sekretärin was von einer Affäre angedeutet? Moment

mal – der Zettel in Klaproths Brieftasche, die Initialen! Diese Lehrer waren schon problematische Naturen. Es dauerte jedoch ein paar Minuten, bis mir dämmerte, dass Juliane nun nicht mehr über ihre eigene Liebelei sprach. Jetzt ging es um ihre Schwägerin Nossat. Schamlos himmelte die vor aller Augen ihren Mann, also Melcher, an, alles würde sie für ihn tun, sogar die eigene Mutter vergiften, aber sie brauchte gar nicht zu glauben, dass ihr, also Juliane, das nicht aufgefallen sei, aber egal, sie könnte ihn auch haben, nur nicht sofort …

Mein Hirn klarte auf. Die gute Frau Nossat, die mich früher am Abend so formvollendet bewirtet hatte, hegte zärtliche Gefühle für ihren Schwager, Bauunternehmer Melcher. Und Nossat wusste oder ahnte das, was den sehr kühlen und mitunter spitzen Ton zwischen den Eheleuten bei Tisch erklärte. Vielleicht hatte sich Frau Nossat zu einem Tête-à-tête mit Melcher davongestohlen, und Nossat hatte ihr hinterherspioniert. Gut, über seinen Verbleib wusste ich Bescheid; vielleicht schlich ja auch Frau Nossat noch irgendwo hier herum. Kurzum: Alle hatten Gelegenheit, Bäume und Nossat zu ermorden.

Im Haus ging das Licht an, die Tür zum Vorbau öffnete sich, und eine Silhouette im Bademantel zeichnete sich ab. Ich half der plötzlich wieder siechen Frau Melcher aus dem Wagen und stützte sie auf ihrem Weg zu ihrem Mann, den ich aufmerksam musterte. Er wirkte ehrlich besorgt und vor allem völlig verschlafen, nahm ohne viele Fragen seine Frau in Empfang und bedankte sich bei mir. Ich konnte mir nicht vorstellen, dass dieser Mann heute Nacht irgendwo herumgesaust war und mit einem Hammer auf Lebewesen eingeschlagen hatte.

Viel eher konnte ich mir ausmalen, wie Nossat auf der Spur seiner untreuen Frau in der Scheune Klaproth mit seiner Schwester überraschte. Doch warum sollte er etwas gegen diese Verbindung haben? Wahrscheinlich, so malte ich mir weiter aus, hatte das heimliche Liebespaar eine Entdeckung durch Melcher gefürchtet, in der Dunkelheit und Aufregung Stadtrat mit Bauunternehmer verwechselt und mit dem Erstbesten zugeschlagen, das zur Hand war – dem

Hammer, einem Arbeitsgerät des Baummörders, der an derselben Stelle vorher zugange gewesen war. Wie das alles genau abgelaufen war, konnte die Polizei rausfinden. Bäume hatten der Lehrer und Julianchen jedenfalls nicht umgebracht – dafür war jetzt wieder Melcher der offensichtlichste Kandidat; doch wer in seinem Hauseingang einen Sack herumstehen hat, der Streusalz enthalten könnte, und darüber hinaus auch finanziell von toten Bäumen profitiert, kombinierte ich, macht sich zu verdächtig, um wirklich der Täter zu sein. Blieb von diesem Haufen nur noch Frau Nossat – die laut ihrer Schwägerin sogar bereit wäre, alles und jeden zu vergiften ...

Mir wurde etwas mulmig. Immerhin hatte ich gegessen, was sie gekocht hatte. Nur, wie könnte ich ihr nachweisen, dass sie alles tun würde, um Melchers Liebe und Dankbarkeit zu erringen? Einstweilen hatte ich noch den Tod ihres Gatten zu melden. Mit bleiernen Gliedern ließ ich den Motor an und machte mich erneut auf den Weg zur Wache von Putbus.

Als ich wieder an der Scheune vorbeikam, hielt ich, um doch noch mal nach dem Schlüssel zu suchen. Dabei hob ich auch die losen Grassoden an den Baumwurzeln ab, vielleicht war er ja auch erst runtergefallen, während ich die Salzschäden überprüfte. Im Scheinwerferlicht blinkte etwas – für einen Schlüssel zu klein: Ein goldener Ring steckte in der Erde, halb mit Salz bedeckt. Sieh mal an! Da hatte ich ja den Beweis, wer meine Schützlinge meuchelte.

Ich ließ alles, wie es war, schrieb den Schlüssel endgültig ab und preschte los. Unterwegs vergewisserte ich mich, dass Nossat sich nicht vom Fleck gerührt hatte – diesen umtriebigen Leuten traute ich mittlerweile alles zu. Wenigstens wusste ich seinen blutüberströmten Mörder gut verstaut im Bett.

Und dann begann ich mich auf die Polizei zu freuen, die mir hoffentlich einen schönen heißen Kaffee servieren würde als Belohnung dafür, dass ich ihnen eine Leiche und zwei Mörder präsentierte.

Bäume im Hausgarten

Alleen wie auf Rügen pflanzen wir heutzutage kaum noch, dafür aber umso mehr Bäume im Hausgarten. Folgende Überlegungen sollte man bei der Wahl der Bäume berücksichtigen:

Bäume bilden das dauerhafte Gerüst des Gartens. Daher keine Koniferen und Laubbäume pflanzen, die nach kurzer Zeit wegen ihrer Höhe und Breite lästig werden und entfernt werden müssen (zum Beispiel hohe Tannen, Fichten, Kiefern, Ginkgobäume, Walnussbäume, Kastanien).

Bäume, Sträucher und Stauden gehören zusammen, sie verdrängen sich gegenseitig nicht, weder durch Schattenwurf noch durch Wurzelkonkurrenz.

Kleinklima und geographische Lage beschränken die Auswahl auf frost- beziehungsweise hitzebeständige Arten. Vorsicht also bei empfindlichen Blütenbäumen wie Magnolien. Erfahrene Gartenliebhaber bevorzugen kleinere, unempfindliche, oft strauchartige Bäume. Hier eine kleine Auswahl:
Ahorne, z. B. Eschenahorn (Acernegundo)
Weißdorne (Crataegus)
Steinweichsel und andere Prunus-Arten
Fliedersorten (Syringe)
Kornelkirsche, auch Herlitze genannt (Cornus mas)
Späte Eberesche (Sorbus aucuparia)
Virginische Zaubernuss (Hamamelis)

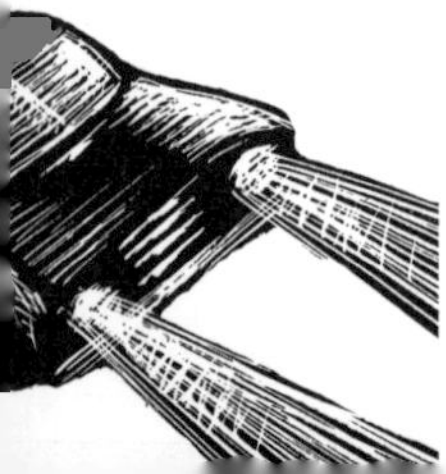

Gartenfreundliche Gehölze

Im Gegensatz zu Bäumen sind Gehölze Pflanzelemente, die nie zu groß werden, da man sie nach Belieben stutzen kann, ohne ihre natürliche Gestalt zu verunzieren. Es handelt sich um Nadel- sowie Laubgehölze, die sich für Schnitt, Formschnitt und Hecken eignen:

Die Eibe (Taxus) eignet sich wegen der unendlich vielen »schlafenden Augen« hervorragend für den Formschnitt (kubische Formen oder thematische: Säulen, Tiere, Phantasiegestalten). Anders als kurzlebige Rügener in dunkler Nacht können Eiben mit hohem Alter gesegnet werden. Es gibt Tausendjährige in England!

Der Lebensbaum (Thuja occidentalis) eignet sich gut für Schnitt und Hecken.

Der Wacholder (Juniperus) bildet von sich aus schöne bizarre Formen und duldet zudem scharfen Schnitt.

Der Buchsbaum (Buxus sempervirens) eignet sich für Formschnitt und Hecken. Die letzteren nicht zu schmal schneiden!

Ausschließlich für Schnitthecken ist die Auswahl so groß, dass hier nur einige Gehölze genannt werden können: Liguster, Mahonie, Berberitze, Feldahorn, Hainbuche, Kornelkirsche, Hartriegel, Feuerdorn, Zaunrose und Rotbuche.

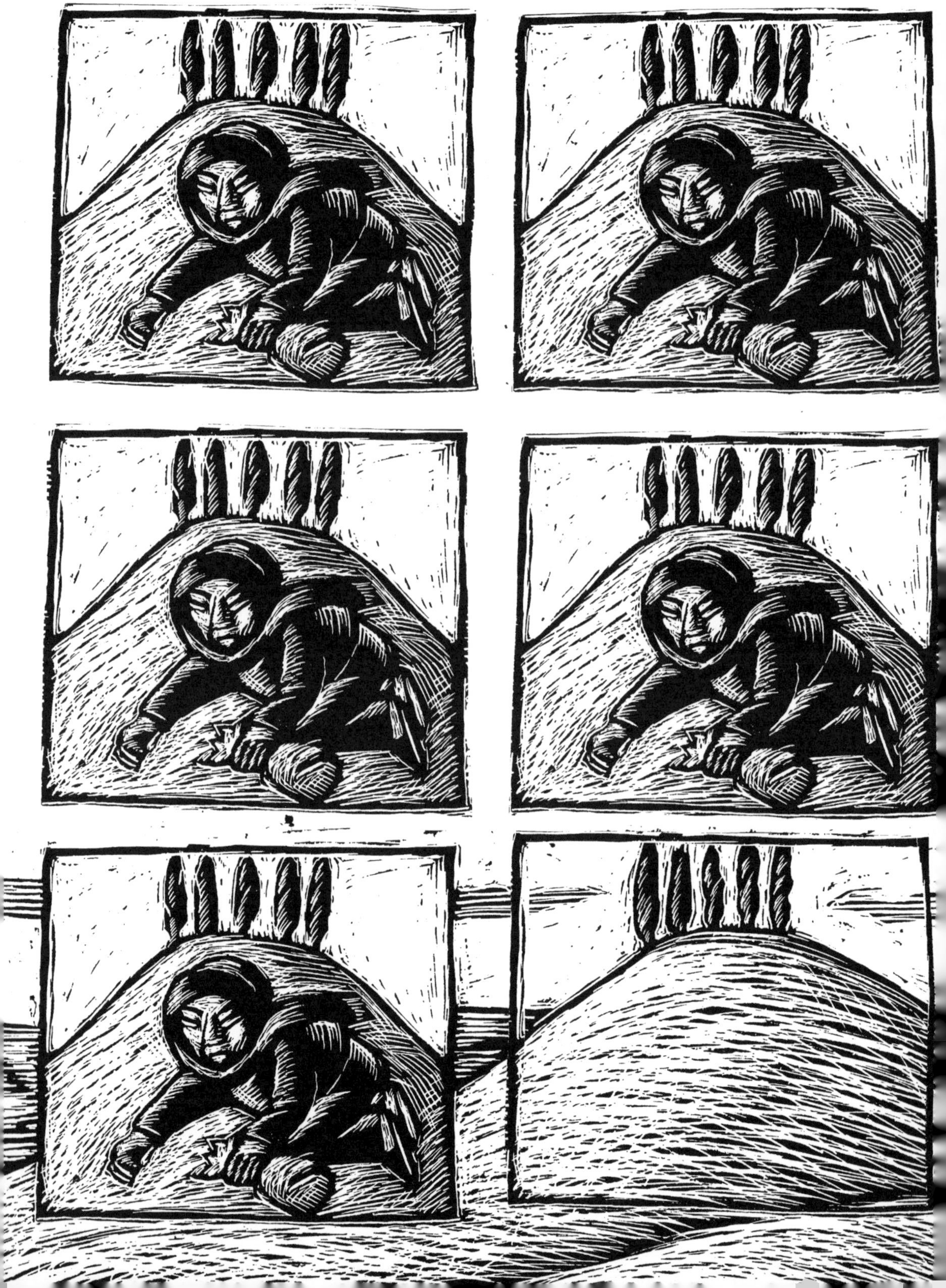

Wilder Senf

MARCIA MULLER

Als ich die alte Japanerin zum ersten Mal sah, war ich gerade beim Brunch in dem Restaurant oberhalb der Ruine des Sutro-Bades in San Francisco. Die Frau stand gebückt am Hang, auf halber Höhe zwischen der zypressenbestandenen Kuppe und der überfluteten Ruine des alten Badehauses. Sie riss irgendwelche Pflanzen mitsamt der Wurzel aus und stopfte sie in eine grüne Plastiktüte.

»Ich frage mich, was sie da wohl pflückt«, sagte ich zu meinem Freund Greg.

Er sah aus dem Fenster, hob eine dunkelblonde Augenbraue, und der geschulte Blick des Kriminalisten erfasste die Szene sofort. »Wahrscheinlich was Essbares, das hier wild wächst. Sie sieht aus, als wäre sie arm. So spart sie Geld für Lebensmittel.«

Die Frau sah tatsächlich aus wie die ärmlichen alten Frauen, die manchmal in Japantown zu sehen waren; sie trug eine unförmige Jacke und zu weite Hosen, und ihre Füße steckten in ausgetretenen Slippern. Um den Kopf hatte sie einen grauen Schal geschlungen.

»Bist du mal dort unten gewesen?«, fragte ich Greg und deutete auf die Ruine. Die ehemals elegante Badeanlage war vom Feuer zerstört worden. Heute waren nur noch bröckelnde Grundmauern übrig, die halb unter Wasser standen. Auf der glänzenden Oberfläche schwammen Möwen, und weiter draußen brandete das Meer an die Felsen.

»Nein. Du etwa?«

»Auch nicht. Ich hatte es immer mal vor, aber der Weg ist steil, und ich habe nie die richtigen Schuhe an, wenn ich hier bin.«

Greg lächelte süffisant. »Aber Sharon, dein detektivisches Gespür wird doch nicht etwa durch fehlende Wanderschuhe gebremst?«

Ich zuckte die Schultern. »Vielleicht interessiert es mich doch nicht so sehr.«

»Vielleicht.«

Greg zog mich oft mit meinem Gespür auf, aber eigentlich war er wohl stolz auf meinen Beruf. Als Ermittlerin für die Gemeinschaftskanzlei All Souls hatte ich mit einer ganzen Bandbreite von Fällen zu tun gehabt – von Mord bis hin zu der Frage, warum eine Badewanne aus Rotholz undicht war. Ein paar der Morde, die ich aufgeklärt hatte, waren in Gregs Zuständigkeitsbereich gefallen, und das hatte erst zu Rivalität und dann zu einer Romanze geführt.

Im Laufe der Monate wurde meine Neugier, was es mit der alten Japanerin auf sich hatte, immer größer. An jedem Sonntag, an dem wir hierher kamen – und das war oft, denn es war eins unserer Lieblingsrestaurants –, suchte die Frau den Hang ab, suchte nach ... ja, was eigentlich?

Eines Sonntags im Frühling saßen Greg und ich an unserem Fensterplatz und beobachteten, wie die Frau langsam den Trampelpfad hinabstieg. Passend zur Jahreszeit hatte sie den grauen Schal gegen einen leuchtend gelben ausgetauscht. Auf dem Hang wimmelte es von Menschen, die das Nachlassen des Winterregens genossen. Auf der gegenüberliegenden Seite, wo nichts wuchs, stand ein verlassener Truck gefährlich schräg am Fuße der Felsen bei der Badeanlage. Einige Leute kletterten nach unten und untersuchten den alten Truck, dann gingen sie weiter auf den betonierten Fundamenten oder verschwanden in einer nahegelegenen Höhle.

Nachdem die Kellnerin die Rechnung gebracht hatte, meinte ich: »Ich habe mir das jetzt lange genug angesehen; lass uns da runter gehen und gucken, was die Japanerin da eigentlich macht.«

Greg grinste und suchte in der Hosentasche nach Kleingeld. »Aber du hast nicht die richtigen Schuhe an.«

»Ich werd wohl nie richtig angezogen sein. Na los. Wir können die alte Frau fragen, was sie da pflückt.«

Er stand auf. »Ich bin froh, dass du dich endlich entschlossen hast, zu ermitteln. Wer weiß, was sie da anstellt.«

»Sei nicht albern.«

Er achtete nicht darauf. »Tja, dein detektivisches Gespür hat die Überhand gewonnen. Oder liegt's an deinem indianischen Blut? Dem Instinkt zum Spurenlesen, Papoose?«

Ich funkelte ihn an; zur Strafe für diese Bemerkung durfte er meine Rechnung übernehmen. Mein Achtel Shoshonenblut war bei mir voll durchgeschlagen und hatte aus mir eine Schwarzhaarige in einer Familie schottisch-irischer Blondschöpfe gemacht, was Greg dazu ermunterte, mich »Papoose« zu nennen. Das war ein Spitzname, den ich nicht sehr schätzte.

Wir verließen das Restaurant und zwängten uns durch eine Lücke im Maschendrahtzaun, um auf den Weg zu gelangen. Ein kräftiger Wind wirbelte mir die langen Haare um den Kopf, und ich blieb stehen, um sie zusammenzubinden. Der Pfad wand sich im Zickzack an riesigen, wild wuchernden Geranien vorbei und mitten durch ein Gebüsch. Auf der anderen Seite des Gebüschs kauerte die Frau und zog etwas, das aussah wie Unkraut, aus der Erde. Als ich mich ihr näherte, lächelte sie mir zu, wobei ein Goldzahn aufblitzte.

»Hallo«, sagte ich. »Wir haben Sie beobachtet und uns gefragt, was Sie da pflücken.«

»Hier wachsen viele gute Dinge. In diesem Monat ist es Wilder Senf.« Sie hielt einen Zweig hoch. Ich nahm ihn und bemerkte den scharfen Geruch.

»Sie sollten ihn mal probieren«, fügte sie hinzu. »Er wird Ihnen gut tun.«

»Ja, sollte ich vielleicht.« Ich zog die gelbe Blüte durch ein Kopfloch und wandte mich an Greg.

»Vielleicht in hundert Jahren«, sagte er. »Wann isst du schon mal was Gesundes?«

»Nur, wenn du mich dazu zwingst.«

»Muss ich ja wohl. Sonst bliebe es jeden Tag bei Schokoriegeln.«

»Na und? Ich bin doch gut in Form.« Das stimmte; selbst auf dem steilen Hang war ich nicht außer Atem gekommen.

Greg lächelte und ließ den Blick wohlgefällig über mich gleiten. »Du hast Recht.«

Wir gingen weiter in Richtung Ruine, an einem Schild vorbei, das uns belehrte:

Achtung! Gefährliches Felsen- und Brandungsgebiet. Hier wurden schon Menschen von den Felsen gespült und ertranken.

Ich hielt an, stützte mich mit der Hand auf Gregs Arm ab und zog die Schuhe aus. »Lieber wunde Füße als weggespült werden.«

Auch wir näherten uns dem verlassenen Truck, genau wie die anderen Kletterer. Die blaue Farbe war fast weggerostet, und im Motorraum hatte es gebrannt. Alles, einschließlich Sitzen und Lenkrad, war abmontiert worden.

»Jemand hat sogar versucht, die Vorderachse mitzunehmen«, meinte eine Stimme neben mir, »aber das Feuer hat die Schrauben verschmolzen.«

Ich wandte mich um zu einem freundlich aussehenden, sonnengebräunten Jungen von etwa fünfzehn Jahren. Er trug dreckige Jeans und ein zerrissenes T-Shirt.

»Genau«, setzte eine andere Stimme hinzu. Dieser Junge war etwa im selben Alter; auf seiner Oberlippe spross ein flaumiger Schnäuzer. »Es ist kaum noch was übrig, und das Ding steht erst ein paar Wochen da.«

Der erste Junge nickte. »Hier hängen immer welche zum Saufen rum. Nachts wird es ihnen dann langweilig.« Er deutete auf eine Gruppe ungesund wirkender Männer, die mit zwei Sixpacks am Rand der Badeanlage saßen.

»Vandalismus ist neuerdings ein beliebter Sport.« Greg beobachtete die Männer einen Moment lang mit professionellem Blick und berührte dann meinen Ellbogen. Wir gingen um die Ruine herum und hinunter zur Höhle. Am Eingang blieb ich stehen und lauschte dem Tosen der Brandung.

»Komm mit«, sagte Greg.

Ich ging hinter ihm hinein. Meine Füße versanken in grobem

Sand, der bald zu festgetretener Erde wurde. Die Höhle war in Wirklichkeit ein Tunnel, etwa zweieinhalb Meter hoch. Durch Spalten in der Wand auf der Meerseite sah ich Gischt, die von den am Klippenfuß tobenden Wellen hochgeschleudert wurde. In diese zerklüfteten Felsen getrieben zu werden wäre tödlich.

Greg erreichte das andere Ende. Ich beeilte mich, so gut ich auf bloßen Füßen konnte, und blieb neben ihm stehen. Die steil abfallende Klippe ließ mich nach seinem Arm greifen. Über uns ragten Felsen auf.

»Ich glaube, wenn man gut klettern kann, könnte man hier hinauf und dann zurück zur Straße«, meinte ich.

»Vielleicht, aber wagen würde ich es nicht. Wie das Schild schon sagte …«

»Genau.« Ich drehte mich um, plötzlich alarmiert. Am anderen Tunneleingang standen zwei der abgerissenen Typen mit Bierdosen in der Hand. »Lass uns gehen, Greg.«

Falls er die Anspannung in meiner Stimme gehört hatte, ließ er sich das jedenfalls nicht anmerken. Schweigend liefen wir durch den Tunnel. Die Männer verschwanden. Als wir wieder ins Sonnenlicht traten, saßen sie bei den anderen und öffneten neue Dosen. Die Jungs, mit denen wir vorher gesprochen hatten, hockten auf dem Truck und winkten uns zu, als wir den Pfad hinaufgingen.

Den ganzen Frühling hindurch kamen wir sonntags immer wieder in unser Lieblingsrestaurant und warteten jedes Mal, bis ein Fensterplatz frei war. Die alte Japanerin tauschte den gelben Schal gegen einen roten. Der verlassene Truck blieb mit der Schnauze zur Badeanlage stehen, was zu jeder Menge Beschwerden bei der Parkverwaltung führte. Am Hang führten Leute ihre Hunde spazieren. Kinder balancierten trotz des Warnschilds in der Ruine herum. Die Typen hingen herum und tranken Bier. Die Jugendlichen kamen jede Woche und trafen oft am Truck ihre Freunde.

Eines Sonntags tauchte die alte Frau nicht auf.

»Wo bleibt sie denn?«, fragte ich Greg und sah zum dritten Mal auf die Uhr.

»Vielleicht hat sie alles gepflückt, was es da unten zu pflücken gab.«

»Quatsch. Da ist immer was. Wir haben sie jetzt fast ein Jahr lang beobachtet. Das eine alte Paar ist da unten mit seinem Schäferhund. Die Jugendlichen sind da. Das junge Pärchen, mit dem wir letzte Woche geredet haben, ist drüben beim Tunnel. Wo ist die alte Japanerin?«

»Sie könnte krank sein. Die Grippe grassiert im Moment. Lieber Himmel, sie könnte gestorben sein. So jung war sie ja nicht mehr.«

Seine Worte verdarben mir den Appetit auf meine Schokoladentorte. »Vielleicht sollten wir mal nach ihr fragen.«

Greg seufzte. »Sharon, bitte, spar dir doch deine Nachforschungen für zahlende Mandanten auf. Und spinn nicht um alles ein Geheimnis.«

Greg hatte mir oft vorgeworfen, dass ich »weibliche Intuition« über die Logik stellte, und das konnte ich noch weniger ausstehen als seine Anspielungen auf meinen »Instinkt zum Spurenlesen«. Es hatte nichts mit »weiblicher Intuition« zu tun; ich ließ lediglich den Eingebungen freien Lauf, denen alle guten Ermittler vertrauen. Das wollte ich aber im Augenblick nicht mit ihm diskutieren.

Am nächsten Morgen jedoch – Montag – saß ich in dem umgebauten Wandschrank, der mir bei All Souls als Büro diente, und grübelte immer noch über das Verschwinden der Japanerin. Vor mir auf dem Tisch lag die Akte eines besonders langweiligen Mietstreits. Schließlich klappte ich sie zu und trabte den Flur des großen viktorianischen Hauses aus braunem Sandstein entlang zur Vordertür.

»Ich bin in zwei Stunden zurück«, sagte ich zu Ted, unserem Sekretär.

Er nickte, während seine Finger ohne Pause seine neue Selectric bearbeiteten. Ich warf einen missmutigen Blick auf die elektrische Schreibmaschine. Aus meiner Sicht war sie ein Luxus, und das Geld, das sie gekostet hatte, hätte besser für Gehälter ausgegeben werden sollen. Die Gebühren von All Souls richteten sich nach dem Einkommen der Mandanten. Die Gehälter waren so niedrig, dass einige Anwälte und Mitarbeiter zum Ausgleich kostenlos im ersten Stock wohnen konnten. Ich hauste in einem Studio im Mission District. Es schien mit jedem Tag kleiner zu werden.

Vor mich hinnörgelnd, ging ich zu meinem Wagen und fuhr zum Restaurant oberhalb des Sutro-Bades.

»Die alte Frau, die an den Klippen Wilden Senf sammelt«, sagte ich zum Kassierer, »war die gestern da?«

Er dachte nach. »Ich glaube schon. Gestern war Sonntag. Sonntags ist sie immer da. Um acht, als wir aufgemacht haben, da habe ich sie gesehen. Sie kommt immer früh und bleibt bis etwa zwei.«

Aber um elf war sie weg gewesen. »Kennen Sie sie? Wissen Sie, wo sie wohnt?«

Er sah mich neugierig an. »Nein, tut mir Leid.«

Ich bedankte mich und ging. Ich kam mir albern vor und stand einen Moment lang an dem Großen Highway, dann stieg ich den Trampelpfad hinunter bis dorthin, wo der Wilde Senf wuchs. Auf halbem Weg traf ich die beiden Jugendlichen. Wieso waren sie nicht in der Schule? Schwänzten, vermutete ich.

Sie drückten sich an mir vorbei und mieden meinen Blick, wie Kinder es häufig tun. Ich hielt sie auf. »He, ihr wart doch gestern hier, oder?«

Der Schnauzbärtige nickte.

»Habt ihr die alte Japanerin gesehen, die Kräuter sammelt?«

Er runzelte die Stirn. »Kann mich nicht an die erinnern.«

»Wann seid ihr denn gekommen?«

»Ach, spät erst. Echt spät. Da war doch ’ne Party am Samstag.«

»Ich kann mich auch nicht erinnern, sie gesehen zu haben«, sagte der andere, »aber vielleicht war sie schon weg, bevor wir kamen.«

Ich bedankte mich und ging weiter in Richtung Ruine.

Ein Stück weiter, in dem dichten Gebüsch, durch das sich der Pfad schlängelte, fiel mir etwas auf, und ich blieb abrupt stehen. Dort lag ein ordentlicher Stapel grüner Plastiktüten, darauf ein Paar abgetragene schwarze Schuhe. Offenbar war sie mit dem Bus gekommen, hatte dabei ihre Straßenschuhe an und die Slipper nur für ihre Arbeit angezogen. Warum sollte sie wieder gehen, ohne die Schuhe zu wechseln?

Ich hastete durch das Gebüsch zu der Stelle, wo der Wilde Senf wuchs.

Tief zwischen den Pflanzen, mit deren Farbe sie verschmolz, lag noch eine Tüte. Ich sah hinein. Sie war zu einem Viertel voll mit welkem Senfkraut. Viel Zeit zum Sammeln hatte sie nicht gehabt, ganz und gar nicht.

Ernstlich beunruhigt eilte ich wieder hinauf zum Großen Highway. Aus der Telefonzelle im Restaurant wählte ich Gregs Durchwahl bei der Polizei von San Francisco. Besetzt. Mit demselben Zehn-Cent-Stück rief ich All Souls an.

»Irgendwelche Anrufe?«

Im Hintergrund klapperte Teds Schreibmaschine. »Nein, aber Hank will mit dir reden.«

Hank Zahn, mein Chef. Mit einem mulmigen Gefühl erinnerte ich mich an die Besprechung, bei der ich vor einer halben Stunde hätte sein sollen. Er kam an den Apparat.

»Wo zum Teufel steckst du?«

»Ähm, in einer Telefonzelle.«

»Was ich meine, ist: Warum bist du nicht hier?«

»Das kann ich erklären –«

»Ich hätte es mir denken können.«

»Was?«

»Greg hat mich vorgewarnt, dass du auf irgendeiner Spur bist.«

»Greg? Wann hast denn du mit ihm gesprochen?«

»Vor fünfzehn Minuten. Er möchte, dass du ihn anrufst. Es ist wichtig.«

»Danke!«

»Jetzt warte mal –«

Ich legte auf und wählte noch mal Gregs Nummer. Er meldete sich und klang hektisch. Ohne lange Vorrede erklärte ich, was ich gefunden hatte.

»Deshalb hatte ich dich angerufen.« Seine Stimme klang ungewöhnlich sanft. »Wir haben heute morgen eine Meldung bekommen.«

»Was für eine Meldung?« Mein Magen krampfte sich zusammen.

»Gestern abend wurde in der Nähe von Devil's Slide eine Japanerin angespült. Sie haben sie identifiziert. Anscheinend ist sie bei Ebbe ins Wasser gefallen, sonst wäre sie viel weiter hinausgetrieben worden.«

Ich schwieg.

»Sharon?«

»Ja, ich bin noch dran.«

»Du weißt doch, wie's da draußen ist. Die Schilder warnen vorm Klettern. Die Strömung ist gefährlich.«

Aber ich hatte die alte Japanerin nie in der Nähe des Meeres gesehen, fast ein ganzes Jahr lang nicht. Sie hielt sich stets weiter oben am Hang auf, wo ihre Kräuter wuchsen. »Wann war Ebbe, Greg?«

»Gestern? Gegen acht Uhr morgens.«

Um die Zeit, als der Restaurantkassierer sie bemerkt hatte, und mehrere Stunden, bevor die beiden Jugendlichen gekommen waren. Und dazwischen? Was war da draußen passiert?

Ich legte auf und stand nachdenklich oben am Hang. Wonach sollte ich überhaupt suchen? Und was konnte ich möglicherweise finden?

Ich wusste es nicht genau, war mir aber sicher, dass die alte Frau nicht aus Versehen ins Wasser gefallen war. Sie hatte sich am Hang immer ganz ruhig und sicher bewegt.

Ich ging wieder hinunter, warf einen Blick auf die Schuhe und die Tüten im Gebüsch und marschierte entschlossen an dem Wilden Senf vorbei zum verlassenen Truck. Ich ging um ihn herum und musterte ihn von innen und außen, fand aber keinerlei Hinweise. Dann ging ich zum Tunnel in den Klippen.

Das sonntags so belebte Gebiet war jetzt spärlich bevölkert. Die Menschen in San Francisco gingen ihren üblichen Betätigungen nach, und die Besucher aus den Reisebussen, die am nahen Cliff House parkten, hüteten sich, hinunterzuklettern. Die Jugendlichen waren die einzigen Menschen weit und breit. Sie standen am Tunneleingang und beobachteten mich. Ihre Haltung verriet mir, dass sie Angst hatten. Ich ging schneller.

Die Jungs steckten die Köpfe zusammen. Dann wirbelten sie herum und rannten in den Tunnel.

Ich verfolgte sie. Wieder einmal hatte ich die falschen Schuhe an. Ich streifte sie ab und rannte durch den groben Sand. Die Jungen waren schon halb durch den Tunnel.

Einer von ihnen blieb stehen und untersuchte hektisch einen Spalt in der Felswand. Ich betete, dass er nicht diesen Weg nehmen würde, in die tobenden Wellen unter uns.

Er drehte sich wieder um und rannte seinem Freund hinterher. Sie verschwanden am Ende des Tunnels.

Ich gelangte auf die festgetretene Erde und rannte schneller. Kurz vor dem Ausgang wurde ich langsamer und näherte mich vorsichtig. Erst dachte ich, die Jungen wären ganz verschwunden, aber dann warf ich einen Blick nach unten. Sie kauerten auf einem Vorsprung unter mir. Ihre Gesichter waren voll Angst und jung, so jung.

Ich blieb so stehen, dass sie mich sehen konnten, und machte eine beschwichtigende Handbewegung. »Kommt wieder hoch«, sagte ich. »Ich tue euch doch nichts.«

Der Schnauzbärtige schüttelte den Kopf.

Gleichzeitig sahen sie nach unten. Dann wieder zu mir und schüttelten beide den Kopf.

Ich trat einen Schritt vor. »Was auch immer passiert ist, es war bestimmt keine –« Plötzlich spürte ich den Boden unter mir wegbrechen. Mein Fuß glitt ab, und ich schwankte. Ich fiel auf die Knie, rutschte ab und suchte mit den Armen verzweifelt nach Halt.

»O Gott!«, schrie der Schnauzbärtige. »Nicht Sie auch noch!« Er stand schwankend auf, die Arme ausgestreckt.

Ich rutschte immer noch. Der Junge fasste nach mir und erwischte mich am Arm. Er taumelte zurück an die Kante, und wir stürzten gemeinsam auf den felsigen Boden. Einen Moment lang lagen wir einfach nur keuchend da. Als ich mich schließlich aufsetzte, sah ich, dass wir nur ein paar Zentimeter von der steilen Klippe entfernt waren.

Auch der Junge setzte sich auf, die Augen angstvoll auf mich gerichtet. Sein Freund drückte sich an die Felswand.

»Ist schon in Ordnung«, sagte ich zitternd.

»Ich habe gedacht, Sie stürzen genauso ab wie die alte Frau«, sagte der Junge neben mir.

»Es war ein Unfall, nicht wahr?«

Er nickte. »Wir wollten nicht, dass sie runterfällt.«

»Habt ihr ihr einen Streich gespielt?«

»Ja. Haben wir immer gemacht, war aber wirklich nur Spaß. Aber diesmal sind wir zu weit gegangen. Wir haben ihr die Handtasche weggenommen. Sie hat uns verfolgt.«

»Durch den Tunnel, bis hierher.«

»Ja.«

»Und dann ist sie ausgerutscht.«

Der andere Junge kam von der Wand weg. »Ehrlich, wir wollten nicht, dass so was passiert. Sie war einfach nur zu alt. Sie ist ausgerutscht.«

»Wir haben gesehen, wie sie abgestürzt ist«, sagte sein Freund. »Wir konnten nichts tun.«

»Was habt ihr mit der Handtasche gemacht?«

»Ihr hinterhergeworfen. Sie hatte nur zwei Dollar. Zwei lausige Dollar.« Seine Stimme klang verwundert. »Können Sie sich das vorstellen, hat uns den ganzen Weg bis hier unten gejagt, nur wegen zwei Mäusen?«

Ich stand auf und hielt mich vorsichtig am Fels fest. »Okay«, sagte ich. »Gehen wir.«

Sie sahen sich an und dann hinunter in die Brandung.

»Los, kommt. Wir reden noch drüber. Ich weiß doch, dass ihr die alte Frau nicht umbringen wolltet. Und ihr habt mir das Leben gerettet.«

Sie krabbelten nach oben, hielten aber Abstand von mir. Ihre Gesichter waren unter der Sonnenbräune bleich, die Augen voller Angst. Sie waren so jung. Für diese Kinder des Kreditkarten-Zeitalters war es unbegreiflich, dass jemand für zwei Dollar den Tod riskierte. Und die Japanerin war so alt gewesen. Für sie, die ihren knappen Speisezettel mit Wildem Senf aufbesserte, entschieden zwei Dollar wahrscheinlich über Leben und Tod.

Ich fragte mich, ob die Jungs das je verstehen würden.

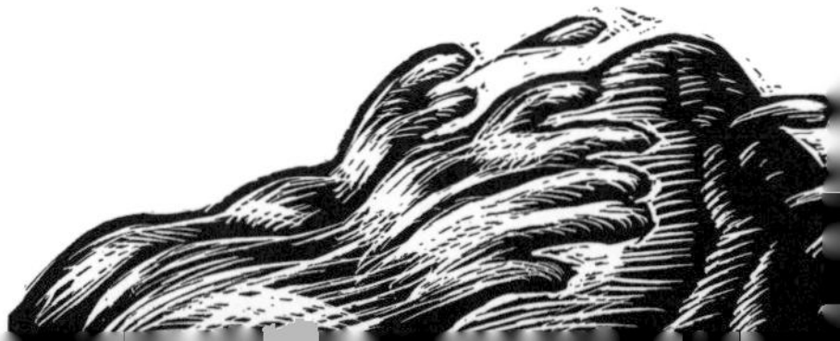

Ackersenf

Sind Sie sicher, dass der Wilde Senf essbar ist? Der Sie hier fragende Garten-Tipp-Master hatte zunächst seine Zweifel, ob die Japanerin einer sinnvollen Beschäftigung nachging, denn der Ackersenf (Sinapis arvensis), wie der Wilde Senf botanisch korrekt heißt, ist ja ein außerordentlich hartnäckiges Unkraut: 80 cm hoch, intensiv gelb blühend, meist auf Äckern, Schuttplätzen und an Wegrändern. Er bevorzugt Kalklagen und neutrale Böden.
Aber er musste seine Skepsis korrigieren, als er in einem uralten Fachbuch, nämlich Vom Garten-Bau ... auf das Clima der Mark Brandenburg *des Botanicus und Hofmedicus Johann Sigismund Elssholtz, 1666 in Berlin erschienen, folgende Notiz fand:*
»Einige schneiden vom Ackersenf die Blätter klein und essen sie Morgens zum gesunden Frühstück wie die Raute.«

So, nun dürfen Sie Ihren »Senf« dazu geben!
Der Ackersenf wird oft mit Hederich, auch Ackerrettich (Raphanus raphanistrum) verwechselt und heißt daher auch Falscher Hederich.
Der letztere wird aber nur 45 cm hoch, hat gelbe oder weiße Blüten, meidet Kalk und richtet wegen seiner frühen Keimung oft erheblichen Schaden auf Getreidefeldern an.

Echter Senf

Es gibt zwei Hauptarten: den Schwarzen und den Weißen Senf.
Der Schwarze Senf (Brassica nigra), eine Kohlart aus dem Mittelmeergebiet, ist heute in ganz Süd-, Ost- und Mitteleuropa verbreitet. Seit der Antike wird er als Gemüse-, Gewürz- und Heilpflanze geschätzt. Mit den Arabern gelangte er um 900 über Spanien und Frankreich nach Deutschland.
Der Weiße Senf (Sinapis alba) ist ebenfalls ursprünglich mediterran, aber jetzt in ganz Europa heimisch und zum Teil verwildert.
Aus beiden Arten gewinnt man die wertvollen Körner zur Herstellung von Gewürzen und Tafelsenf.
Dass beide einjährige Arten auch bei uns durchaus ihre ökologische Nische gefunden haben, beweist wiederum Magister Elsholtz 1666 (siehe Ackersenf). Er verführt sicher auch Sie zu einem Anbauversuch in Ihrem Garten (Aussaat im zeitigen Frühjahr, Ernte im Herbst) mit seinem Rezept für eine »Mostarde, welche über die massen angenehm und gesunden ist:

a) 5 Pfund Quitten,
b) 3 Pfund Apfelsinenschalen,
c) 2½ Pfund Zitronat,
d) 1½ Pfund verschäumten Honig,
e) 1½ Pfund zerstoßenen und 24 Stunden in Wein gebeitzten Senf,
f) je 1 Quentchen Cardamon, Zimt, Muskatnuß, Ingwer und Nelken.

a)–d) gut kochen, dann e) hinzugießen und gut umrühren, schließlich f) hinzuschütten.
Das Ergebnis ist ein dicker Würzhonig für alle Küchen- und Genusszwecke.

Im Garten der Lüste

MONIKA BUTTLER

Sie hatte ja durchaus Verständnis dafür, dass Frauen fremd gingen, sie gönnte sich schließlich selbst ab und zu ihren Mittagssex im Hotel, wenn dieser geschmeidige, zum Glück sehr sicher verheiratete Geschäftsmann wieder in der Stadt war. Aber sie und Ronny? Sex mit Ronny, dem Mann ihrer besten Freundin Beate? Lisa erschauerte. Sie saß am Esstisch, in dem großen L-förmigen Wohnzimmer ihres Fertigbungalows, zu dem sie und ihr Mann es bereits mit Anfang dreißig gebracht hatten. Vor sich hatte sie den Steuerkram eines besonders chaotischen Klienten ausgebreitet. »Am besten, Sie nehmen sich die Unterlagen mit und arbeiten alles zu Hause durch«, hatte ihr Chef gesagt. »Sonst kommen wir damit gar nicht zu Ende.«

An diesen Tagen bestellte sie Ronny für die Gartenarbeit. Natürlich war er kein professioneller Gärtner. Das hätten sie und Martin sich nun doch nicht leisten können. Sie waren eben ein ganz normales Yuppie-Paar, sie wollten ihren Bungalow, und sie wollten einen Garten, in dem irgendwann einmal ein bis zwei Kinder herumtollen sollten. Doch auch ein paar Blumenbeete und ein nur mittelgroßer Rasen wollten gepflegt sein. »Also, Gartenarbeit ist nichts für mich«, hatte Lisa immer betont. »Wenn ich schon dran denke, krieg ich die Krise.« Und auf ihren vielbeschäftigten Managermann konnte sie dabei schon gar nicht zählen.

Richtig dankbar waren sie da gewesen, dass Beate ihren Ronny dafür vorgeschlagen hatte. Ronny war arbeitslos geworden; früher

war er mal Aufsteller für Kondomautomaten, hatte aber Pleite gemacht und betätigte sich jetzt als Gärtner – stets freudig erwartet von einem festen Kreis grüner Bungalow-Witwen.

Es war ein schwül-heißer Tag. Lisa hatte sich die blonden Haare hochgesteckt und zu ihren Jeans nur ein knappes Top angezogen. Sie linste durch die Stores der breiten Fenster- und Terrassenfront. Ronny war ein stämmiger Kerl, sein nackter Oberkörper schien nur aus Muskeln zu bestehen, dazu breite Hände, denen der Rasenmäher mühelos gehorchte. Am Kopf war ihm nur ein spärlicher Haarkranz geblieben, ansonsten alles Glatze. Nun ja, er war eben schon dreiundfünfzig. Ihr Typ war er absolut nicht. Sie stand auch nicht auf diesen animalischen Sex, der aus jeder Pore dampft. Sie bevorzugte den Handküsser-Typ, der einen mit tiefen Blicken und elektrisierenden Berührungen langsam, langsam zur Explosion hochschmeichelte. Und außerdem war Ronny ja Beates Mann, also sowieso tabu. Warum fühlte sie sich nur so unbehaglich? Sie erschrak, als sein Schatten plötzlich hinter der Gardine auftauchte. Er klopfte. Aha, er wollte seinen Kaffee. Sie zog die Stores beiseite und öffnete ihm die Schiebetür. Er stapfte breitbeinig ins Zimmer. Auch sein Grinsen war breit. »Jetzt könnte ich einen Kaffee gebrauchen.«

»Klar. Du kriegst wieder meinen türkischen.«

»Prima, der war gut. Ziemlich bitter, aber gut.« Ronny legte sich in einen Ledersessel.

Lisa brachte den Kaffee; ohne ihm zu nahe zu kommen, stellte sie die Tasse auf den Glastisch. Aber er war schneller, fasste nach ihr und zog sie zu sich hinunter. »Lass das! Bist du verrückt geworden?«

Er grinste wieder. »Nun hab dich nicht so. Das bleibt doch unter Freunden!«

Lisa flüchtete in die Küche.

»Ich mach dann mal weiter«, hörte sie ihn vom Wohnzimmer aus rufen. Dann wurde die Schiebetür zugezogen.

Lisa ging ins Wohnzimmer zurück und zog mit einem heftigen Ruck die Vorhänge zu. Sie setzte sich an ihre Arbeit und blickte erst wieder auf, als es erneut klopfte. Ronny verabschiedete sich mit seinem gewohnten »Tschüs!«, als ob nichts gewesen wäre.

Die letzten Sonnenstrahlen fielen auf die Terrasse und umfingen das prachtvolle Blumenbeet. Immerhin war er ein guter Gärtner, dachte sie, das musste man Ronny lassen. Nicht nur ein simpler Rasendrescher, sondern auch ein geschickter Arrangeur. Alle Achtung, wie gekonnt er die Blumen zusammengestellt hatte: die violette Iris mit ihren zuschnappenden Zungenblüten, dazu der Rittersporn in seinem tiefen, fast giftigen Blau und in einem Meer von Kletterrosen der lanzenhaft aufragende Fingerhut, hellrot wie frisches Blut.

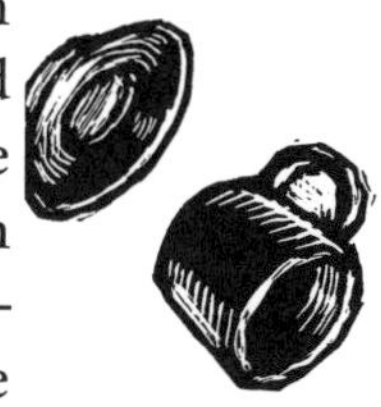

Lisa half Beate beim Brote schmieren, während die Männer im Wohnzimmer in bewährter Komplizenschaft ihre Zigarren und Cognacs genossen. Die würden sich jedenfalls nicht in die Küche verirren. Hier, auf dem noch immer weiblichen Terrain, hatten sie und Beate seit jeher ihre geheimsten Erzähl-es-nicht-weiter-Geschichten ausgetauscht. Lisa sah auf die Brote. Eine begnadete Köchin war Beate ja nie gewesen, aber sie hatte mit Sicherheit andere Qualitäten – so sexy, wie sie aussah. Aber wusste Beate eigentlich, was Ronny so trieb? Vielleicht sollte sie ihr mal einen diskreten Hinweis geben. »Bist du dir eigentlich sicher, dass Ronny dir treu ist?«

»Was heißt schon treu …« Beate klatschte angeödet eine Scheiblette aufs Brot. »Also, wenn du damit Rumvögeln meinst: Er will ständig, kann aber nicht. Er hat sich jetzt Viagra verschreiben lassen.«

»Bei euch läuft also nichts mehr?«

»Zur Zeit jedenfalls nicht.« Beate griente verschwörerisch. »Aber deshalb müssen so schnuckelige Mädchen wie wir ja nicht in der Wüste sitzen, oder?«

»Bestimmt nicht«, sagte Lisa schnell. Sie hatte das Gefühl, vom Hals her langsam rot anzulaufen.

»Und bei euch?«

»Na ja, Martin ist rund um die Uhr auf Meetings. Sogar sonntags.« Lisa presste die Lippen aufeinander. »Aber das wird schon wieder. Jedenfalls würde ich Martin deshalb nie aufgeben. Außerdem will ich jetzt endlich ein Kind von ihm. Also, ein Leben ohne Martin kann ich mir gar nicht vorstellen.«

»Du meinst: ein Leben ohne Ehe, Haus, Garten und dickes Managerkonto«, sage Beate und legte dabei den Am um ihre Freundin.

Wie immer rief er bei Lisa im Büro an, und wie immer jagte diese schon am Telefon verführende, mit leicht südlichem Akzent sprechende Männerstimme ihr Herz sekundenschnell auf Hochtouren. Sergio, ihr verheirateter Geschäftsmann, war wieder in der Stadt: dasselbe Hotel, dieselbe Zeit.

Der nächste Tag war wieder heiß und sonnig. Sie wählte ein pinkfarbenes Chiffonkleid mit Spaghetti-Trägern, das ihre Halslinie verführerisch und ihn zum Verführer machte. An der Hotelrezeption hatte sie keine Schwierigkeit mehr. Nach dem Namen fragen, die Zimmernummer wiederholen, das ging schon längst ohne hochroten Kopf über die Bühne. Als Sergio sie in seine Arme zog, fühlte sie nur eins: Ich bin lebendig! Aber nach einer Stunde Ekstase und wohliger Mattigkeit musste sie zurück an ihren Schreibtisch. Ja, *triste, molto triste*, mein geliebter Sergio! Vielleicht war es das letzte Mal? Wenn sie erst mal schwanger war, musste sie ihm jedenfalls den Laufpass geben. Sergio begleitete sie über den Parkplatz bis zum Tor. Links lag ein großes Rasengeviert, umsäumt von Rosenbeeten, das ein muskulöser, stämmiger Gärtner gerade beharkte. Er trug einen Sonnenhut. Aus dem Augenwinkel bemerkte Lisa, dass er ihnen hinterherschaute.

»Die nächsten Tage arbeiten Sie mal lieber zu Hause, für die Papierflut dieses Klienten brauchen Sie Ihre volle Konzentration«, hatte Lisas Chef gesagt. Ein netter Chef. Lisa wusste seine Großzügigkeit zu schätzen. Aber in diesem Fall … Als sie in den Garten blickte, schnitt Ronny gerade eine Hecke zurecht.

Und dann stand er auch schon im Wohnzimmer. »Na, krieg ich meinen Kaffee?«

»Kommt sofort.« Lisa eilte in die Küche. Hoffentlich kam er jetzt nicht hinterher. Doch schon spürte sie, wie er sie um die Taille packte, herumdrehte und gegen die Wand presste.

»Na, schön gebumst im Hotel?«
»Was?«
»Nun tu nicht so blöd, ich weiß Bescheid über dich und deinen schwarzhaarigen Kerl.«
Ihre Gedanken wirbelten durcheinander. Wie war das möglich? Und wie kam sie jetzt aus der Falle seiner Arme heraus, mit denen er sie fest gegen die Wand gedrückt hatte?
»Wovon redest du eigentlich?« Gott sei dank, jetzt löste er die Arme von der Wand, blieb aber dicht vor ihr stehen.
»Das weißt du genau. Ich hab im Bellavista einen Job als Gärtner. So einfach ist das.«
Lisa fühlte, wie ihr das Blut in den Kopf stieg – der Mann mit dem Sonnenhut. Wieder drängte er sie gegen die Wand. »Was soll der Quatsch«, schrie sie, »willst du mich vergewaltigen, oder was?«
Er grinste. »Ich will dich vernaschen. Wenn du mit diesem Lackaffen rummachst, dann kannst du mich doch auch mal ranlassen!«
Lisa stieß ihn mit aller Kraft weg. »Das werde ich Beate –«
»Ha, Beate kannst du das ruhig erzählen. Aber was wird denn dein Martin dazu sagen?«
»Nein, das kannst du nicht, das wirst du doch nicht tun!« Lisas Stimme wurde schrill.
»Dann sei nicht so zickig – beim nächsten Mal bist du dran.«

Eine Affäre würde ihr Martin nie verzeihen. Gerade Martin – der Pastorensohn. Alles würde zusammenbrechen, sie würde alles verlieren und am Ende ganz alleine dastehen. Nur allzu gut hatte sie seine Bemerkung noch im Ohr: »Natürlich muss die Frau, die ich heirate, absolut treu sein. Eine Frau, die das sechste Gebot verletzt, hätte bei mir für immer ausgespielt.« Wie sollte es jetzt weitergehen? Sie hatte keine Strategie, sie zitterte nur in einer nie gekannten Angst dem nächsten Zusammentreffen mit Ronny entgegen.
Als er kam, sah er ziemlich verbissen aus. Und so verbissen arbeitete er auch bis zum Abend; seinen Kaffee trank er schnell und mürrisch aus. Es war spät geworden. Hoffentlich würde er abhauen bevor Martin kam. Aber da baute er sich plötzlich vor ihr auf und sah

ihr unverschämt in die Augen: »Ich hab heute ziemlich viel geackert, da solltest du noch einen Hunderter drauflegen!«

Lisa starrte ihn entgeistert an. Dann holte sie ihr Portemonnaie und knallte ihm die Scheine auf den Tisch.

So war das also: Nicht nur Sex, jetzt auch noch Geld. Sie machte sich keine Illusionen mehr – es würde immer so weitergehen. Der Kerl musste weg. Lisa blickte auf das bunte Blumenbeet, das im Abendlicht noch einmal aufleuchtete. Ein leiser Wind strich hindurch und bewegte die hohen Lanzen des Roten Fingerhutes.

Als Ronny das nächste Mal kam, hatte Lisa alles vorbereitet. Er starrte sie lüstern an, aber sie versuchte, ihn hinzuhalten.

»Erst mal einen Kaffee, mein Lieber?«

»Aber immer.«

Sie verschwand in der Küche. Aus den zermahlenen Blättern des Roten Fingerhutes hatte sie einen Aufguss bereitet und mischte ihn unter den türkischen Kaffee. *Digitalis purpurea* versprach Herzstillstand. Also die todsichere Methode für ein aufgeputschtes Viagra-Herz. »Hier dein türkischer – extra stark!«

Ronny kippte das Gebräu hinunter und erhob sich. »Ich stell nur mal die Geräte weg, und dann bin ich ganz für dich da.« Als er zurück kam, war er blass, auf seiner Stirn stand kalter Schweiß.

»Du siehst krank aus«, sagte sie. »Du solltest nach Hause gehen und dich hinlegen.«

»Ja, ist glaub ich besser«, murmelte Ronny matt und verabschiedete sich.

Gott sei dank, den war sie los. Die volle Bescherung mit der Leiche würde Beate haben.

Martin wartete noch bis nach dem Begräbnis – der Arzt hatte bei Ronny Herzversagen konstatiert –, bevor er es Lisa sagte. Ja, er und Beate seien schon länger ein Paar und nun bitte er sie, Lisa, um die Scheidung. Sicher ließe sich finanziell ein Ausgleich finden, dafür, dass sie auszöge und ihm und Beate das Haus überlasse. Lisa nickte. Ihre Versteinerung hielt auch an, als sich ihre beste Freundin zu ihr wagte und sie mit Sätzen überschüttete wie »Liebe ist stärker als alles andere.« und »Wie das Leben eben so spielt.«

Als Lisa endlich allein war, trat sie noch einmal auf die Terrasse hinaus. Der Rote Fingerhut winkte ihr verführerisch entgegen. Sie wandte sich ab und ging schnell ins Haus zurück. Nachzutragen bleibt: Lisa heiratete ihren netten Chef. Beide bezogen eine Penthouse-Wohnung, die Lisa mit ein paar Blumenkübeln ausstattete. Ihren Freunden erklärte sie sehr entschieden, dass sie nie wieder einen Garten haben wolle.

Vorsicht, Giftpflanzen!

Vermutung: Lisa kannte, wie manch anderer auch, die zweifache Wirkung der Fingerhut-Glykoside: einerseits die wohltuende Minimaldosis zur Stabilisierung ihres turbulenten Sexlebens und andererseits die tödliche Großdosis für die ihr lästigen Personen.

Hier ist eine kurze Liste von Giftpflanzen im hausnahen Gartenbereich, vor deren Verzehr gewarnt wird.

Atemlähmung mit möglichem Tod:
Goldregen, Alpenveilchen, Eibe (außer dem Samenmantel), Eisenhut, Hahnenfuß, Küchenschelle, Herbstzeitlose, Kirschlorbeer.

Herzlähmung bis Herzstillstand:
Fingerhut, Maiglöckchen, Christrose, Oleander, Seidelbast, Tollkirsche. Der Lebensbaum wirkt schon in geringen Dosen toxisch auf das Zentralnervensystem und Liguster kann schwere Kreislaufstörungen hervorrufen.

Unter den Zimmerpflanzen sind giftig:
Dieffenbachia, Zimmerprimel, Korallenstrauch, Zimmercalla, Anthurie.

Was Pilze anbetrifft, sind der Knollenblätterpilz, die Frühjahrslorchel, der Nadelholzhäubling und der Spitzbuckelige Orangeschleierling in ihrer tödlichen Wirkung unübertroffen.

Der Fingerhut als Gartenpflanze

Herzkranke schätzen das Fingerhutgift als Medizin. Im Garten gehört die Pflanze auf halbschattigen Rabatten in der Nachbarschaft von Waldglockenblumen sowie Farnen und als Blickfang in Gruppen vor dunklen Nadelgehölzen oder zwischen Rhododendren und Azaleen zu den unentbehrlichen Blühwundern. Einzig der heimische Gelbe Fingerhut (Digitalis lutea), 80 cm hoch, Blütenzeit Juli bis August, ist eine langlebige Wildstaude.
Alle anderen Fingerhüte sind zweijährig. Im ersten Jahr entwickeln sich grundständige Blattrosetten, im darauffolgenden Sommer die bis über 1 m hohen Blütenstände.

Kultur:
Den sehr feinen Samen im Frühsommer breitwürfig aussäen oder im Kalten Kasten vorziehen, pikieren und im nächsten Frühjahr mit Wurzelballen auf kalkarmen Böden auspflanzen.

Sortiment:
»Gloxiniflorae«: sehr große getigerte und gepunktete Blüten in vielen Farben.
»Excelsior Hybride«: 1,20 m, waagerecht stehende große Blüten in breiten Rispen.
»Foxy«: 0,80 m, halbhohe Mischung. Bei zeitiger Frühjahrsaussaat gelangt die Sorte noch im Spätsommer zur Blüte.

Extratipp: unmittelbar nach der Blüte zurückgeschnitten, blühen die Fingerhüte ein weiteres Jahr.

Exotisch, bitte!

PETER ZEINDLER

Der Mond steckte wie eine geschälte Mandel im Nachthimmel über dem Belvoirpark, wo sich das zwinglianische Zürich von einer überraschend prunkvollen Seite zeigte, royalistisch beinahe, britisch: mit seinen ausladenden Laubbäumen, den sanft ansteigenden Rasenteppichen. Das verschlafene Plätschern der Wasserspiele war oben auf dem Hügel, wo sich das Restaurant und die Hotelfachschule befinden, kaum mehr zu hören.

Er saß stumm im Garten des Restaurants, allein an einem Tischchen, ein erratischer Block inmitten der vielen munteren Gäste, die sich um ihn herum angeregt unterhielten oder sich ganz auf das köstliche Mahl konzentrierten. Er trug eine Hornbrille mit dicken Gläsern, aber seine Augen wirkten weder vergrößert noch verzerrt. Und er trug auch keine Krawatte, obwohl er doch dafür bekannt war, sich nie mit offenem Hemd in der Öffentlichkeit zu zeigen. Und er tat etwas, was man in einem Feinschmecker-Restaurant nur als Sakrileg bezeichnen konnte: Er las in einem Buch!

Sie beobachtete ihn vom Tresen aus durch die offene Tür, die ins Freie führte. Und er war ihr auch in seiner Verkleidung, mit diesem bemühten intellektuellen Touch, den er sich zu geben versuchte, nicht sympathisch. Zwar war es das erste Mal, dass der gefürchtete Tester das Restaurant Belvoir mit seinem Besuch beehrte, aber sie hatte ihn trotzdem auf Anhieb identifiziert. Mit der Zeit hatte sie einen Instinkt für Gäste entwickelt, denen sie besondere Aufmerksamkeit schenken musste. Dieser Gast gehörte offensichtlich dazu. Sie stutzte. War er's wirklich? Heimlich verglich sie seine Erscheinung mit dem Foto, das als Lesezeichen im zweiten Drittel eines Buches steckte; Emil, ein Kollege und Freund ihres Chefs, Besitzer eines renommierten Restaurants unten am See, hatte ihr den Band vor zwei Tagen scheinbar grundlos geschenkt – weder hatte sie Geburtstag, noch feierte sie sonst ein Jubiläum.

»Spannend! Alle Kollegen sind begeistert«, hatte er nur gesagt und sich hastig wieder verabschieden wollen. »Und man weiß ja nie«, hatte er bedeutungsvoll hinzugefügt.

»Ich mag eigentlich keine Kriminalromane«, hatte sie eingewandt, als sie den Titel gelesen hatte.

»Diesen wirst du verschlingen«, hatte er ihr noch zugerufen. »Der Stoff, aus dem unsere Träume sind. Und eine Art Lebenshilfe.«

Dass er das Foto des gefürchteten Gastrokritikers als Lesezeichen mitgeliefert hatte, war ihr erst aufgefallen, als sie auf Seite 154 angekommen war.

Das Restaurant war leer, nur ein einzelner Gast saß etwas in sich zusammen gesunken in der einzigen düsteren Ecke des sonst so strahlend hellen Raumes und überhörte und übersah scheinbar absichtlich alle diskreten Signale des übermüdeten Personals, das nach Hause wollte. »Wir schließen, Herr Weber«, getraute sich endlich Mario, der Oberkellner, dem in Feinschmecker-Restaurants allgemein gefürchteten Gastrokritiker ins Ohr zu flüstern. Er hätte auch schreien oder brüllen können: Der Gast war tot.

Wahrscheinlich war der Gastrokritiker vergiftet worden. Was denn sonst? Aber wer war der Mörder? Und würde er zur Rechenschaft gezogen werden? Leider kannte sie das Ende des Romans noch nicht. Die Polizei war noch nicht in Erscheinung getreten, und der Bericht des gerichtsmedizinischen Instituts stand auch noch aus. Sie würde das Buch noch in dieser Nacht zu Ende lesen!

Und jetzt saß also der Guru der Gastrokritik in diesem Restaurant, wo sie zum ersten Mal den Chef vertreten durfte, der sich seit zwei Tagen auf einer Informationsreise durch exotische Küchen befand, die immer mehr gefragt waren.

Der Mann hatte sich dürftig maskiert, um nicht auf Anhieb erkannt zu werden. Er schaute nur kurz von seinem Buch auf, als sie an seinen Tisch trat und ihm freundlich zunickte, ohne sich anmerken zu lassen, dass sie ihn identifiziert hatte.

»Was darf ich Ihnen bringen?«

»Bitte?« Er machte einen ganz abwesenden Eindruck. Er schüttelte beinahe unmerklich den Kopf. Seine Nackenhaare schienen sich zu sträuben. Die Stirn glänzte feucht. Er streckte seinen zitternden Zeigefinger aus und deutete auf die oberste Position auf der Speisekarte, die neben seinem Teller lag. »Ausgebackene Steinpilze mit ...«

Seine Stimme versagte. Seine Augen fixierten die letzten Zeilen des Buches, in dem er so gebannt gelesen hatte. Jetzt klappte er es wütend zu und hieb mit der Faust auf den Einband. Dann hob er den Blick und betrachte sie durch die dicken Brillengläser. Er hatte Angst. Offensichtlich. Aber wovor?

»Austernpilze mit Zitronenkräuter-Dip?«, flüsterte sie und starrte auf das Buch auf dem Tisch.

Natürlich. Sie erkannte das Umschlagbild auf Anhieb wieder. Ein weißes Tischtuch, über das eine zerlaufende Blutspur kroch. Und darauf ein schwarzer Teller, fast zugedeckt von zahlreichen wuchernden Gewächsen: »Tod eines Gastrokritikers«.

»Zitronenkräuter – sind es wirklich Zitronenkräuter?«, fragte er mit belegter Stimme.

»Selbstverständlich. Was denn sonst? Ich verstehe Ihre Frage nicht.«

»Und einen Riserva della casa!«, sagte er schnell.

Ihre Blicke ruhten noch immer auf dem Umschlag. Sie lasen also dasselbe. Nur hatte es der renommierter Gast im Gegensatz zu ihr bereits zu Ende gelesen. Er wusste also mehr als sie. Er kannte den Mörder. Und er wusste, wie der Gastrokritiker zu Tode gekommen war.

»Einen Barolo also«, sagte sie und zog sich wieder in den Schutz des Tresens zurück, wo sie dem jungen Kellner die Bestellung weitergab. Der Gastrokritiker, etwas verunsichert, so schien ihr, weil er nicht wusste, ob sie ihn trotz der Verkleidung erkannt hatte, warf ihr einen verstörten Blick zu. Die Mücken tanzten im Schein der goldgelben Kugellampen und warfen flirrende Schatten auf sein Gesicht.

Sie wartete, bis sich der Kellner entsprechend ihrer Anweisung mit der Weinflasche so am Tisch ihres Gastes aufgestellt hatte, dass ihm der Blick auf sie versperrt war. Hastig blätterte sie die Seiten des Romans um, drängte auf den Schluss und die Lösung des Falles zu, suchte das Stichwort, das sie von ihrer Spannung erlösen würde. Mittlerweile hatte der Kritiker die Austernpilze in Angriff genommen, stocherte, wie sie während ihrer Lektüre feststellen konnte, lustlos darin herum und schob schließlich den Teller mit angewidertem Gesichtsausdruck zurück.

Bilsenkraut also! Teufelsauge, Tollkraut, Dulldill. Sie lachte in sich hinein. Der Mann war vergiftet worden. Was für eine antiquierte Art der hohen Kunst des Giftmordes, dachte sie und starrte auf den nur halb geleerten Teller mit den ausgebackenen Austernpilzen mit Zitronenkräuter-Dip, die der prominente Gast geordert hatte und den jetzt der Kellner mit einem schiefen Lächeln vor sie hinstellte: »Wenn der Chef das wüsste! Dass er ausgerechnet heute nicht da ist.«

»Pech für unsern Gast, nicht für den Chef!«, antwortete sie lächelnd.

»Es hat ihm nicht geschmeckt«, sagte der Kellner.

»Offensichtlich. Serviere jetzt den Hauptgang.«

Der Kellner verschwand in der Küche. Der Gastrokritiker hatte ein goldenes Notizbuch aus der Innentasche seines Jacketts gezogen und kritzelte mit einem goldenen Kugelschreiber etwas hinein. Dann klappte er das Büchlein mit verbissenen Ausdruck zu, legte es demonstrativ neben den Kriminalroman und lehnte sich zurück.

Eine kleine Wolke hatte sich vor den Mond geschoben. Unten auf dem See zog ein neonweiß gerahmtes Schiff vorbei. Rhythmische Tanzmusikklänge hüpften über den See. Lateinamerikanisch, dachte sie. Mexiko? Die Gespräche der Gäste waren animierter geworden. Nur der Kritiker ließ sich von der prickelnden Atmosphäre

nicht anstecken. Auch der Hauptgang schien ihm nicht zu schmecken. Das zarte Kalbsfilet an Beluga-Crème hatte er kaum gekostet. Und später schob er auch den Teller mit der Quarkmousse auf Walderdbeerensauce zurück, kaum hatte er eine Löffelspitze davon mit der Zunge getestet.

Sie hatte sein Verhalten minutiös verfolgt. Der Mann waltete gnadenlos seines Amtes. Wieder hatte er sein Notizbuch gezückt und schrieb und schrieb. Seine Zunge wanderte dabei von links nach rechts. Er wirkte verbissen, entschlossen. Er fällte sein gnadenloses Urteil über die Küche ihres abwesenden Chefs! Seine Brille lag jetzt mit gespreizten Bügeln auf dem Buch.

»Darf ich Ihnen einen Cognac anbieten? Oder einen Marc de Bourgogne?«

Er schaute überrascht auf und setzte schnell die Brille auf. Zu spät. Bestimmt war ihm jetzt klar, dass sie ihn erkannt hatte.

»Ich habe Feinde«, sagte er unvermittelt und eigentlich grundlos.

Sie nickte. »Wer hat denn keine?«

Er zeigte anklagend auf das Buch. »Jemand hat mir diesen Roman zugeschickt. Anonym.«

Er wirkte plötzlich ängstlich. Sie fixierte den Umschlag und schwieg.

»Tod eines Gastrokritikers«, sagte er kaum hörbar.

Sie nickte wieder.

»Ein geschmackloser Scherz!«

»Vielleicht kein Scherz.«

Er schaute sie erstaunt an. »Sie haben mich also wirklich erkannt?«

»Ein Gast ist so willkommen wie der andere«, sagte sie vage.

»Oder wurden Sie etwa vorgewarnt?«, fragte er weiter, ohne ihre Antwort zur Kenntnis zu nehmen. »Gewarnt von einem Kollegen, den ich im wahrsten Sinn des Wortes in die Pfanne gehauen habe? Die einheimische Küche ist leider nur Durchschnitt.« Seine Stimme klang jetzt kalt und stolz.

»Ich ziehe exotische Küche vor. Oder zumindest die französische

Küche mit exotischem Touch. Dieses Unverwechselbare! Dieses Aufregende.«

Sie zuckte mit den Schultern.

»Der Gastrokritiker im Buch wurde vergiftet!« Er schaute sie empört an.

»Mit Bilsenkraut, nicht wahr?«

Er erstarrte. »Sie kennen das Buch auch? Haben Sie etwa ...?«

»Nein. Abgesehen davon: Einen Gastrokritiker vergiftet man doch nicht mit Bilsenkraut. Ein Gastrokritiker soll leben. Abheben. Sie haben recht: Er verdient exotische Träume!«

»Ich verstehe Sie nicht.«

»Natürlich nicht.«

Er presste die Lippen zusammen und funkelte sie böse an. »Übrigens: Ihre Austernpilze hatten zuviel Muskat.«

»Ach so? Und das Kalbsfilet an Beluga-Crème?«

»Ich habe die schleimige Schicht des Kaviars vermisst. Haben Sie ihn etwa –«

»Gekocht?«, fragte sie kalt. »Nein! Ich denke, das Buch hat Ihnen den Geschmack verdorben. Sie sind zu misstrauisch. Sie haben das Genießen verlernt. Und die großen Träume.«

Er streckte ihr wütend das goldene Notizbuch entgegen. »Da steht alles, was ich gegen Ihre Küche einzuwenden habe«, rief er feierlich aus und erhob sich kurz. Einige Gäste drehten sich nach ihm um. Er verneigte sich und setzte sich dann wieder hin. Sie zog sich wortlos zurück.

Die Glocken der Kirchen der nahen Stadt schlugen mit synkopischer Verzögerung elf Mal. Es wurde etwas kühler. Der Garten leerte sich. Aber der Gastrokritiker machte keine Anstalten zu gehen. Er blätterte im Kriminalroman, von vorn nach hinten und wieder zurück zum Anfang. Er suchte wohl nach Anhaltspunkten. Sie beobachtete ihn vom Tresen aus. Die letzten Gäste waren gegangen.

Mitternacht.

Er saß jetzt allein an seinem Tischchen. Endlich hob er den Blick und winkte sie zu sich.

»Wir schliessen«, sagte sie sanft.

»Ich weiß. Aber vorher möchte ich doch noch einen Marc de Bourgogne. Schließlich habe ich überlebt«, fügte er mit einem schiefen Grinsen hinzu.

»Oder etwas noch Hochprozentigeres als Marc?«, fragte sie.

»Warum nicht.«

»Außerhalb Ihrer Wertung?«, fragte sie und strahlte ihn an.

»Außerhalb der Wertung!«, schrie er. »Ach was!« Er klappte sein Notizbüchlein auf und riss die Seiten heraus, auf denen er die Kritik an ihrem Menu festgehalten hatte. Er strahlte. »Sie sind schön. Und Sie haben so etwas Exotisches an sich.«

»Ich bin in Mexiko aufgewachsen«, sagte sie, unberührt von seinem Kompliment.

»Bitte!« Er streckte ihr die herausgerissenen Blätter entgegen.

»Was soll ich damit?«, fragte sie. »Runterschlucken? Und dann daran ersticken? Dieses Ende der Geschichte wäre neu und überraschend.«

»Machen Sie damit, was Sie wollen. Vergessen wir das Zuviel an Muskat. Vergessen wir den Kaviar ohne Schleimschicht. Die Hauptsache ist, Sie kochten nicht mit Bilsenkraut. Ich habe überlebt. Und darauf kommt es wohl an.«

»Gratuliere«, sagte sie lächelnd. »Übrigens: Bilsenkraut ist als mörderisches Gift antiquiert. Schon Hamlets Vater ist daran gestorben. Ich habe etwas gegen Plagiate. Shakespeare würde sich im Grab umdrehen, wenn er wüsste, dass ein Gastrokritiker auf dieselbe Weise umgebracht wurde wie ein Monarch. Selbst wenn dieser Park einen solchen Tod durchaus suggeriert.«

Er schaute sie erstaunt an. »Alle Achtung! Eine gebildete junge Frau. Also, was trinken wir?«

»Marc? Oder hätten Sie es gern exotischer?«

»Warum nicht? Ich ziehe ja die exotische Küche der einheimischen dilettantischen Gastronomie vor. Was haben Sie denn Feines?«

»Etwas Mexikanisches«, sagte sie lächelnd.

»Tequila?«, murmelte er enttäuscht.

»Aber doch nicht diesen ordinären Schnaps! Ich habe etwas ganz Spezielles aus meiner Heimat mitgebracht. Für besondere Anlässe.«

Sie drehte sich um und winkte den Oberkellner heran, der darauf wartete, dass der letzte Gast das Restaurant verließ. Der Kellner sah sie erstaunt an und verschwand. Sie stand neben dem Gastrokritiker, der versonnen die Mondsichel betrachtete.

»Wie eine geschälte Mandel«, flüsterte er.

Der Kellner kam mit einer Flasche und zwei Gläsern zurück.

»Meskal-Schnaps«, sagte sie. »Blutrot. Und seit Jahrtausenden bewährt.«

Er studierte skeptisch die klare Flasche, in der es purpurn schimmerte. Sie schenkte ein. Zwei Gläser.

»Woher?«

»Im Rio-Grande-Becken geht der Gebrauch der Meskalbohnen auf prähistorische Zeiten zurück. Die Sache hat dort eine lange Tradition.« In diesem Augenblick klingelte das Telefon. »Ich bin gleich zurück.«

Sie ging mit schnellen Schritten ins Haus und nahm den Hörer vom Telefonapparat, das auf dem Tresen stand. Ihren Gast behielt sie im Auge. Sie sah, wie er zögernd zum Glas griff und schnupperte. Sein Gesicht verklärte sich.

»Ja?«, sagte sie leise in den Hörer.

»Er ist also gekommen?«, fragte Emil, der Freund und Kollege ihres abwesenden Chefs, am anderen Ende des Drahtes.

»Ja. Er sitzt draußen im Garten. Der letzte Gast.«

»Er sitzt? Also lebt er noch.« Emils Stimme klang enttäuscht.

»Warum sollte er nicht?«

»Hast du denn den Roman nicht gelesen, den ich dir geschenkt habe?«

Der Kritiker führte jetzt das Glas zum Mund, kippte den Kopf nach hinten und ließ den Schnaps über die Zunge und durch die Kehle schießen.

»Bilsenkraut?«, fragte sie.

»Ja. Der Mann ist doch unser aller Feind.«

»Ich verstehe. Dein Geschenk war ein Wink mit dem Zaunpfahl. Jemand von uns sollte sich opfern. Und weil mein Chef auf Reisen ist …«

»Wenn du es so sagst! Ihr seid die letzten in der Reihe. In der nächsten Ausgabe seines Restaurantführers sind wir dran. Alle!«

»Alle?«, fragte sie.

»Hat er euch denn nicht auch in die Pfanne gehauen?«

»Hat er.«

»Und? Soll er überleben?«

»Wer sagt denn das?«

»Bilsenkraut!«, schrie Emil. »Das war doch ein deutlicher Hinweis.«

»Unter meinem Niveau«, sagte sie.

In diesem Augenblick ertönte ein fürchterlicher Schrei.

»Ist was?«, fragte Emil.

»Sprich lauter. Ich kann dich nicht verstehen. Da draußen schreit ein Gast. Der Schrei eines Wahnsinnigen!«

Der Gastrokritiker klammerte sich an den Tisch. Der Stuhl war nach hinten gekippt. Der Kellner stand hilflos daneben.

»Meskalbohnen, Emil«, sagte sie in den Hörer. »Die Samen enthalten Cytisien, ein giftiges Alkaloid etwa wie Nikotin. Im besten Fall verursacht es ein Delirium, vergleichbar einem Trancezustand mit Visionen.«

»Umbringen sollst du ihn, nicht ihm zu Visionen verhelfen!«, tobte Emil.

»Soll ich ein Taxi rufen? Oder die Ambulanz?« Der Kellner stand plötzlich neben ihr.

Sie deckte den Hörer mit der Hand ab. »Taxi genügt.«

Sie nahm die Hand wieder vom Hörer. »In hohen Dosen kann die Droge durch Atemlähmung zum Tod führen.«

»Und? Wie hoch war die Dosis?«

»Das erfährst du bestimmt morgen in den Radionachrichten.«

»Du hast dich also geopfert. Morgen werde ich dich –«

»Morgen bin ich über alle Berge, Emil. Ich werde dir eine Ansichtskarte schicken. Vom Rio Grande! Leb wohl.«

Sie legte sanft auf und sah zu, wie der Kellner den leblosen Gast durch den Garten schleppte. Er hinterließ auf dem Kies eine lange Schleifspur. In der Ferne plätscherten sanft die Wasserspiele. Und in den Wipfeln der alten Bäume rauschte es leise. Der Mandelmond jedoch hatte sich endgültig hinter einer Wolke versteckt. Der Belvoirpark versank endgültig im Dunkel der Nacht. Und oben im Restaurant löschte die Mexikanerin die letzten Lichter.

Exoten im Hausgarten?

Nein und ja! Die meisten Pflanzen aus tropischen Gefilden sperren sich gegen ein Asyl in unseren Gärten, denn ihr von Jugend an gewöhntes Klima – heiß und feucht – können wir ihnen nicht bieten.
Aber in Kübeln auf der Terrasse, dem Balkon oder dem Dachgarten fühlen sich doch eine ganze Reihe von Exoten wohl. Seit Anfang des 16. Jahrhunderts zieht man Pflanzen südlicher Herkunft bei uns in Containern, wie wir heute sagen. Davor baute man im Winter Holzgerüste um die Pflanzen (wie heute noch um die riesige Kamelie im Garten von Schloss Pillnitz bei Dresden).

Kleines Sortiment tropischer und subtropischer Kübelpflanzen:
Orangen (früher Pomeranzen), Zitronen, Feigen, Ölbaum, Granatapfel, Myrten, Korallenstrauch, Agaven und Eukalyptus.

Behälter:
Es eignen sich althergebrachte Tontöpfe von circa 35 cm Durchmesser, Steinguttöpfe, Korbtöpfe, Gusseisentöpfe oder auch Eichenkübel. Welche Töpfe im Winter draußen bleiben können und welche man vor Frost schützen, und hereinholen sollte, lässt sich kaum beantworten, denn man erlebt immer wieder Überraschungen: Steingut, dem man nicht viel zutraute, überlebt jahrein, jahraus Regen und Frost, stabile Töpfe, von denen man das nie erwartet hätte, erleiden in einem milden Winter irreparable Schäden

Erde:
Für kleine Pflanzen nimmt man Frühstorfer Erde, sonst eine Mischung aus fünf Teilen Acker- oder Gartenboden und einem Teil Sand. Statt Ackerboden kann auch Torfmull und alte Lauberde verwendet werden.

Starker Tobak

SUSAN WITTIG ALBERT

»Hallo, China, was pflanzt du denn da?«, fragte Ruby Wilcox.

»Gingko«, antwortete ich und stieß den Spaten in die Erde.

»Was, dieser armselige kleine Zweig?« Ruby beugte sich vor und musterte ihn misstrauisch. »Ich habe immer gedacht, Gingkos sind Bäume.«

»Lass ihm ein bisschen Zeit«, sagte ich. »So etwa fünfzig Jahre. Den hier habe ich aus einem Steckling gezogen, und er muss noch ganz schön wachsen.« Meiner Meinung nach gehört der Gingko – ein Baum, der in Nordamerika seit der Eiszeit ausgestorben ist – zu den faszinierendsten Gewächsen der Welt. Als ich die alte Eiche hinter meinem Kräuterladen »Thyme and Seasons« fällen musste, zögerte ich nicht lange. Es war der perfekte Platz für einen Gingko.

»Telefon für dich, China«, rief mir Laurel Riley, meine Assistentin, von der Hintertür des Ladens zu. »Es ist Hannah Bucher.«

»Ich komme.« Den Spaten ließ ich in der Erde stecken und ging in den Laden. Hannah ist über siebzig und wohnt in Cedar Crossing, Texas, etwa vierzig Meilen östlich von Pecan Springs. Sie hat einen wunderschönen Garten und züchtet Thymian. Dutzende Arten und Sorten dieses wunderbaren Krauts, und sie hatte mir einige Exemplare von einer neuen Sorte Zitronenthymian versprochen, die ich in meinem Garten kultivieren wollte, und auf die ich schon ungeduldig gewartet hatte.

Aber Hannah rief nicht nur wegen der Kräuter an. Sie bat mich inständig, sie zu besuchen. Ich hatte vor einiger Zeit meine Karriere als Anwältin aufgegeben und war von Houston in die Kleinstadt Pecan Springs gezogen, um einen Kräuterladen aufzumachen.

»Es ist eine dringende persönliche Angelegenheit«, meinte sie und senkte die Stimme, als ob sie fürchtete, jemand könne mithören. »Ich sag's nicht gern, aber ich habe Angst, jemand –« Sie unterbrach sich und fuhr in munterem Ton fort: »Ich hoffe doch, dass du bald vorbeikommst, um die Pflanzen abzuholen, China. Ich habe sie für dich beiseite gestellt. Wie wär's am kommenden Wochenende?«

Ich warf einen Blick auf den Kalender. »Ist dir Sonntag recht?«, fragte ich. Ruby und ich wollten sowieso unsere Freundinnen Barbara und Ramona besuchen, die sich letztes Jahr in Cedar Crossing ein Haus gekauft hatten. Und da Rubys »Cristal Cave« wie auch mein Kräuterladen montags geschlossen hatten, konnten wir uns ein langes Wochenende gönnen.

»Passt mir gut«, meinte Hannah dankbar. Ihre Stimme wurde wieder drängend. »Es sei denn, du kannst eher. Ich muss unbedingt mit dir reden.«

Stirnrunzelnd verabschiedete ich mich und legte auf. Dann erzählte ich Ruby, die mit in den Laden gekommen war, von Hannahs Bitte.

Auch sie wurde neugierig. »Was hat sie denn?«

»Keine Ahnung«, meinte ich und merkte, dass ich begann, mir Sorgen zu machen. »Aber spätestens nächsten Sonntag finden wir es heraus.«

Hannah kam nicht mehr dazu, uns zu erzählen, was ihr Kummer machte. Ein paar Tage später erfuhren wir, dass sie gestorben war.

»An einem Herzanfall?«, rief Ruby erstaunt.

»So steht's in der Zeitung.« Ich gab ihr die Todesanzeige, die Ramona mir gefaxt hatte. »Sie starb am Montag, einen Tag nach unserem Telefonat.«

»Wie schade«, sagte Ruby traurig. »Sie war eine so liebe, lebhafte Frau. Ich wusste gar nicht, dass sie was am Herzen hatte.«

»Ich auch nicht.« Aber ich erinnerte mich gut daran, wie beunruhigt Hannah geklungen hatte. »Fahren wir trotzdem nach Cedar Crossing? Ich hätte wirklich gern diesen Zitronenthymian. Und Ramona und Barbara rechnen sowieso mit uns.«

»Abgemacht«, meinte Ruby entschlossen.

Cedar Crossing ist eine Kleinstadt am Guadalupe River. Ihr bestes Stück ist eine wunderschöne weißgetünchte Kirche mit einem entzückenden Spitzdach. Hannahs Haus und ihr Garten lagen in der Nähe der Kirche an derselben Straße. Wir fuhren langsam daran vorbei und bewunderten die bunte Pflanzenpracht, die die Mauer schmückte. Ein Polster aus Johanniskraut breitete seine leuchtendgelben Blüten vor dem fedrigen Purpur eines Knollenfenchels aus, und goldgelbes Mutterkraut wucherte zu Füßen eines hohen graublauen Silberstrauchs.

Als ich im Garten eine Frau entdeckte, die eine Schubkarre den Pfad entlang schob, hielt ich an. »Ich möchte mit ihr reden«, sagte ich zu Ruby. »Aber lass uns so tun, als wüssten wir nichts von Hannahs Tod.«

»Warum?«

»Kann ich nicht erklären.« Ich zuckte die Schultern. »Ich hab so ein Gefühl.«

Ruby grinste. »Dann folge ihm.« Sie gehört zu den Menschen, die immer ihrem Gefühl folgen.

Die Frau mit der Schubkarre war braun gebrannt, wirkte sportlich und hatte dunkelbraune Haare, die ihr in einem lockeren, dicken Zopf über den Rücken hingen. Sie trug ein rotes Tuch als Stirnband, Sweatshirt, Jeans und dicke Arbeitshandschuhe. Sie blickte finster, und als ich Ruby und mich vorstellte, runzelte sie die Stirn.

»China Bayles. Sind Sie die Frau, die etwas von dem neuem Zitronenthymian wollte?«

Ich nickte. »Hannah meinte, wir könnten die Pflanzen heute abholen.« Ich hob die Hand schützend über die Augen und sah mich um. »Wo ist sie denn?«

»Hannah ist tot.« Die Frau presste die Lippen zusammen. »Sie ist am Montag früh gestorben.«

Ruby schlug sich die Hand vor den Mund und riss die Augen auf. »Wie schrecklich!«, rief sie. »Ein Unfall?«

»Angeblich war es ein Herzanfall.« Die Stimme der Frau klang angespannt, und sie sah uns nicht an. »Gestern war die Beerdigung.«

»Das tut mir sehr leid«, sagte ich leise. »Hannah war ein so lieber Mensch.« Ich sah mich im Garten um, der fast einen halben Hektar groß war. Der Duft von Geißblatt und Rosen umgab uns. »Es ist so traurig, dass sie sich nicht mehr um diesen wunderbaren Garten kümmern kann. Ich hoffe, die nächste Eigentümerin liebt ihn genauso, wie sie es getan hat.«

Die Augen der Frau funkelten eigenartig. »Ich werde mich um ihn kümmern«, sagte sie scharf. »Das habe ich Hannah versprochen.«

»Das ist aber ganz schön viel Arbeit«, meinte ich. »So etwas erfordert viel Geschick und Wissen. Und echte Hingabe.«

»Deshalb hat Hannah ihn ja auch mir hinterlassen«, erwiderte die Frau. Ein Ausdruck von purem Hass glitt über ihr Gesicht, als sie sich dem Haus zu wandte. »Und egal, was die sagen, ich lasse ihn mir nicht wegnehmen!«

»Wen meint sie denn mit *die*?«, flüsterte Ruby mir zu, während die Frau mit der Schubkarre davonmarschierte. »Wer ist sie überhaupt? Und warum hat Hannah ihr das Grundstück hinterlassen?«

»Wenn ich das mal wüsste«, sagte ich und sah hinüber zum Haus. Unter einem goldenen Wasserfall aus Hopfenblüten auf der hinteren Veranda stand eine kleine dicke Frau in blauer Schürze und winkte uns zu sich.

»Sie müssen China und Ruby sein. Tante Hannah hat mir gesagt, dass Sie vorbeikommen würden.« Sie biss sich auf die Lippen. »Vermutlich wissen Sie, dass sie Anfang der Woche gestorben ist.« Sie stellte sich als Luella Mitchell vor und bat uns ins Haus.

»Es kam ganz plötzlich«, sagte sie. Ihr rundes Gesicht wirkte traurig. »Und ganz überraschend. Ich wohne seit drei Jahren bei ihr, und ich hätte nie vermutet, dass sie ein schwaches Herz hatte.« Sie setzte sich und zog ein Taschentuch aus der Schürzentasche, um sich die Augen zu trocknen. »Das ist alles kaum zu fassen.«

Ich beugte mich vor. »Ihre Tante hat mir erzählt, dass sie mit mir

über eine dringende persönliche Angelegenheit sprechen wollte. Sie klang schrecklich besorgt. Wissen Sie, was ihr auf der Seele lag?«

Luellas Gesicht spannte sich. »Aber sicher«, meinte sie. »Sie hatte Angst.«

»Angst?«, wiederholte Ruby überrascht.

»Vor Jessica Powell, mit der Sie gerade gesprochen haben.« Luella schüttelte traurig den Kopf. »Wissen Sie, Jessica hat mal jemanden umgebracht. Sie war lange im Gefängnis.«

»Wirklich?«, hauchte Ruby.

Luella nickte. »Tante Hannah wurde klar, dass sie einen schlimmen Fehler gemacht hatte, als sie ihr einen Job gab und sie über der Garage wohnen ließ. Und noch schlimmer, sie als Erbin einsetzte. Diese Frau hat zwar einen grünen Daumen, aber sie hat sich hier praktisch alles unter den Nagel gerissen. Sie hat Tante Hannah sozusagen aus ihrem eigenen Garten verdrängt!«

»Dann stimmt es also, dass Jessica Haus und Garten erbt?«, fragte ich.

Luella nickte. »Tante Hannah hat Sie angerufen, China, weil sie Ihre Hilfe beim Umschreiben ihres Testaments haben wollte. Sie hatte endlich genug Mut aufgebracht, um Jessica loszuwerden. Leider starb sie, bevor –«

Ein Klopfen an der Fliegentür unterbrach sie. Wir drehten uns um und entdeckten zwei uniformierte Polizisten auf der Veranda. »Wir suchen Ms. Luella Mitchell«, sagte einer von ihnen durch die Fliegentür hindurch.

»Das bin ich.« Sie stand auf, das Gesicht plötzlich besorgt. »Was kann ich für Sie tun?«

Der Beamte hielt ihr ein Schriftstück entgegen. »Wir haben einen Durchsuchungsbefehl für die Wohnung von Jessica Powell.«

Jessica erschien plötzlich auf der Veranda, und der Zorn stand ihr ins Gesicht geschrieben. »Für meine Wohnung? Was wollen Sie denn da?«

Der Beamte zeigte auch ihr den Durchsuchungsbefehl. »Bitte gehen Sie vor, Ms. Powell.« Die beiden Männer folgten ihr durch den Garten zu der zweistöckigen Garage.

Luella wirkte verwirrt. »Was suchen die bloß?«

»Wahrscheinlich Beweise für eine Straftat«, sagte ich.

Rubys Augen wurden groß. »Mord?«, raunte sie.

»Mehr als raten kann ich auch nicht«, erwiderte ich düster.

Eine Viertelstunde später waren die Polizisten wieder da, in ihrer Mitte Jessica Powell mit versteinerter Miene, stumm – und in Handschellen.

»Aber das verstehe ich nicht!«, rief Luella. »Warum verhaften Sie sie?«

Der eine Polizist sah sie mitfühlend an. »Es tut mir leid, dass ich Ihnen das mitteilen muss, Ma'am, aber die Autopsie, die Sie verlangt hatten, hat ergeben, dass Ihre Tante vergiftet worden ist.«

»Vergiftet«, flüsterte Luella. Sie griff sich an die Kehle. »Aber ... aber womit denn?«

Der andere Beamte hielt eine Beweismitteltüte empor. »Mit Nikotin«, sagte er.

In der Tüte war eine rot etikettierte Tabaksdose der Sorte Duke's.

»Nikotinvergiftung?«, fragte Ramona. »Davon habe ich ja noch nie gehört.«

»Ich schon«, meinte Barbara, die, wie ich, Anwältin war. »Nikotin ist ein heimtückisches Zeug. Schrecklich giftig.«

Wir saßen zu viert um den Tisch in Ramonas und Barbaras Haus und hatten gerade ein tolles Abendessen aus gegrilltem Gartengemüse mit Penne und Kartoffeln hinter uns.

»Tabak ist giftig«, stimmte ich Barbara zu. »Er ist eines unserer problematischsten Heilkräuter.«

Ruby sperrte den Mund auf. »Ein Heilkraut? Willst du mich auf den Arm nehmen?«

»Ganz im Gegenteil«, sagte ich. »Mit Tabak sind schon alle möglichen Krankheiten behandelt worden, einschließlich Krebs. Die Ureinwohner haben die getrockneten Blätter als Stimulanz und zur Betäubung geraucht, und Priester haben es bei ihren Ritualen verwendet. Er gehört zur Familie der Nachtschattengewächse, wie

Paprika und Kartoffeln.« Ich spießte ein Stückchen gegrillte Knoblauchkartoffel auf. »Der Tabak ist das schwarze Schaf der Familie – zumindest soweit es unseren Missbrauch betrifft.«

Ramona runzelte die Stirn. »Na, mir war schon klar, dass Nikotin in Zigaretten nichts Gutes bedeutet, aber –«

»Nicht nur in Zigaretten«, sagte Barbara. »Vor ein paar Jahren hatte ich mal einen Fall, in dem das Opfer mit einem Unkrautvernichter umgebracht wurde, der Nikotin enthielt.«

»Manche Gärtnerinnen stellen ihr eigenes Unkrautspray her, indem sie Zigaretten in Wasser einweichen«, sagte ich. »Und einige haben sich dabei auch schon vergiftet, weil sie es auf die Hände bekommen haben.«

Barbara sah mich interessiert an. »Wie kam die Polizei denn auf Jessica Powell? Haben die einen Tipp bekommen?«

»Vermutlich«, sagte Ruby. »Jedenfalls haben sie die Tabaksdose in ihrer Wohnung gefunden und verdächtigen sie, Hannah Nikotin verabreicht zu haben.«

»Warum sollte sie?«, wunderte sich Ramona. »Hannah war eigentlich bei allen beliebt.«

»Sie hat Jessica das Haus und den Garten vermacht«, sagte ich.

»Aber dann hat sie Angst vor Jessica bekommen und sich vorgenommen, das Testament zu ändern. Das ist doch ein eindeutiges Mordmotiv«, erklärte Ruby. »Luella sagt, dass Hannah China deshalb angerufen hat. Sie wollte ein neues Testament machen und –«

»Aber Hannah hatte doch gerade erst eins gemacht!«, rief Barbara. »Ich habe es selbst für sie aufgesetzt, das ist noch keine zwei Monate her. Ich glaube einfach nicht, dass sie ein neues gemacht hätte, ohne mich um Rat zu fragen.«

Ich starrte sie an. »Du warst Hannahs Anwältin?«

»Seit über zwei Jahren.« Barbaras Augen verengten sich. »Und sie hat nie irgendwas gesagt, dass sie sich vor Jessica Powell fürchtete. Die beiden sind schon seit Jahren befreundet. Hannah hat ihr geholfen, nach dem Gefängnis wieder Fuß zu fassen.«

»Luella hat uns erzählt, dass Jessica mal jemanden umgebracht hat«, sagte ich.

Ramona nickte. »Sie hat sechs Jahre wegen Totschlags gesessen. Sie hat ihren Mann erschossen, nachdem er sie jahrelang misshandelt hatte.«

Ruby runzelte die Stirn. »Vielleicht wollte Hannah dir einfach nicht sagen, dass sie vor Jessica Angst hatte.«

»Vielleicht«, entgegnete Barbara. »Aber sie hat mir anvertraut, dass sie sich vor ihrem Bruder fürchtete, vor Luellas Vater. Als Hannah ihm erzählt hat, dass sie ihren Besitz Jessica hinterlässt, wurde er so wütend, dass sie dachte, er würde sie schlagen.« Sie schenkte sich noch eine Tasse Kaffee ein. »Wenn ihr mich fragt, ist der Verdacht gegen Jessica Powell überhaupt nicht so wasserdicht, wie es aussieht. Ich glaube, ihr solltet euch morgen mal mit Harold Bucher unterhalten.«

Wir hätten es der Polizei überlassen können, mit Hannahs Bruder zu reden, aber da sie Jessica schon verhaftet hatten, bemühten sie sich vermutlich nicht weiter um den Fall. Ruby und ich waren neugierig auf Harold Bucher. Also ließen wir uns den Weg zu seiner Ranch erklären, stiegen nach dem Frühstück ins Auto und fuhren auf der Cedar Crossing Road etwa dreißig Meilen nach Norden. Als wir in die schmale Zufahrt einbogen, konnten wir das Natursteinhaus sehen, das sich neben einem Bach an ein Wäldchen aus Kanadischen Schwarzpappeln und Weiden schmiegte. Um das Haus herum blühte ein naturbelassener Garten voller Wildblumen und Kräuter: Purpursonnenhut, Rainfarn und Wasserdost.

»Sieht so aus, als hätten Hannah und ihr Bruder wenigstens eines gemeinsam gehabt«, bemerkte Ruby. »Die Liebe zum Garten.«

Als wir ausstiegen, entdeckten wir einen gebeugten alten Mann in Arbeitsoverall und mit breitkrempigem Strohhut; er stand mit der Hacke in der Hand in einem Gemüsegarten. Ohne uns zu beachten, fing er an, in einem Beet mit üppigem Knoblauch Unkraut zu jäten.

»Mr. Bucher?«, rief Ruby.

»Ja«, antwortete der Alte kurz angebunden. »Was wollen Sie?«

»Wir möchten mit Ihnen über Ihre Schwester sprechen«, sagte ich. »Wir waren mit ihr befreundet.«

»Und wir möchten Ihnen unser Beileid aussprechen«, sagte Ruby leise. »Ihr Tod muss ein schwerer Schlag für Sie gewesen sein.«

Harold Bucher hörte auf zu jäten und richtete sich auf, das Gesicht grau und verwittert, die Augen in der hellen Sonne zusammengekniffen.

»Sie war eine alte Frau«, sagte er mürrisch. »Menschen sterben nun mal, wenn sie alt sind.«

»Aber Ihre Schwester ist nicht an Altersschwäche gestorben«, widersprach ich. »Sie kennen doch das Ergebnis der Autopsie, oder?«

»Meine Tochter hat's mir erzählt. Und auch, dass der Sheriff diese Schlampe Jessica verhaftet hat, weil sie Hannah vergiftet hat.« Er lachte kurz auf und jätete dann weiter. »Hannahs albernes neues Testament wird Jessica im Gefängnis nicht viel nützen. Mehr kann ich dazu nicht sagen.«

Er hatte natürlich recht. Eine Mörderin könnte von ihrem Verbrechen nicht profitieren. Wenn Jessica wegen Mordes an Hannah verurteilt würde, könnte sie nicht erben. Aber wer dann?

»Sind Sie und Ihre Tochter Hannahs einzige Verwandte?«, fragte ich.

Er sah mich schräg von der Seite an. »Wieso wollen Sie das wissen?«

»Nur aus Neugier.« Ich sah mich um. Für einen Mann seines Alters war es bestimmt nicht einfach, so weit entfernt von der Zivilisation zu leben. Was machte er, wenn er krank wurde? »Haben Sie je daran gedacht, nach Cedar Crossing zu ziehen?«

»Luella liegt mir dauernd damit in den Ohren«, knurrte er. »Schätze schon, wenn ich 'n hübsches Plätzchen mit Garten fände.« Er stieß mit dem Schuh in die Erde. »Mir würde was fehlen, wenn ich nicht in der Erde rumwühlen könnte.«

Ich nickte. »Haben Sie Ihre Schwester oft besucht?« Er zog die Mundwinkel nach unten. »Letzte Woche, einen Tag vor ihrem Tod. Hatten da eine Familienangelegenheit zu erledigen. Sind aber nicht dazu gekommen. Hannahs neugierige Nachbarin hat uns unterbrochen. Rawlins heißt sie.« Er steckte die Hand in die Brusttasche seines Overalls. »Wenn Sie was über Hannah wissen wollen, sind

Sie bei Mildred Rawlins an der richtigen Adresse. Sie und Hannah und diese Jessica waren ein Herz und eine Seele.«

Er zog die Hand aus der Tasche und hielt darin eine Dose Kautabak.

»Glaubst du, dass Mr. Bucher seine Schwester umgebracht hat?«, fragte Ruby auf der Rückfahrt nach Cedar Crossing.

»Nach dem, was Barbara gesagt hat, hätte er jedenfalls ein Motiv.«

»Und die Mittel hatte er auch«, stellte Ruby fest. »Kautabak. Und er hat zugegeben, dass er einen Tag vor Hannahs Tod bei ihr war, also hatte er auch die Gelegenheit!«

»Klingt jedenfalls nicht unwahrscheinlich«, gab ich zu.

Als Ruby und ich an Mildred Rawlins' Haustür klopften, kam sie gerade mit einem Tablett voller Zitronenthymian-Sämlinge um die Ecke. Sie war groß und hager, und ihre grauen Haare lagen in kurzen, dichten Löckchen am Kopf an. Wir stellten uns vor, aber sie schien bereits zu wissen, wer wir waren, und bat uns ins Haus.

Ruby und ich setzten uns ins Wohnzimmer, während Mildred Tee holte. Nach wenigen Minuten kam sie mit einem Tablett zurück. »Hannah hat oft von Ihnen beiden gesprochen«, sagte sie und schenkte Tee aus einer Porzellankanne aus. »Sie konnte es kaum erwarten, dass Sie kommen, weil sie auf Ihre Hilfe hoffte.«

»Hat sie Ihnen erzählt, worüber sie mit mir sprechen wollte?«, fragte ich.

»Nicht direkt«, sagte Mildred und sah mir in die Augen. »Aber ich hatte das Gefühl, dass irgendetwas sie sehr beschäftigte.«

»Was für ein tragischer Tod«, sagte Ruby seufzend. »Ich bin froh, dass die Mörderin geschnappt ist.«

»Da wäre ich mir nicht so sicher«, antwortete Mildred barsch und reichte die Tassen herum. »Jessica Powell ist hier nicht sehr beliebt. Die Leute vergessen und vergeben die Vergangenheit nicht. Aber Hannah hat zu ihr gehalten, als sie aus dem Gefängnis kam. Jessica hätte ihr nie etwas angetan.«

»Sie haben in ihrer Wohnung eine Dose Tabak gefunden«, bemerkte ich.

»Na und?« Mildred warf verächtlich den Kopf zurück. »Hier haben viele Tabak in irgendeiner Form im Haus. Zigaretten, Pfeifentabak, Kautabak. Sogar Nikotinpflaster. Ich habe mal gelesen, dass fünf oder sechs Pflaster einen Menschen umbringen können.«

»Aber wenn Jessica es nicht war«, fragte Ruby mit weit aufgerissenen Augen, »wer dann?«

Mildred schüttelte verächtlich den Kopf. »Es ist nicht meine Art, jemanden zu beschuldigen, wissen Sie. Aber dieser Bruder – das ist ein hinterhältiger alter Mann und ordentlich jähzornig. Und er war am Tag vor Hannahs Tod da. Ich weiß das, weil ich mitten in ihren Streit geplatzt bin.«

»Um was ging's denn?«, fragte ich.

»Um das Haus natürlich«, sagte Mildred heftig. »Darüber haben sie sich gestritten, seit Hannah dieses Testament gemacht hat. Sehen Sie, das Haus gehörte ihrer Großmutter. Harold meinte, es wäre ein Verbrechen, es jemandem außerhalb der Familie zu vererben.« Sie stand auf und ging zu einem Eckschrank. »Hannah hatte mich gebeten, etwas für Sie aufzuheben, bis Sie kommen würden.« Sie wandte sich um, einen großen, festen Briefumschlag in der Hand.

»Was ist denn drin?«, fragte Ruby ungeduldig, während ich den Umschlag nahm.

»Irgendwelche Papiere«, sagte Mildred. »Mehr hat Hannah nicht gesagt. Nur Papiere.«

Erst am frühen Nachmittag kamen wir wieder im Haus unserer Freundinnen an. Barbara war noch im Büro, aber im Garten fanden wir Ramona beim Jäten.

»Hallo«, sagte sie und stand auf. »Habt ihr was Neues erfahren?«

Ruby zuckte die Schultern. »Eine Menge – wir wissen nur noch nicht, was es bedeutet.«

»Hannah hat bei ihrer Nachbarin einen Umschlag für uns deponiert«, sagte ich und fragte mich immer noch, warum. Ich öffnete den Umschlag.

»Das sind nur Einzahlungsbelege«, sagte Ruby enttäuscht. »Durchschläge von alten Einzahlungsbelegen.« Sie nahm eins der beiden Bündel, die mit Gummibändern zusammengehalten wurden, und blätterte es durch. »Sieht so aus, als wären sie aus den letzten drei Jahren. Sie sind alle auf die Fidelity Investment Company ausgestellt.« Sie zeigte auf die Unterschrift. »Und alle von Hannah unterschrieben.«

Ich blätterte das andere Bündel durch. »Die sind auf dieselbe Investmentfirma ausgestellt.« Ich sah genauer hin. »Auf die Belege ist eine Kontonummer getippt.« Ich las sie laut vor.

»Auf diesen hier steht aber eine andere Kontonummer!«, sagte Ruby.

»Warum hat Hannah die Belege mit der Hand ausgefüllt, aber die Kontonummern getippt?«, fragte Ramona. »Wenn ich mir schon die Mühe mit dem Tippen gemacht hätte, dann hätte ich doch gleich alles getippt.«

»Mich wundern die verschiedenen Nummern mehr ... Vielleicht wusste Hannah nicht, dass es zwei Konten gab«, spekulierte ich. »Als sie die Belege unterschrieb, dachte sie, dass sie das Geld auf ihr eigenes Anlagenkonto überweisen würde. Und nachdem der Beleg unterschrieben war, hat vielleicht jemand anders die Kontonummern eingetippt.«

Ruby schnippte mit den Fingern. »Vielleicht hat sie die Durchschläge zufällig mal genauer angesehen und herausbekommen, was vor sich ging! Deshalb hat sie dich angerufen, China – damit du ihr hilfst, das zu unterbinden.«

Ramona stand auf. »Ich rufe Barbara an. Als Hannahs Anwältin kann sie die Investmentgesellschaft nach den Namen der Kontoinhaber fragen.«

Barbara brauchte nur ein paar Minuten, bevor sie uns zurückrief. Ramona schaltete sie auf Lautsprecher.

»Du hattest recht, China,« sagte Barbara. »Es gab zwei Anlagenkonten. Das in Hannahs Namen beläuft sich auf dreißigtausend Dollar. Als das andere Konto letzten Montag aufgelöst wurde, waren fast siebzigtausend Dollar darauf.«

»Hannah ist am Montag gestorben«, sagte ich. »Das kann kein Zufall sein. Wem gehörte dieses Konto?«

»Jessica?«, fragte Ramona.

»Hannahs Bruder?«, riet Ruby.

»Hannahs Nichte«, sagte ich finster.

»Genau«, antwortete Barbara. »Das Konto lief auf den Namen Luella Mitchell.«

»Heiliger Bimbam«, sagte Ramona.

»Aber nur weil Luella Hannahs Geld unter ihrem eigenen Namen angelegt hat, heißt das noch lange nicht, dass sie ihre Tante umgebracht hat«, stellte Ruby klar.

»Vielleicht nicht«, sagte Barbara, »aber wenn ihr mich fragt, spricht die Beweislage nicht gerade für sie.«

»Lasst uns mal überlegen«, meinte ich. »Luella stiehlt Geld von Hannahs Anlagenkonto. Dann entdeckt sie, dass ihre Tante ihr auf die Schliche gekommen ist, rührt einen Nikotincocktail zusammen und verabreicht ihn Hannah irgendwie, vielleicht im Kaffee oder in scharfem Essen. Anschließend versteckt sie die Tabaksdose in Jessicas Wohnung und gibt der Polizei einen Tipp.«

»Aber warum Jessica die Schuld zuschieben?«, fragte Ramona.

»Wenn die wegen Mordes verurteilt würde«, antwortete ich, »könnte sie Hannahs Haus und das Grundstück nicht erben. Es würde dann an Luellas Vater fallen.«

»Und der ist ein alter Mann«, sagte Ruby. »Über kurz oder lang würde es ihr gehören.« Sie runzelte die Stirn. »Du könntest recht haben, China. Aber wie willst du das beweisen?«

»Ich frage mich«, sagte ich, »wo Luella diese Dose mit Zigarettentabak herhaben könnte. Ich erinnere mich, dass es eine ausgefallene Sorte war. Duke's, nicht wahr?«

»Ja, genau«, sagte Ruby. »Du glaubst doch nicht etwa, dass sie so dumm gewesen ist, den hier im Ort zu kaufen?«

Wie sich herausstellte, war sie tatsächlich so dumm gewesen. Die Dose stammte aus dem einzigen Lebensmittelladen im Ort, und die Verkäuferin erinnerte sich gut an Luellas Kauf.

»So oft wird der nicht verlangt«, sagte sie. »Zuerst war ich ein biss-

chen überrascht, weil Frauen ihre Zigaretten meist nicht selbst drehen. Aber dann dachte ich, sie kauft ihn bestimmt für ihren Mann.«

Mit der Aussage der Verkäuferin war es nicht allzu schwer, den Sheriff zu einer Gegenüberstellung zu überreden. Die Verkäuferin identifizierte Luella auf den ersten Blick. Angesichts der Beweise brach Luella zusammen und gestand alles. Und die Beweislast wurde noch erdrückender, als ein Fingerabdruck auf der Dose mit einem von ihren übereinstimmte.

Wenige Stunden später war Jessica eine freie Frau.

»Wenn Sie nicht gewesen wären«, sagte sie zu Ruby und mir, als wir wieder zusammen im Garten standen, »wäre ich für ein Verbrechen verurteilt worden, das ich nicht begangen habe – und schlimmer noch, für den Mord an einer Frau, die ich geliebt und verehrt habe.« Ihr Gesicht wurde traurig. »Ich vermisse sie jeden Tag. Es tut mir so weh, dass sie von uns gegangen ist.«

Ruby betrachtete den Thymian, den Hannah gepflanzt hatte. Er blühte, und auf jedem Busch wimmelte es von Bienen, die sich an dem duftenden Nektar labten. Sie lächelte. »Na, vielleicht ist sie es nicht ganz – von uns gegangen, meine ich.«

Ich hob die Augenbrauen. Jessica runzelte die Stirn.

»Kennt ihr nicht die alte Volksweisheit über Thymian?«, fragte Ruby. »Jede Blüte enthält die Seele eines Verstorbenen.«

»Davon weiß ich nichts«, sagte ich nüchtern. »Aber eins weiß ich bestimmt: Solange Jessica sich um diesen Garten kümmert, bleibt ein Teil von Hannah lebendig.«

Jessicas Miene hellte sich auf, und sie lächelte. »Und jetzt hole ich den Zitronenthymian, dann haben Sie auch etwas von ihr!«

Ziertabak

In der Tat, der Zitronenthymian ist ein wohlduftendes Pflänzchen, harmlos, ein angenehmer Seelenstärker, wie wir von Jessica wissen.
Nicht ganz so harmlos wie Thymian, aber bei weitem weniger wirksam als Duke's Killer Tobacco ist die Gartenschönheit Ziertabak (Nicotiana), ein einjähriges Nachtschattengewächs aus Südamerika. Stattliches Laubwerk und zahlreiche schmucke Blütenrispen zeichnen die sehr wohlriechende Pflanze aus. Man sät die feinen Samen Anfang März in flache Schalen mit humoser Erde. 18 bis 20°C sind stets, auch beim Pikieren, erforderlich. Auf warmen, sonnigen, gut gedüngten Rabatten bilden Gruppen von drei bis fünf Nicotiana prächtige Farbakzente.

Nicotiana alata
80–100 cm, stark duftende, nickende, meist nachts geöffnete Blüten. Die Variante »Daylight« blüht auch am Tage.

Nicotiana x sanderae
30 cm, leuchtend rote Blüten hat die Variante »Idol«. Der »Scharlachkönig« wird 75 cm hoch, hat leuchtend rote Blüten mit getigertem Schlund. Alle sind tagblühend.

Nicotiana sylvestris
150 cm, weiße Blüten in endständigen Doldentrauben; tagblühend und gut duftend.

Die Gartentour

VICKI CAMERON

»Hörst du mir zu, Schatz? Das hier sind Funkien. Diese dort auch. Große Blätter, unterschiedliche Blattfärbungen. Sehr nützlich, um damit freie Stellen zu bepflanzen. Die würden sich gut unter deinem Fenster zur Straßenseite machen. Da sieht es immer so trostlos aus.«

»Ja, Mom.« Es hatte keinen Zweck, mit ihr zu diskutieren. Die besagten Fenster lagen den ganzen Tag in glühender Sonne. Also hatte ich eine Plastikfolie darunter gelegt, sie mit roten Steinen bedeckt und nannte das ganze ein unkrautfreies Beet. Die Funkien, die meine Mutter mir gerade empfohlen hatte, breiteten ihre unterschiedlich gefärbten Blätter im Schutz üppig belaubter Bäume aus.

»Diese Pflanze hier solltest du auch mal ausprobieren. Riesenbalsam, Monarda. Hübsche rote Blüten, sehr fröhlich. Damit lockst du Kolibris in deinen Garten. Hörst du mir auch zu, Schatz?«

Ich weiß nicht, warum ich mir eingebildet hatte, Mutter und ich könnten auf einer organisierten Tour durch Privatgärten unserer Stadt eine angenehme Zeit miteinander verbringen. Wir hatten gerade mal den ersten von fünf Gärten betreten, und schon hackte sie auf mir herum. Ich tarnte meinen Seufzer als Ausruf des Erstaunens. Wenigstens war es für einen guten Zweck; unsere Bibliothek organisierte die Tour und bekam ein wenig Geld dafür, und außerdem war das Wetter genau richtig, um den Tag im Freien zu verbringen.

Sondra Hepplewhite schwebte auf uns hernieder; ihr geblümter Taftrock knisterte, und sie trug ein Klemmbrett, das mit roten Strichen übersät war.

»Was sagen Sie denn dazu? Ich habe diesen Leuten so oft eingeschärft, dass die Tourgärten in einem Topzustand sein müssen. Jetzt sehen Sie sich das an!«

Sie zeigte auf einen Fleck zwischen den Funkien. »Unkraut. Ich muss sofort mit Maryanne sprechen.«

Zwischen zwei Funkien kämpfte sich ein einsamer Grashalm mühsam ans Licht.

Sondra fügte den roten Strichen hinter Maryannes Namen einen weiteren hinzu. Sie musterte meine Mutter, würdevoll im weißen Kleid, und mich in Jeans und T-Shirt.

»Das ist eine Gartentour mit anschließendem Tee, Fräuleinchen«, sagte sie und betrachtete mich finster. »Wir wollen hier doch einen gewissen Standard wahren. Sie fahren vor dem Tee besser schnell heim und ziehen sich um. Sie haben doch ein Kleid, oder?«

»Natürlich hat sie eins«, sagte Mom. »Ich habe ihr gleich gesagt, das ist eine Gartentour, zieh dich anständig an, aber Sie wissen ja, wie das ist. Keine Sorge, ich kümmere mich drum.«

Ich presste die Lippen zu einem verkrampften Lächeln aufeinander. Jeans und Gärten passten meiner Ansicht nach prima zusammen. Außerdem war es ja nicht gerade so, als würde die Queen zum Tee kommen. Nur ein paar Nachbarn, und die hatten alle schon mal Jeans gesehen. Die meisten hatten heute sogar welche an, während sie durch die Gärten spazierten und sich von den Hobbygärtnerinnen heiße Tipps geben ließen.

Als wir die Besichtigung des ersten Gartens beendet hatten, sah ich, wie Sondra sofort auf ihren nächsten Kontrollpunkt zusteuerte. Maryanne hielt ein zerknülltes Papier in der Hand und trat nach einem Büschel Mauerpfeffer.

Wir gingen zum nächsten Garten. Auf dem kleinen Grundstück war mehr Haus als Garten, aber der war mit Blumen aller Arten, Farben und Größen vollgestopft. Er war auf eine wilde, sorglose Art wundervoll, als wollte die Gärtnerin alles auf einmal, und ein paar

Gartenzwerge noch dazu. Das üppige Durcheinander der Blüten ließ erkennen, dass sie ihre Wurzeln ausstrecken durften, wohin sie auch immer wollten. Reiche Düfte füllten meine Nase. Die Luft trug mehr Aroma mit sich als in einem Geschäft voller Duftkerzen. Fröhliches Gelächter drang von den anderen Tourmitgliedern zu uns herüber, und das lag bestimmt an der Atmosphäre dieses Ortes. Wahrscheinlich hatte die Gärtnerin kein Privatleben und lebte nur für ihre Blumen.

»Das wär doch was für deinen Garten«, sagte Mom. »Grab den Rasen um und schmeiß die grässlichen roten Steine raus. Setz überall Blumen. Frühlingsblüher, Sommerblüher, Herbstblüher. Siehst du, hier gibt es Azaleen, Iris, Stiefmütterchen, Rhododendron, Rittersporn ... Rittersporn würde links und rechts von deiner Haustür bestimmt ganz bezaubernd aussehen. Hörst du mir auch zu, Schatz?«

Sondras Kopf tauchte hinter einem Holzapfelbaum auf. »Viel zu dicht bepflanzt«, sagte sie mit einem Schnauben. »Ich hab Lois doch gesagt, sie soll das reduzieren. Kein Mensch will einen Garten sehen, bei dem alles außer Kontrolle geraten ist. Und dieses Ding ist entsetzlich. Sie muss es unbedingt entfernen, wenn sie nächstes Jahr noch bei der Gartentour dabei sein will.«

»Dieses Ding« war eine schmiedeeiserne Pergola. Sie umgab eine Fontäne, von der das Wasser kaskadenartig in drei Teiche plätscherte. Unzählige Bodendecker und kleine Blumen mit nickenden Blütenköpfen umringten die Teiche. Ich rechnete im Geist zusammen, wie viel tausend Dollar und wie viel Arbeitsstunden das wohl gekostet hatte. Bestimmt mehr, als ich jemals investiert hätte, und ich würde es auch bestimmt nicht nur wegen Sondra wieder rausreißen. Wie lange sie wohl noch für die Gartentour verantwortlich sein würde?

Als wir um das Haus herum zum Ausgang gingen, riss Lois gerade ein mit roten Strichen bedecktes Papier in Fetzchen und starrte Sondra finster hinterher, deren Taftrock in der Sonne leuchtete, als sie die Straße entlang raschelte.

Das nächste Haus wurde von einer hohen Mauer abgeschirmt. Von draußen war kein Garten zu sehen, nur Gras und ein paar große Bäume.

Drinnen jedoch fand ich zu meiner Überraschung achttausend Quadratmeter Grundstück vor. Es war, als hätte ich einen geheimen Garten betreten. Bei Elaine gab es einfach alles – einen klassischen Rosengarten mit gepflegten Wegen, einen Kräutergarten nach elisabethanischem Vorbild, bunte Staudenbeete, einen Steingarten, der noch nicht ganz fertig war, einen kleinen Teich, einen klassischen Irrgarten und einen japanischen Garten. Elaine war wirklich mit aller Leidenschaft dabei; eine Frau, für die der Garten das Wichtigste in ihrem Leben war. Bestimmt war das Gärtnern für sie kein Hobby, sondern Berufung.

»Lauf hier doch nicht mit offenem Mund herum, Schatz. Hörst du mir auch zu? Siehst du diese Rosen? Solche könntest du auch im Garten haben. Schmeiß die grässlichen roten Steine raus und pflanze Rosen. Es gibt so viele Sorten. Etliche davon sind in unserem Klima winterhart. Natürlich musst du dich um sie kümmern. Rosen brauchen viel Pflege. Aber das würdest du schaffen, wenn du es nur wirklich wolltest.«

Ich nickte bloß und stahl mich in den japanischen Garten davon. Ein Oval glatter weißer Kiesel, zwei riesengroße graue Flusssteine und eine steinerne Bank. Daneben stand eine Harke in einem verzierten Ständer. Elaine hatte ein Muster in die Kiesel geharkt, einfache Linien, die von einem Flussstein zum nächsten führten, hinter ihnen einen Schleife bildeten und sich an der Bank wieder vereinigten. Das war mein Garten. Ein Garten des Friedens. Ein Garten ohne Unkraut, ohne Verziehen, Umpflanzen, Schädlingsbekämpfung. Ich könnte die roten Steine herausnehmen und sie durch weiße Kiesel ersetzen.

Sondra stampfte durch die Kiesel und zerstörte dabei das Muster. »Ich hab ihr gleich gesagt, das ist nicht gut genug. Blumen will ich haben! Die Leute wollen sich doch keine Steine ansehen. Außerdem habe ich ihr gesagt, der Steingarten muss heute fertig sein, und sie soll den Minibagger da wegschaffen. Die Leute wollen sich doch keine Baustellenfahrzeuge ansehen.« Sie kritzelte mehrere rote Striche auf den Zettel auf ihrem Klemmbrett und stampfte weiter in Richtung Elaine, die am anderen Ende des Gartens Geräte in einem Schuppen verstaute.

»Hör auf zu träumen, Schatz, und sieh dir diesen Steingarten an. So etwas könntest du auch haben. Sieh nur, sie hat hier gegraben, damit eine Vertiefung entsteht und sie einen kleinen Hang für den Steingarten aufschütten kann. Anfangs war ihr Garten genauso flach wie deiner. Auf dieser Seite ist sie schon fertig. Siehst du den Phlox, die Glockenblumen und die Primeln? Du könntest dir ein paar Steine besorgen und in deiner Einfahrt einen interessanten Garten anlegen.«

Wieder rechnete ich im Geist alles durch. Lastwagenladungen voller Steine und die mehrtägige Leihgebühr für den Minibagger, um das Loch zu graben und die Steine zu bewegen. Für einen Menschen allein waren sie zu schwer. Eine riesige Summe tauchte vor meinem geistigen Auge auf.

»Komm und sieh dir den Teich an, Schatz. So was könntest du auch machen. Mit ein paar Pumpen würdest du bestimmt genug Wasser reinkriegen. Wenn du in der Mitte deines Rasens ein Loch gräbst, sieht das bestimmt sehr schick aus. Ich frage mich, was Elaine wohl als nächstes vorhat.«

Ich sah zu Elaine hinüber, die eine große Mistgabel in der Hand hatte und mit wilder Entschlossenheit ihren Komposthaufen umschichtete. Ein Stückchen geblümter Taft blitzte zwischen den Gartenabfällen auf, aber schnell hatte sie es bedeckt.

»Elaine braucht den Minibagger bestimmt noch, um den Steingarten fertigzustellen. Und dann arbeitet sie den Kompost ein, damit alles gut anwächst.«

Ich ging zu dem japanischen Garten zurück, nahm die Harke und glättete die Kiesel, durch die Sondra gestapft war. Ich harkte das Muster so sorgfältig hinein, wie es mir aus der Erinnerung möglich war, und stellte den Frieden wieder her. Niemand würde je erfahren, dass Sondra hier gewesen war.

»Komm her und sieh dir diesen Irrgarten an«, sagte Mom. »So etwas könntest du auch bei dir machen. Es sind bloß ein paar Hecken und ein Muster. Hörst du mir auch zu, Schatz?«

Kompost

Den Kompostkrimi zweimal gelesen? Ja? War auch sicher nötig! Den »angereicherten« Kompost, von dem dort die Rede ist, gibt es wohl nur in der Fiktion. Normaler Kompost ist aber gang und gäbe. Er ist ein unersetzbarer Bodenverbesserer und trägt – wenn auch in Grenzen – zur Düngung bei. Die richtige Kompostherstellung ist aber nicht jedem Gartenfreund bekannt.

Ausgangsmaterial: organische Küchen- und Gartenabfälle, Rasenschnitt, Laub.

Zerkleinerung: Alle Kompoststoffe häckseln oder schreddern.
Die trockenen, nassen, nährstoffarmen und -reichen Bestandteile sollten sorgfältig gemsicht werden.

Einfüllen: in eine offene Miete, ein Metallrondell, eine Holzmiete oder einen geschlossen Thermo-Komposter.

Reifezeit: beim geschlossenen Schnellkomposter sechs bis acht Wochen, sonst ein bis zwei Jahre.

Tätigkeiten während der Reifezeit: Beim Schnellkomposter nach zwei bis drei Wochen nochmals durchmischen und einmal umsetzen; bei den anderen Kompostverfahren die Bestandteile mehrmals umsetzen; bei unangenehmen Gerüchen Kalk und Torf zusetzen.

Ergebnis: Je nach dem Grad der Verrottung entsteht ein wohlduftender krümeliger Kompost zum Einarbeiten in die obere Bodenschicht oder zum Mulchen.

Kunstdünger oder biologischer Dünger?

In diesem Buch geht es um Leben und Tod. Daher kann auf eine ideologiegeladene Diskussion von »Kunst« oder »Kunst-frei« verzichtet werden. Erfahrene Gartenfreunde wissen, was ihren Lieblingen am besten bekommt, nämlich in den meisten Fällen ein richtig dosierter Mischdünger. Beide Düngerarten bestehen aus unterschiedlichen Anteilen von Stickstoff (N = Nitrogenium), Phosphor (P) und Kalium (K).

1) Mineralische (Kunst-) Dünger sind für die Pflanzen rasch verfügbar. Sie enthalten N, P und K sowie Magnesium und Spurenelemente, deren Anteile auf der Packung in Prozentzahlen angegeben sind. Wichtig: Für empfindliche Pflanzen sowie Rosen nur chloridfreie Dünger kaufen!

2) Organische (biologische) Dünger wirken langsam und enthalten meist nur Teile der mineralischen Volldünger.

a) Stickstoffdünger:
Hornspäne und Hornmehl 13% N
Wollabfall 9–12% N
Blutmehl 14% N

b) Phosphatdünger:
Knochenmehl 16–2=% P, 4% N
Gedämpftes Knochenmehl 20–29% P, 1% N

c) Kalidünger:
Holzasche von jungem saftigem Holz 5–10% K

Extratipp: Pflanzen mit viel Blattmasse wie Tomaten und Kartoffeln verbrauchen viel Kalium. Daher stets den Gemüsegarten ausreichend mit Kalium versorgen!

Radieschen von unten

RALF KRAMP

Zuerst wusste sie gar nicht genau, was es war. Irgendetwas stimmte da nicht. Sie war knapp siebzig, und ihre Sehkraft ließ immer mehr nach. Ohne Brille war sie blind wie ein Maulwurf. Ihr Blick wanderte über den in Reih und Glied stehenden Lauch, die Tomatenspaliere, die gewaltigen Rhabarberblätter. Irgend etwas war hier nicht, wie es sein sollte ...

Dann wandte sie den Blick nach unten. Auf den Gehwegplatten zu ihren Füßen waren Blutflecke. Mit der Spitze ihres Schuhs kratzte sie daran. Die taufeuchte Luft hatte das Blut am Trocknen gehindert – es zog Schlieren auf dem nassen grauen Untergrund. Der Abstand zwischen den Flecken schien fast gleich. Sie führten schnurgerade auf das kleine Gartenhäuschen am anderen Ende des Schrebergartens zu. Sie zögerte keinen Moment. In ihrem ganzen Leben hatte Käthe Rommerskirchen noch nicht gezögert. Sie war eine Frau der Tat. Irgend etwas war da in ihrem Gartenhäuschen und blutete, und insgeheim ahnte sie schon, welche Spezies sich dort verborgen hielt. Weder Marder, Katzen, noch Dackel oder Kanarienvögel pflegten die Tür hinter sich ins Schloss zu ziehen. Ihre Rechte hielt den hölzernen Stiel der Hacke fest umklammert, als sie langsam die hölzerne Tür aufzog.

Es war noch dunstig, und sie war die erste in der Schrebergartenkolonie, aber sie verschwendete keinen Gedanken daran, dass sie sich vielleicht in Gefahr befinden könnte. Sie hatte die Bombenangriffe überlebt und ihren Mann Hubert, der ihr vierzig Jahre lang das Leben zur kleinen Hölle gemacht hatte. Wer konnte ihr schon etwas zuleide tun?

Ein schmaler Streifen grauen Lichts rieselte in das Dunkel der kleinen, unaufgeräumten Hütte. Bis vor wenigen Wochen war dies noch das Reich ihres Mannes gewesen. Oft war er sogar über Nacht geblieben, wenn er mal wieder zu betrunken gewesen war, um Auto zu fahren. Jetzt lag sein ganzes Gerümpel verwaist, den Kartoffeln entwuchsen fingerlange Keime, und die Spinnen machten sich mit Lust daran, das ganze Szenario mit feinen Netzen zu bedecken.

In der Ecke hinter der Kartoffelkiste regte sich etwas. Sie rückte die Brille zurecht und spähte angestrengt in das Halbdunkel. Als sie die Tür vollends öffnete, sah sie im einfallenden Licht ein Gesicht. Große, angstvoll aufgerissene Augen und schweißnasses, strähniges Haar, ein unrasiertes Kinn und bebende Nasenflügel.

»Was machen Sie da?«, fragte sie, und dann entdeckte sie die Blutstropfen, die hier, auf dem staubigen Holzboden dichter beieinander lagen. Der fremde junge Mann stöhnte nur.

Und wieder überlegte Käthe Rommerskirchen nicht lange, sondern zog die Tür hinter sich ins Schloss, nicht ohne vorher einen Blick hinausgeworfen zu haben, um sich zu vergewissern, dass niemand sie beobachtete. Sie lehnte die Hacke gegen die Bretterwand und trat furchtlos auf ihn zu. Der junge Mann blutete stark am rechten Oberschenkel. Er zog zischend die Luft zwischen den Zähnen ein, als sie sich zu ihm hinunterbeugte und ihn am Bein berührte. Er sagte nichts, und sie beschloss ihrerseits auch nicht viele Worte zu machen. Sie riss das blutgetränkte Bein seiner Hose auf und legte eine klaffende Wunde am Oberschenkel frei. Käthe schluckte. »Junger Mann, wie ist denn das nur passiert?«

Er biss die Zähne aufeinander und schwieg beharrlich.

»Na gut, dann werde ich mal einen Doktor rufen. Sie müssen ins Spital, junger Mann!«

Als sie sich mühsam wieder aufrichten wollte, ergriff er mit einem Mal kraftvoll ihr Handgelenk und ächzte: »Nein, kein Doktor, kein Krankenhaus, bitte, bitte nicht!«

»Aber wie stellen sie sich das vor? Sie werden mir doch hier verbluten!« Sie ging zu einem alten Küchenschrank, der im Halbdunkel an der Wand stand und suchte darin herum. Samentütchen in einem staubigen Schuhkarton, Unkrautgifte ... schließlich förderte sie eine halbvolle Schnapsflasche zutage. Das Erbe ihres Verblichenen. Der junge Mann sah mit gierigem Blick zu, wie sie den Verschluss abschraubte, und ergriff die Flasche mit zitternder Hand. Nach einem tiefen Schluck verspürte er offensichtlich augenblickliche Linderung. Sein Körper löste sich allmählich aus der Verkrampfung.

»Es war die Russenmafia!«

»Hier? Bei uns? Die Russen? Ja, aber was wollen die denn von Ihnen?«

Er winkte mit einer fuchtelnden Handbewegung ab.

»Je weniger Sie wissen, desto besser«, sagte er matt und trank erneut. »Sie hätten mich fast erwischt, die Schweine. Gott sei Dank ist es nur ein Streifschuss. Ich hab wirklich verdammtes Glück gehabt. Beim nächsten Mal machen die mich alle!«

»Trotzdem muss das versorgt werden«, sagte Käthe und betrachtete mit verkniffenem Mund die Wunde. »Ich kann sowas noch von früher.»

»Lassen sie mich hier, gnädige Frau«, flehte er. »Hier im Versteck. Nur für ein paar Tage. Dann geben die die Suche auf. Ein, zwei Tage nur, bitte!«

»Und wieso müssen Sie sich gerade in meinem Gartenhäuschen verstecken?«

»Es war das erstbeste. Ich bin von der Straße direkt hier rüber. Hinten am Bahnhof hab ich sie abgeschüttelt.« Er setzte wieder sein schiefes Grinsen auf. »Es war nicht wegen ihrer prächtigen Strauchbohnen, sorry.«

Käthe zog die Stirn kraus. »Sie legen sich auf das Feldbett dahinten«, sagte sie schließlich und zog einen alten beigefarben gemusterten Vorhang vor das kleine Sprossenfenster. »Ich werde in etwa einer Stunde zurück sein. Und bis dahin werden Sie keinen Mucks tun. Hier sind etwa zwanzig Schrebergärten drumherum, und einer der Gärtner ist neugieriger als der andere.«

»Wo gehen Sie hin?«, fragte er ängstlich.

»Ich hole Verbandszeug und etwas zum Desinfizieren. Und eine Hose von meinem Mann werde ich auch wieder aus dem Altkleiderbeutel herausholen. Keine Sorge, junger Mann. Kein Doktor!«

Sie sah ihm tief in die Augen, bevor sie ging. Sie waren blutunterlaufen und flackerten nervös. Aber sie strahlten in diesem Moment eine grenzenlose Dankbarkeit aus. Er hätte ihr Sohn sein können, wenn sie jemals einen gehabt hätte. Sie streckte die knochige Hand aus und berührte ihn sanft an seiner stoppeligen Wange. »Keine Sorge«, sagte sie noch einmal mitfühlend und lächelte. Er sah ihre Goldzähne in den Mundwinkeln. »Ich bringe Tabletten mit. Bald wird es Ihnen besser gehen.«

Er setzte ein schiefes Grinsen auf. »Danke«, sagte er leise.

»Die Russenmafia, sagen Sie?«, fragte sie noch einmal an der Tür. Er nickte eifrig. Fassungslos schüttelte sie den Kopf und verließ die Hütte.

Dann schloss sie die Tür hinter sich. Als er plötzlich hörte, wie sie den Schlüssel im Schloss drehte, befiel ihn für einen Augenblick lang heftige Panik, aber dann fiel ihr ein, dass sie bestimmt nur verhindern wollte, dass ihn jemand fand. Er hatte verdammtes Glück. Die Alte hatte ihm alles abgekauft. Vielleicht würde er sie am Leben lassen.

Als Käthe wenig später zurückkehrte, brachte sie einen großen Wäschekorb mit. Der junge Mann war eingenickt und schreckte hoch, als er das Geräusch des Schlüssels hörte. Aus dem Hintergrund ertönte eine Männerstimme mit schlesischem Akzent. »Wird jetzt aufjereimt, Frau Rommerskirchen?«

»Ja, ja, irgendwo muss ich ja mal anfangen!«, rief sie frohgelaunt zurück und trat ein.

Der junge Mann hatte sich beim Klang der fremden Stimme voller Panik von dem vergammelten Feldbett heruntergerollt und sich wieder hinter der Kartoffelkiste verborgen. Sofort kehrten die höllischen Schmerzen zurück und wühlten sich durch sein Bein. Obwohl er vom Schnaps benebelt war, achtete er voller Panik auf jedes kleine

Geräusch. Wenn er doch nur seine Wumme nicht verloren hätte, dann würde er sich viel sicherer fühlen.

Als sie die Tür hinter sich geschlossen und den Wäschekorb auf einem kleinen Campingtisch abgestellt hatte, stemmte sie die Hände in die Hüften und schüttelte missbilligend den Kopf. »Hatte ich Ihnen nicht gesagt, Sie sollen sich hinlegen?«

»Der Mann da draußen ...«

»Klepka, der einbeinige Frührentner vom Garten nebenan. Wollen Sie so enden? Ein Bein abgenommen bekommen?« Sie griff ihm kopfschüttelnd unter die Arme und half ihm zurück zum Bett.

»Sie erinnern mich an meine Mama«, log der junge Mann. »Sie sind sehr gut zu mir.«

Käthe Rommerskirchen wurde ein bisschen rot. Dann holte sie eine Schachtel mit Schmerztabletten hervor und Mineralwasser. Er nahm gleich drei.

»Was haben Sie diesen Russen nur getan?«, fragte sie, während sie den Verband aus einem alten dunkelblauen Verbandskasten herauskramte. »Die schießen doch nicht aus Spaß auf Sie. Oder machen die sowas?«

»Eine Liebesgeschichte. Ich habe mich in die Tochter ihres Chefs verliebt. Und sie sich in mich. Irina heißt sie. Und sieht aus wie eine russische Ikonenmadonna.« Ein beseeltes Lächeln legte sich über seine Züge.

Sie tupfte die Wunde sauber. »Und was hat der Chef gegen Sie als zukünftigen Schwiegersohn? Das ist ja zu tragisch!«

»Er erpresst Schutzgelder von den Gastwirten in der Stadt. Ich habe ihn angezeigt. Mein Bruder und ich, wir haben ein kleines Restaurant. Wir wollten uns nicht einschüchtern lassen, verstehen Sie?« Er musste über sich selbst grinsen. Der Schmerz schien seine Phantasie zu beflügeln. Die Alte glaubte ihm jedes Wort. Herzschmerz und Rebellion, das war ganz nach dem Geschmack der alten Mädchen. »Irina und ich wollten fliehen. Zusammen. Er und seine Leute haben uns auf dem Weg zum Flughafen eingeholt. Sie waren zu viert. Irina ist tot. Ein Schuss, der mir galt, hat sie in die Brust getroffen. Aua!!!« Sie war vor Schreck mit dem Wattebausch ausgerutscht.«

»Das ist ja schrecklich!«

Eine Träne des Schmerzes quoll aus seinem Auge hervor. Käthe wischte sie mit zitternden Fingern weg. »Sie armer, armer Junge. Was ist mit Ihrem Bruder?«

»Sie haben ihm einen Finger abgeschnitten. Er ist nach Frankreich geflohen. Wer weiß, ob ich ihn jemals wiedersehen werde!«

Bedächtig rollte sie den Verband um seine Wunde und betrachtete danach ihr Werk voller Stolz. Dann holte sie eine neue Flasche Schnaps aus dem Korb. »Das ist der gute«, sagte sie. »Trinken Sie!«

Er nahm einen nicht enden wollenden Schluck und empfand beinahe überhaupt keine Schmerzen mehr, als sie ihm die alte graue Bügelfaltenhose ihres Mannes überzog. Beschämt versuchte sie, den Blick an seiner Männlichkeit im knappen Slip vorbei zu lenken. Die Hose war einige Nummern zu groß. Sie musste den Gürtel im letzten Loch zuschnallen.

»Braucht ihr Mann die denn nicht mehr?«, fragte er lauernd. Hoffentlich hatte die Alte keinem gegenüber ein Wort verloren.

»Er ist vor ein paar Wochen gestorben. Fast hätte ich seine Sachen schon zur Altkleidersammlung gegeben. Ich will nichts mehr von ihm im Haus haben.«

»So verbittert?« Im nächsten Augenblick schalt er sich für eine so kühne Frage.

»Er hat heimlich unsere Lebensversicherungen gekündigt und das Geld versoffen. Ich habe jetzt nur noch das Nötigste zum Leben.«

Du alte Schachtel, schoss es ihm mitleidslos durch den Kopf, was brauchst du denn noch? Mit einem Bein im Grab und dann noch mal ordentlich in die Torte hauen, was?

Und als hätte sie seine Gedanken gelesen, murmelte sie, während sie mit den Fingern nachdenklich über ein paar alte Rosenstöcke strich, die in einer Holzkiste vor sich hinmoderten: »Ich würde so gerne einmal reisen. Nach Italien, nach Spanien ... nach Afrika vielleicht sogar. Ich schaue mir viele Fernsehsendungen über diese Länder an, wissen Sie. Wir sind nie hier rausgekommen. Wir haben immer nur das gegessen, was dieser Schrebergarten hergegeben hat. Der Hubert war zufrieden so. Dem hat das gereicht.«

Sein Blick war das reinste Bedauern. Er sagte keinen Ton. Dafür zerriss plötzlich ein dumpfes Grummeln die Stille. In seinem Magen herrschte fürchterliche Leere.

Sie schrak auf. »Ach Gottchen, jetzt hätte ich doch beinahe die Suppe vergessen!« Sie griff erneut in den Wäschekorb und holte ein kleines blechernes Gefäß heraus. Darin hatte der selige Hubert jahrzehntelang sein Mittagessen mit auf die Baustelle genommen. Sie öffnete die Schnappverschlüsse, und ein verlockender Duft strich durch den kleinen Raum. »Kürbiscremesuppe«, sagte sie, und reichte ihm eifrig einen Löffel. »Aus dem eigenen Garten.«

Er bemühte sich, seine Gier zu verbergen, als er den Löffel in die blassgoldene cremige Flüssigkeit tauchte. Sie reichte ihm ein Salamibrot dazu.

»Was für ein Restaurant hatten Sie und Ihr Bruder?«

Er sah sie für einen Moment verwirrt an. »Restaurant? ... spanisch! Ein spanisches Restaurant.« Er grub hungrig seine Zähne in die Stulle.

»Spanisch«, seufzte sie. »Dort isst man scharf gewürzt. Ich mag das.« Dann gab sie sich einen Ruck und nahm die verdorrten Rosenstöcke aus der Holzkiste. »Auf den Kompost damit. Ich muss anfangen, einiges zu ändern!« Sie griff erneut in den Korb und holte mehrere Hände voll Blumenzwiebeln hervor, die sie in die Kiste kullern ließ. »Im nächsten Frühjahr soll das ein prachtvoller Blumengarten werden. Ich habe keine Lust, meine letzten Jahre zwischen dem Sellerie herum zu kriechen.«

»Gut so!«, sagte er kauend. »Was sind das für Blumen?«

»Tulpen. Rote und violette.«

»Irina liebte violette Tulpen«, sagte er weinerlich. Sie seufzte tief und verließ die Hütte, die Rosenstöcke in den Händen.

Er trank Schnaps und ließ ein kleines Jauchzen hören. Die Suppe schmeckte köstlich. Ein bisschen stark gewürzt, für seinen Geschmack.

»Spanisches Restaurant, ha!« Er hätte sich auf die Schenkel geklopft, wenn es nicht so höllisch weh getan hätte. Noch ein paar Tage bei der Oma in Pflege, und er war fit für den weiteren Weg.

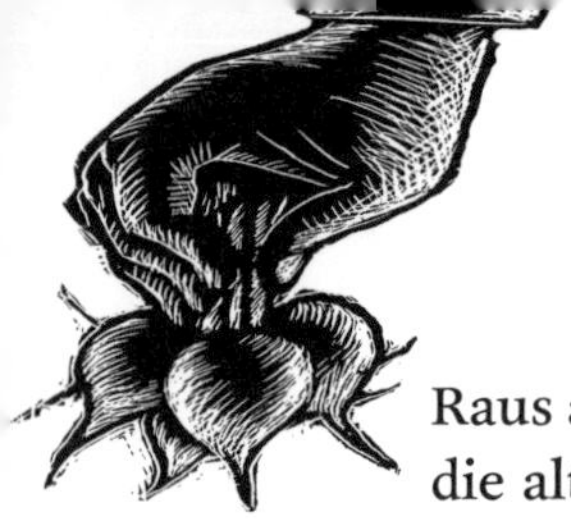

Raus aus Deutschland und ab auf die Bahamas! Draußen brabbelte die alte Schachtel jetzt wieder mit dem Nachbarn.

Er wurde unruhig. Sie würde ihn nicht verraten, da war er sich sicher. Nicht nach der Geschichte mit Irina, der toten russischen Madonna. Aber womöglich würde sie, wenn sie im Garten ... Er stellte den Blechnapf beiseite und glitt von seinem Ruhelager. Als er zum Fenster robbte, war es ihm, als ginge es schon viel besser als in der letzten Nacht. Ächzend zog er sich am Fensterbrett hoch und sah vorsichtig über den Rand hinaus ins Freie. Spinnweben verschleierten den Blick, aber er erkannte sie ganz deutlich, wie sie dastand, leicht nach vorn gebeugt, und sich mit einem alten Glatzkopf auf der anderen Seite des Bretterzauns unterhielt. Worüber sie sprachen, war ihm ziemlich egal. Nur die Tatsache, dass sie sich gerade am Radieschenbeet unterhielten ... Ausgerechnet da! Womöglich würde sie etwas bemerken. Womöglich würde sie ...

Ein scharfer Schmerz wühlte sich plötzlich durch seine Gedärme. Er presste stöhnend die Hand in die Magengrube. Der Schnaps und die Tabletten vertrugen sich womöglich nicht. Auf dem Nachbargrundstück wurde ein Häcksler in Bewegung gesetzt. Das Knattern war ohrenbetäubend. Der Schmerz wurde stärker, schnitt mit Gewalt durch das Zentrum seines Körpers und ließ ihn das Gleichgewicht verlieren. Er stürzte zu Boden und wand sich in Krämpfen. Seine Rechte packte nach dem Wäschekorb, schloss sich im Krampf um einen der Griffe und riss den Korb herunter. Das Scheppern übertönte seinen kraftlosen Ruf nach Hilfe.

Aus dem umgekippten Korb war das Zeitungspapier herausgeglitten, das auf dem Boden unter den Tulpenzwiebeln gelegen hatte. *Banküberfall* konnte er entziffern, *Junger Mann, etwa einsfünfundsiebzig groß, schwarzes Haar*. Die Zahl *Dreihunderttausend* verschwamm vor seinen Augen. Die Alte hatte ihn gelinkt! Den Bullen war er durch die Lappen gegangen, aber dieser alten Schachtel war er in die Falle gegangen. Sie hatte es von Anfang an gewusst! Vergiftete Suppe, stark gewürzt. Es schnürte ihm die Kehle zu. Seine Lunge versagte ihren Dienst, er wollte nach Luft schnappen, aber es ging nicht mehr ... nichts ging mehr ...

Ein Ausdruck der Zufriedenheit legte sich über ihr faltiges Gesicht. Sie atmete die kühle Morgenluft ein und betrachtete versonnen das Radieschenbeet, das so glatt geharkt war wie ehedem. Die Pflänzchen würden ein wenig Pflege brauchen, nach allem, was sie mitgemacht hatten. Das Feuerchen war heruntergebrannt, und der letzte Zipfel der dreckverschmierten Tasche war verkokelt. Das Geld ruhte gestapelt und größtenteils unversehrt in dem Wäschekorb unter einer Lage alter Zeitungen. Das Tor zur Schrebergartenkolonie quietschte. Klepka kam auf seinen Krücken angehumpelt. Er staunte darüber, dass sie schon wieder so früh auf den Beinen war. »Was macht denn de Frau Rommerskirchen so früh am Morjen hier draußen?« Sie erzählte ihm, dass sie schlecht schlief. Sie erzählte auch, dass sie begonnen hatte, die Hütte auszuräumen, womit sie nicht einmal log, und sie sagte ihm, dass sie in nächster Zeit sehr viel auf Reisen sein werde. Herr Klepka versprach, in ihrer Abwesenheit nach ihrem Garten zu schauen. Das sei ja alles vorbildlich in Schuss, nur die Radieschen, meinte er, die sähen ein bisschen mitgenommen aus.

Radieschen

Mit der Redensart »Die Radieschen von unten betrachten« kann man sich elegant um die eigentliche Aussage »sterben« oder »tot sein« herummogeln, zumal die Verkleinerungsform »chen« das Bitterere des Todes angenehm verniedlicht. Das »Oeconomisch – physikalische Lexicon«, Leipzig 1751, kennt die Verkleinerungsform noch nicht: »Bekannt ist der lange oder süsze Rettig, auch Radies genannt, dessen Wurzel dünn und lang und oben rot ist.«
Man stelle sich vor, man betrachte die bayerischen Verwandten »Rettiche« oder gar »Radis« von unten!
Das Radieschen kam im 16. Jahrhundert vom Mittelmeer über Frankreich zu uns. Der Name stammt aus dem lateinischen »radix«, Wurzel, derselben Quelle, die uns auch die Wörter »radikal«, »ratzekahl«, »Rasse« und »Rettich« beschert hat.
Der Anbau dieses kalorienarmen, Vitamin-C-haltigen Rohkostgemüses ist von Anfang März bis Anfang September möglich. Während der kurzen Kulturdauer von vier bis fünf Wochen hält man die Wurzeln der Hypokotylknolle, also des roten Reservespeicherorgans, feucht, damit der essbare Teil knackig bleibt.
Radieschen wollen allein stehen. Daher sollte der Reihenabstand bei der Aussaat 10 cm, der Kornabstand in der Reihe 6–8 cm betragen. Korrekte Abstände erzielt man mit so genannten Saatbändern, die man einfach in die Rillen legt.

Edleres Knollen- und Wurzelgemüse

(Das »edle« Radieschen möge den Vergleich verzeihen!)

Pastinak:
Eine seit dem Altertum von Leckermäulern geschätzte dicke, fleischige, sehr zarte, nach Möhren duftende Wurzel. Man sät vorgekeimten Samen im März möglichst feucht aus. Für Wurzeln von 4–5 cm oberem Durchmesser benötigt man 60–70 Pflanzen / m^2, für größere 20–30 Pflanzen.

Schwarzwurzel:
Bereits im 1. Jahrhundert n. Chr. als Mittel gegen Schlangenbisse, Pest und Melancholie beschrieben. Das Milchsaft führende Kraut verarbeitet man in Zentralasien zu Kautschuk.
Unsere Garten-Schwarzwurzel ist etwa 30 cm lang und wird seit 400 Jahren als Wintergemüse geschätzt.

Meerrettich:
Stammt aus West-Asien und ist jetzt weltweit verbreitet und verwildert. Die Knolle ist wegen des würzig-scharfen Geschmacks als Gemüse geschätzt. In den mitteldeutschen Anbaugebieten vermehrt man Meerrettich durch so genannte Fechser (unterirdische Abschnitte vorjähriger Triebe).

Topinambur:
Eine Nutzpflanze der kanadischen Indianer. Im Ziergarten findet sie Verwendung, da sie zu den Sonnenblumen gehört. (Vorsicht: wuchert stark und muß daher »gezähmt« werden!). Als kartoffelähnliches Gemüse sowie als Viehfutter und zur Alkoholproduktion wird Topinambur vor allem in Frankreich und Italien angebaut. Die Knollen enthalten neben Wasser 2,4% Eiweiß. Von den 15,8% Kohlehydraten sind 7–8% Inulin; daher wird Topinambur auch von Diabetikern genossen.

Das Grenzfeld

HEIDI HOLZER

Vielleicht lag es am Wind, der um das Haus heulte, oder daran, dass ich dachte, an so einem grässlichen Abend wäre niemand mehr so spät noch unterwegs. Das Kratzen an der Tür klang zunächst nicht anders als das Scheuern eines Zweiges am Dach. Außerdem war das rhythmische Trommeln des Regens ebenso beruhigend wie das Wissen, dass er mit seiner hochwillkommenen Feuchtigkeit die harte, von der Hitze aufgeprungene Erde um die verkümmernden Maispflanzen herum aufweichte. An solchen Abenden wünschte ich mir beinahe die Wärme menschlicher Nähe, aber dann fiel mir wieder ein, wie einsam sogar das sein konnte. Das Rumbrüllen, Türenknallen, Tage voll verletzenden Schweigens. Dann Zeiten ruhiger, unkomplizierter Routine, die manchmal sogar ganze Wochen andauern konnte, und die ich nie richtig genießen konnte, weil ich sicher war, dass bald wieder alles von vorn beginnen würde.

Das Kratzen ging in ein Klopfen über, in ein regelmäßiges Rat-a-tat-tat – ganz und gar nicht wie ein Zweig. Ich erhob mich von meinem Platz am Küchentisch, wo ich Kirschen entsteint hatte, und öffnete die Tür. Ein Windstoß scheuchte eine durchnässte junge Frau ins Haus.

Es war meine Nachbarin von der Farm, die eine halbe Meile weiter an der Straße lag, und sie sah so aus, als wäre sie den ganzen Weg zu Fuß gegangen. Jetzt stand sie da und tropfte mein Linoleum voll, während ich die Tür zudrückte und das Gewitter aussperrte.

»Hallo, Kate. Was führt dich denn hierher, an so einem scheußlichen Abend?« Aus ihrem glatten, blonden Haar, das ihr wie eine Badekappe am Kopf klebte, rannen kleine Bäche über ihr Gesicht. Ihre dünnen Beine ragten aus abgeschnittenen Jeans heraus und endeten in schlammbraunen Leinenschuhen, die einmal weiß gewesen waren. Nass und faltig klebte ihr ein rosa T-Shirt am Leib und verriet die Umrisse eines kleinen Rings, der in ihrem Nabel steckte. Wieso sich die jungen Leute heutzutage alle Körperteile piercen ließen?

»Es ist schon spät, Frankie, ich weiß.« Ihr Mund verzog sich kurz zu einem entschuldigenden Lächeln. »Es tut mir Leid, aber ich brauche unbedingt deine Hilfe.« Sie fing an zu zittern und schlang die Arme eng um sich.

»Warte mal einen Moment«, sagte ich und ging ihr mein größtes Badetuch und einen warmen Pullover holen. Wenn es Winter gewesen wäre, hätte der Holzofen den Raum mit seiner Hitze erfüllt, aber diese Sommerunwetter sind immer so schnell vorbei, dass sich das Feuermachen kaum lohnt.

Bald war Kate trocken, saß am Tisch, eingemummt in meinen Wollpullover, und wärmte sich die Hände an einem Becher heißen Tee. Der Pullover reichte ihr bis weit über die Knie, und sie musste die Ärmel hochkrempeln, damit ihre Hände heraussahen. Niemand hätte mich je für eine zierliche Frau gehalten, aber neben dieser winzigen Person fühlte ich mich wie eine Riesin.

»Was kann ich denn nun für dich tun?«, fragte ich, als die alte Kuckucksuhr elf schlug.

»Ich bitte nicht gern darum, aber bei dem Wetter habe ich es heute nicht in die Stadt geschafft. Du bist immer so nett zu mir gewesen ... Also, ich weiß, du hältst Hühner, und ich dachte, vielleicht könntest du mir ein paar Eier verkaufen. Das heißt, wenn du welche übrig hast.« Ihre Stimme verebbte, und sie sah auf ihre Hände hinunter.

»Was ist denn los?« Ich trat zu ihr und umfasste ihr Kinn mit meiner großen, rauen Hand und zwang sie damit, aufzublicken. Jemandem ein paar Eier zu verkaufen konnte wohl kaum als großer Akt der Hilfsbereitschaft bezeichnet werden. »Du kannst es mir doch erzählen. Was ist so schlimm daran, wenn dir ein paar Eier fehlen?«

Ihre Augen füllten sich mit Tränen. »Jerry besteht einfach darauf, Eier zum Frühstück zu haben. Ich will mir lieber nicht vorstellen, was er sagt, wenn morgen früh keine da sind.« Sie riss sich los und legte den Kopf auf die Arme, und ihre Schultern zuckten, während sie schluchzte. »Ich bin so schusselig. Sagt Jerry immer. Ich mache immer alles verkehrt. Und er wird so enttäuscht von mir sein, dass ich die Eier vergessen habe. Wo er sich doch extra noch vergewissert hatte, dass sie auf meiner Einkaufsliste standen.« Sie blickte wieder auf. »Du hilfst mir doch, oder? Bitte? Ich bezahle sie auch.«

Ich tätschelte ihren Arm, so sanft ich konnte, und hoffte, dass die Geste sie etwas beruhigte. In Wahrheit habe ich nicht viel Erfahrung damit, Menschen zu trösten. Und wer hätte sich je die Mühe gemacht, mich zu trösten?

Der Ausdruck in ihren Augen ging mir durch und durch. Genau so mussten die Augen eines Kaninchens aussehen, wenn es spürt, dass sich gleich die Kiefer des Wolfs um sein Bein wird. Wie gut ich diesen Blick kannte! Ich hatte ihn zehn traurige Jahre lang jeden Morgen im Spiegel gesehen.

Ich konnte mir sehr gut vorstellen, was Jerry zu einem eilosen Frühstück sagen würde – er würde seine Fäuste sprechen lassen. Mir war er nicht wie einer vorgekommen, der schlägt, aber was wusste ich schon? Manche Menschen hatten zwei Gesichter, eins für die Öffentlichkeit und das andere für das Privatleben hinter verschlossenen Türen. Klar war mein Luke der Mittelpunkt jeder Party gewesen – ein großer alter Bär, so nannten ihn die Leute. Aber dieser Bär konnte dermaßen zulangen, dass es mir vorkam, als drehte sich mein Kopf um die eigene Achse.

Nicht dass das je irgendwer mitbekommen hätte. Und wer hätte mir auch schon geglaubt? Teufel auch, ich war beinahe so groß wie er, mit meinen schlaksigen eins achtzig, mit Knochen und Muskeln, denen man das jahrelange Heuballenwuchten und Kuhstallausmisten ansah. Wer hätte geahnt, wie klein ich mich im Inneren fühlte?

»Du kannst so viele Eier haben, wie du willst, Kate.« Ich schlug ihr freundschaftlich auf die Schulter und ging nach hinten, wo ich die Eier immer lagerte, bis ich genug hatte, um sie in Kartons zu packen und zum Markt zu bringen.

Kate betrachtete die Eier in ihren kleinen Kartonnestern, als wären sie aus purem Gold, und schob eine Handvoll Münzen über den Tisch. Ich kam mir vor wie eine Diebin, ihr Geld anzunehmen, denn ich wusste, was es sie gekostet haben musste, es aufzutreiben, Schubladen zu durchsuchen, Centstücke aus seiner Jeans in ihre Tasche zu stecken, wenn sie die Wäsche machte. Selbst nach zwanzig Jahren sind manche Erinnerungen noch klar und deutlich. Ich unterdrückte den Impuls, ihr die Münzen wiederzugeben, und steckte sie ein. Mildtätigkeit wäre hier völlig fehl am Platz. Wer war ich denn, dass ich ihr auch noch den letzten Rest Würde nahm?

»Ich muss wohl langsam zurück.« Kate stand auf und ging zur Tür. »Jerry hat sich um zehn ins Bett gelegt, aber er schläft so unruhig.«

»Soll ich dich rüberfahren?«, bot ich an. »Du brauchst doch nicht zweimal an einem Abend nass zu werden.«

Es war schon beinahe Mitternacht, als ich sie im Truck nach Hause brachte. »Nein. Behalt den erst mal«, sagte ich, als sie sich vor dem Aussteigen aus dem Pullover schälen wollte. »Du kannst ihn mir morgen zurückbringen.« Ich sah sie durch den Regen zum Haus eilen, den Eierkarton fest an die Brust gedrückt.

»Ruf an, wenn du was brauchst, ja?«, rief ich ihr nach. »Egal was es ist!«

Aber es war Jerry, der den Pullover am nächsten Tag zurückbrachte. Er traf mich im Schuppen an, wo ich an dem alten Traktor herumbastelte. Irgendwie hatte ich es geschafft, den Schrotthaufen zwanzig Jahre lang in Gang zu halten. Mit etwas Glück würde er noch ein paar Jahre durchhalten.

»Ich weiß nicht, was gestern Abend in Katie gefahren ist; sie hätte dich nicht so spät noch stören sollen. Das wird nicht wieder vorkommen.« Er hängte den Pullover über die Trennwand zwischen der Werkstattecke und dem eigentlichen Stall und blieb mit einem undurchdringlichen Ausdruck dort stehen, fragte sich wahrscheinlich,

wie viel Kate mir erzählt hatte. Ich versuchte nicht daran zu denken, wie er die Erklärung für den Pullover aus ihr herausbekommen hatte, obwohl vermutlich schon ein drohendes Funkeln in den Augen oder ein Heben der Stimme gereicht hatte.

»Mach dir darüber keine Gedanken, Jerry.« Ich sprang vom Traktor herunter und zuckte zusammen, als mir ein Schmerz durchs Kreuz fuhr, ein Andenken daran, dass Luke mich die Treppe hinunter gestoßen hatte. Die Verletzung war nie richtig ausgeheilt, weil ich mich zu sehr geschämt hatte, um das dritte Mal im selben Monat zum Arzt zu gehen. »Ich habe gedacht, sie würde heute morgen selber kommen.«

»Sie hat im Haushalt zu tun.« Er machte keine Anstalten zu gehen, sondern lehnte sich gemütlich an die Wand und sah zu, wie ich mit Schraubenschlüsseln und Muttern hantierte. Unter seinem Blick wurde ich unruhig. Was wollte er bloß?

»Kann ich was für dich tun?« Ich stand auf und ging hinüber, um mir die Hände an einem alten T-Shirt abzuwischen, das hinter Jerry an der Wand hing. Einen Moment lang kam es mir so vor, als wäre er seit unserer letzten Begegnung geschrumpft, aber vermutlich lag das nur an den schrecklichen Träumen, die mich die halbe Nacht wachgehalten hatten. Alte Erinnerungen und neue Sorgen sind schlechte Voraussetzungen für einen erholsamen Schlaf. In Wirklichkeit reichte Jerry mir nur gerade bis zur Nase, aber er bestand aus lauter Ecken und Kanten und geschmeidigen Muskeln, und eine nervöse Energie pulsierte dicht unter der Haut und wartete nur auf den richtigen Anlass, um zu explodieren.

»Weißt du, Frankie, mein Angebot gilt immer noch.«

»Und welches Angebot könnte das sein?«, fragte ich, obwohl ich genau wusste, was er meinte. Seit Jahren schon wollte Jerry, dass ich ihm mein Grenzfeld verkaufte, ein Stück brachliegendes Land, das an sein Grundstück stieß. Es wäre eine gute Weide für die Schafherde, die er sich zulegen wollte.

»Es ist ein guter Preis, der beste, den du kriegen kannst«, fuhr er fort. »Jedenfalls so, wie du es vernachlässigst.«

»Ach, das schon wieder«, sagte ich, während ich ihn zum Tor begleitete. »Du kannst mir alles Gold von Fort Knox dafür bieten, aber dieses Feld verkaufe ich nicht. Wenn es dir also nichts ausmacht ... es gibt auch noch Leute, die arbeiten müssen.«

Ich sah ihm nach, als er zu seinem Wagen ging, und rief ihm dann hinterher: »Danke für den Pullover. Und, Jerry, sag Kate, dass sie mich mal wieder besuchen soll.«

Er drehte sich um, und ich sah etwas Dunkles, Eisiges in seinen gelassenen braunen Augen aufblitzen.

»Aber sicher, Frankie. Die Eier heute morgen waren die besten, die ich seit langem gegessen habe. Leg uns jede Woche ein paar zurück, und ich schicke Kate zum Abholen.«

Vielleicht war ja ein nachbarschaftlicher Besuch zu viel verlangt. Aber das war immerhin ein Anfang – ich würde die junge Frau im Auge behalten.

»Denk noch mal drüber nach«, rief Jerry, bevor er in den Wagen stieg, und ich wusste, dass er weder Kate noch die Eier meinte. Aber ich brauchte nicht nachzudenken, denn eins war sicher: Dieses Feld würde meinen Besitz erst verlassen, wenn ich selbst diese Welt verließ.

Ich gehe nicht mehr oft dort hinaus, nur manchmal, wenn ich das Gefühl habe, dass ich die Grenzen meines Bereichs abgehen und mal wieder Teenager verjagen muss, die »vernachlässigt« mit »aufgegeben« gleichsetzen. Meist weiß ich schon, wenn sie kommen – die einzige Straße dorthin führt an meinem Haus vorbei. Aber gelegentlich zeugen nur ein paar herumliegende Flaschen und Zigarettenstummel von ihrer Gegenwart. An manchen Tagen gehe ich mit der Jagdflinte hin und ziele, um nicht aus der Übung zu kommen, auf die fernen Bäume, wo das Feld in dichten Wald übergeht.

Nicht dass ich je ernsthaft ein Eichhörnchen oder ein Kaninchen schießen wollte – ich könnte nie ein unschuldiges Tier töten, das nur seinem normalen Tagewerk nachgeht, noch nicht einmal die Waldmurmeltiere, die in meinem Garten Löcher graben und genüsslich Möhren und zarten Salat anknabbern.

Nein, das war Lukes großes Vergnügen gewesen, und hinterher

hatte er seine Trophäen stolz auf die Spüle geworfen, wo ich dann die armen, schlaffen Körper enthäuten und in Gulasch und Geschnetzeltes verwandeln musste.

Töten sollte einem Zweck dienen, das ist meine Philosophie. Bei der Fülle an Nahrungsmitteln auf der Farm gab es für mich keinen Grund, die Wälder nach Essbarem zu durchkämmen. Manchmal beobachtete ich kleine Tiere beim Herumtollen und beneidete sie um ihre Freiheit und ihren Lebenszweck, etwas, das ich selbst nie erreichen konnte, wie es mir schien.

Auch dieses Feld war Lukes besonderes Projekt gewesen. Er hatte es dem Wald abgerungen, Bäume und Unterholz weggehackt, Steine ausgegraben, sie ringsherum zu ordentlichen Mauern aufgeschichtet, und dann fruchtbaren, humushaltigen Kompost und Stallmist unter den Boden gepflügt. Es dauerte viele Jahre, aber irgendwann war das Feld das fruchtbarste der ganzen Farm und lieferte uns die höchsten und grünsten Maispflanzen der Gegend. Wir fütterten damit unsere Kühe und erhielten dafür reichlich gute Milch. Damals lief es ziemlich gut – eine Weile lang.

Nachdem ich wieder allein war, ließ ich das Feld zuwuchern und hatte großes Vergnügen daran, wie der Wald es wieder in Besitz nahm, es erst mit Gras überzog, dann mit Wildblumen. Als nächstes kamen die Büsche – Wacholder und Blaubeeren. Inzwischen hatten ein paar Schößlinge Wurzeln geschlagen, junge Birken, Buchen und Ahorn. Mit der Zeit würde die Natur jede Spur von Lukes harter Arbeit auslöschen. Kein Wunder, dass Jerry so drängelte – er wollte es wahrscheinlich nicht völlig neu roden müssen.

Kate holte jeden Sonntagmorgen ein Dutzend Eier, blieb aber nie lange und sagte wenig, drehte nur nervös eine Strähne ihrer kurzen Haare um einen Finger, während ich den Eierkarton füllte. Dann zog sie zwei verknitterte Ein-Dollar-Scheine aus ihrer Hosentasche, gab sie mir und huschte davon, das Wechselgeld in der Hand. So, wie sie ihre Kiefer zusammenpresste, schien sich eine Flut von Wörtern auf ihrer Zunge zu stauen, aber irgendetwas hinderte sie am Sprechen.

Im Hinterkopf hörte ich Jerrys Stimme in dem ruhigen, bestimmenden Tonfall, in dem wir kleinen Kindern die Welt erklären:

»Und denk dran, halt Frankie nicht von der Arbeit ab. Sie hat eine Menge zu tun.« Aber eigentlich meinte er: Komm sofort wieder zurück, damit ich dich im Auge habe.

Als es August wurde, bekam die Hitze diesen staubigen, würgenden Beigeschmack, der die Lunge verstopft und im Mund ein körniges Gefühl hinterlässt. Sie ließ meinen Garten zu Hochform auflaufen, als ob selbst die Pflanzen wüssten, dass es jetzt oder nie hieß, wo der Frost und der lange Winter nur ein Niesen entfernt waren. Was nicht in meiner Tiefkühltruhe oder in Einmachgläsern in der Vorratskammer landete, kam auf den Bauernmarkt, und das hielt mich derart in Atem, dass mir kaum auffiel, ab wann Kate nicht mehr wegen der Eier kam.

Eines Tages drängte mich auf dem Heimweg vom Laden ein blauer VW-Käfer fast von der Straße ab, was mich schlagartig wieder an Dinge erinnerte, die ich schon länger verdrängt hatte. Der Blick auf das Gesicht hinter dem Lenkrad war fast zu kurz, als dass ich es richtig wahrgenommen hätte, aber es reichte, um den beunruhigenden Gedanken an zuschlagende Türen und aufheulende Motoren hervorzurufen. Wenig später bog ich in Kates Einfahrt ein und rannte zu ihrer Küchentür.

Auf mein Klopfen kam keine Antwort, deshalb öffnete ich selbst und trat ein. Kate sah nicht einmal vom Tisch auf, an dem sie saß, inmitten der Spuren eines großen, hässlichen Streits. Zerbrochene Teller und Essenreste waren im Raum verstreut – so viele Scherben, dass ich mich fragte, ob überhaupt noch etwas übrig geblieben war, aus dem man hätte trinken können. Ein Häuflein zu meinen Füßen verströmte den Dillgeruch eingelegten Gemüses. Kate wandte mir das Gesicht zu, die Augen stumpf und ausdruckslos. Auf der einen Wange war ein blauer Fleck sichtbar, der aber schon zu Gelb verblasste, und auf der anderen ein ganz frischer.

Der jahrelange Anblick der Faustspuren in meinem Gesicht hatte mich nicht darauf vorbereiten können, die gleichen Spuren in dem einer anderen Frau vorzufinden. Ich spürte, wie meine Muskeln sich verkrampften, während mein Verstand und mein Körper um eine angemessene Reaktion rangen. Obwohl der Drang, sich umzudre-

hen und zurück in die Sicherheit meines großen, leeren Hauses zu rennen, sehr stark war, zwang mich mein Verstand bald dazu, mich im Zimmer nach einer praktischen Betätigung umzusehen.

»Du legst besser etwas Eis darauf«, sagte ich, ging zum Kühlschrank und griff unterwegs nach einem Geschirrtuch.

Sie ließ mich die kalte Kompresse an ihre Wange drücken, und ihre Finger blieben in der Position, in die ich sie um das eisgefüllte Tuch legte.

»Ich bin so ungeschickt.« Ihre Mundwinkel zuckten nach oben, dann wieder nach unten. »Bin direkt in die Tür reingerannt.«

Diese armselige Ausrede hatte selbst ich nie benutzt. Auf einer Farm gibt es genug Möglichkeiten, kleinere Unfälle zu erleiden, bei all den schweren Maschinen und den Heuballen, die herunter fallen können. Aber man musste schon ziemlich wenig Koordination besitzen, wenn man so oft aufs Gesicht fiel, wie ich behauptet hatte.

Kate bemerkte, dass ich das Schlachtfeld um sie herum betrachtete, und gab das Täuschungsmanöver auf. »Es tut mir Leid, dass ich nicht angerufen habe, weil ich nicht mehr kommen konnte. Ich glaube, du weißt schon, warum.«

»Du musst hier weg«, drängte ich sie, obwohl es offensichtlich zwecklos war. Sie sah wie eine Besiegte aus, nicht wie eine Kämpferin.

»Er meint es nicht so. Er ist nur so schrecklich jähzornig.« Kate spielte am Ärmel ihrer rosa und weiß karierten Bluse herum, den Kopf abgewandt, als wollte sie nicht, dass ich sah, wie sie ihren eigenen Worten nicht glaubte. »Er bringt mich um, wenn ich weggehe.« Die Manschette war fest um einen Finger gedreht, während die andere Hand den Eisbeutel auf ihrer Blessur zurechtrückte.

Die Unlogik in ihrem Satz schien ihr nicht aufzufallen. »Er bringt dich eher um, wenn du bleibst.«

»Du musst gehen. Jetzt gleich. Er kommt bald zurück.« Sie wandte mir das Gesicht wieder zu, und der Funke, den ich darin entdeckte, war nicht Hoffnung, sondern pure Angst.

»Er ist doch gerade erst los. Ich habe ihn auf der Straße gesehen.«

Entsetzen belebte ihren Blick. »Geh! Du solltest gar nicht hier sein.« Sie sprang auf, ließ den Eisbeutel auf den Tisch plumpsen und fing an, mich in Richtung Tür zu schieben.

»Aber er ist doch weggefahren«, protestierte ich und ergriff ihren Arm. Sie zuckte zusammen. Ich nahm schnell meine Hand weg, beschämt. Wer wusste schon, welche frischen Verletzungen die langen Ärmel verbargen?

»Wenn Jerry dich gesehen hat, ist er bestimmt sofort wieder da.«

Es war das erste Mal, dass eine von uns beiden seinen Namen ausgesprochen hatte, und es fühlte sich so an, als würde er mitten im Raum stehen. Sie öffnete mit der einen Hand die Tür und schob mich mit der anderen hinaus. »Wenn er dich hier sieht, wird alles nur noch schlimmer.«

Das Drängen in ihrer Stimme scheuchte mich ins Auto.

»Es ist nicht deine Schuld!«, rief ich, während ich rückwärts aus der Einfahrt setzte; ich war mir nicht sicher, ob sie es gehört hatte, aber einen anderen Rat konnte ich ihr nicht geben.

Ein paar Tage lang rang ich mit dem Gedanken, nach Kate zu sehen, aber etwas hielt mich zurück. Was wäre, wenn ich ihre Lage weiter verschlimmert hatte? Es wäre besser, den Sheriff anzurufen und die Behörden sich darum kümmern zu lassen. Außerdem ging es mich auch überhaupt nichts an.

Aber ich wusste, dass ich es nicht tun würde. Vor fünfzehn Jahren hieß unser Sheriff Dennis Amadon, und derselbe Mann war auch heute noch für Recht und Ordnung verantwortlich. Er hatte mich nie leiden können – ich ihn auch nicht, und nicht nur deswegen, weil er Lukes bester Kumpel war. Er hatte nie geglaubt, dass sein Freund verschwinden und die Farm im Stich lassen würde, und das hatte er mir auch gesagt – und dann das Haus vom Keller bis zum Dachboden durchsucht und den Schuppen fast Brett für Brett auseinandergenommen. Wir hatten seit mehr als zehn Jahren nichts Freundlicheres als einen misstrauischen Blick gewechselt.

Nach einigem Hin und Her beschloss ich, das Ganze zu vergessen. Vielleicht war Kate so vernünftig, wegzugehen, sagte ich mir, obwohl ich wusste, dass Vernunft nichts damit zu tun hatte. In Wahrheit hatte ich nicht den Mut, das bis zu Ende durchzustehen.

Der Winter zog sich hin, und ich fragte mich, ob es je aufhören würde zu schneien. Aber schließlich tat es das doch, und in nur wenigen kurzen Märztagen schmolz der Schnee und verwandelte sich in große Seen, die langsam in den durchweichten Boden sickerten.

Eines Morgens entdeckte ich einen Bach, der am waldigen Rand des Grenzfelds entlangplätscherte, Klumpen von trockenem Gras und Erde fortschwemmte und Steine und rostiges altes Werkzeug freilegte, die seit Jahrzehnten hier begraben gewesen waren.

Und noch etwas anderes.

Zuerst hielt ich das Ding, das da aus dem Schlamm ragte, für eine Wurzel und bückte mich, um sie herauszuziehen – dann sprang ich hastig zurück, mit wild pochendem Herzen. Seit wann hatten Wurzeln fünf Finger? Langsam ging ich in die Hocke, schloss die Augen und öffnete sie dann wieder in der Hoffnung, das Ding wäre weg. Es war noch da.

Ich wusste nicht, ob es schon verfault war oder einem kleinen Tier als Frühstück gedient hatte, aber durch die Fleischfetzen sahen Knochen hervor. Es hing an einem Arm, der noch größtenteils von Erde bedeckt und in einen Ärmel gehüllt war, alles im selben schlammigen Grauton. Es hatte angefangen zu stinken.

Mein Magen hob sich plötzlich, und ich wandte mich ab und kämpfte darum, das Rührei mit Toast, das ich gefrühstückt hatte, unten zu behalten, während eine Welle der Übelkeit mich fast auf die Knie zwang.

Ich überredete mich mühsam zu einem zweiten Blick, bei dem ich eine Stelle entdeckte, an der der Ärmel frei von Schlamm war. Die Farbe war inzwischen aus dem Stoff geblichen, aber die Manschette endete in genau so einer Rüsche wie die Bluse sie hatte, in der ich Kate im vergangenen Herbst zum letzten Mal gesehen hatte.

In dieser Nacht hätte ich niemals einschlafen können, auch wenn ich mich noch so bemüht hätte. Unzusammenhängende Gedanken tobten mir durch den Kopf, bis ich sie einigermaßen ordnen konnte und mir am folgenden Morgen klar war, was ich tun musste.

Am schwierigsten war es, Amadon davon abzuhalten, die Stelle nicht sofort zu sichern und mich ins Gefängnis zu schleppen. Um das zu verhindern, musste ich ihm etwas im Tausch anbieten. Den größten Teil der Nacht verbrachte ich damit, mich dazu zu überreden.

Vielleicht half es, dass ich ihn um vier Uhr morgens aus dem Schlaf riss und er vielleicht nicht wach genug war, um meine Worte richtig zu begreifen; jedenfalls war er viel vernünftiger, als ich erwartet hatte.

Jerry hinaus aufs Feld zu bekommen war einfach, obwohl mich die Bereitwilligkeit, mit der er einverstanden war, mich nachmittags zu treffen, hätte warnen sollen. Aber ich hatte andere Sorgen.

Die Sonne sank bereits dem Horizont entgegen, als ich ihn über das Feld auf mich zu eilen sah. Ich hatte mich so hingestellt, dass er das, was ich ihm zeigen wollte, erst sehen konnte, wenn ich beiseite treten und den grässlichen Anblick enthüllen würde.

Ich winkte fröhlich und spürte, wie sich in der Tasche die andere Hand zur Faust ballte, während er näher kam. Mit kalten Augen, ohne ein Lächeln, sagte er: »Reden wir nicht um den heißen Brei herum, Frankie. Du hast mich genauso wenig hierher bestellt, um über den Verkauf des Feldes zu reden, wie ich gekommen bin, um ein Angebot zu machen.« Er sah sich rasch um, und als er nur uns beide sah, fügte er hinzu: »Du hättest dich um deinen Kram kümmern sollen.«

Er machte einen Schritt nach vorn. Ich trat zur Seite. Er würdigte den Arm, der aus dem Schlamm ragte, kaum eines Blickes. Obwohl sein Blick kurz nach unten huschte, geriet er nicht ins Stocken. Ein weiterer Schritt brachte ihn näher. Ich wich zurück. Wir bewegten uns langsam im Kreis über das Feld.

Sorg dafür, dass er weiterredet, Frankie, ermahnte ich mich und spürte den Kassettenrekorder unter meinem weiten Pullover.

»Ich weiß, dass du sie nicht umbringen wolltest, Jerry. Es war ein Unfall, nicht wahr? Es ist dir nur ein bisschen außer Kontrolle geraten.«

Er blieb stehen. Ich zog mich langsam weiter zurück, Schritt für Schritt in Richtung der Bäume. Ein gewisser Abstand zwischen uns beiden schien keine schlechte Idee zu sein.

»Sie umbringen?«, wiederholte er. »Sie hat sich selbst umgebracht!« Einen Moment lang glaubte ich ihm beinahe und spürte, wie meine Knie nachgaben, als eine entsetzliche Frage in mir aufstieg. Hatte sie sich wirklich so gefangen gefühlt, dass dies der einzige Ausweg war? Aber er redete weiter.

»Sie wusste ganz genau, dass ich meinen Kaffee immer nur mit Milch und ohne Zucker trinke. Ich hasse süßen Kaffee! Jeden Tag war's dasselbe. Und wenn's nicht der Kaffee war, dann hat sie den Toast anbrennen lassen. Die Eier zu lang gebraten. Wie lange hätte ich das denn noch mitmachen sollen? Sie war nicht dumm – sie hat nur einfach nicht auf mich gehört. Ich musste ihr eine Lektion erteilen.« Seine Stimme verwandelte sich in Jammern. »Sie wusste doch, wie jähzornig ich bin! Bin ich denn daran schuld, dass sie mich zu weit getrieben hat?«

Ja!, wollte ich schreien, aber ich wechselte mühsam das Thema. »Hast du wirklich gedacht, ich würde sie nicht finden – das hier nicht melden?«

Er schnaubte. »Ganz recht. Wo doch jeder weiß, dass du deinen Mann erschossen und genau hier auf diesem Feld verscharrt hast.«

Es war wahrscheinlich unter diesen Umständen nicht das Klügste, aber ich fing an zu lachen. Lachsalven brachen aus mir heraus, und Tränen rannen mir über die Wangen. Natürlich war Jerry damals erst sieben oder acht gewesen. Alt genug, sich zu merken, was die Leute geredet hatten, aber zu jung, um es wirklich zu verstehen. Offenbar hatte ihm niemand erzählt, wie Amadon und seine Leute das Feld von einem Ende zum anderen umgepflügt hatten.

Seine Augen wurden hart und gemein. »Hättest mir das Feld verkaufen sollen, Frankie. Als es dir noch was genützt hat.«

Mit einer plötzlichen Bewegung machte er einen Satz auf mich zu, und in seiner Hand glitzerte etwas. Ich machte einen Satz nach hinten, verlor das Gleichgewicht und stürzte schwer zu Boden, keuchte, während mein Herz eigenartig hämmerte.

Aus dem Unterholz ertönte eine feste Stimme. »Lassen Sie das Messer fallen, Mr. Moravian.«

Erleichterung durchflutete mich. Drei Männer traten ins Freie, ihre Waffen auf uns gerichtet. Auf Jerry.

Einen Augenblick lang dachte ich, er würde wegrennen; stattdessen sank er in sich zusammen, ließ das Messer in den Schlamm fallen und drehte sich langsam um, doch vorher konnte ich noch den Ausdruck auf seinem Gesicht erkennen. Angst.

Sehr gut. Die Befriedigung lockerte meine Muskeln. Jetzt weißt du, wie sich das anfühlt, dachte ich.

Ich sah zu, wie die Deputys Jerry zum Streifenwagen begleiteten, der ein Stück hinter meinem Haus geparkt war.

Amadon sah mich lange und eindringlich an. »Und jetzt hast du noch was für mich, oder?«

»Komm mit.« Ich nahm die Kassette aus dem Rekorder und gab sie ihm, dann führte ich ihn den Hügel hinter dem Haus hinauf. Klumpen von nassem Gras bedeckten die Kuppe. Im Sommer wurde es hoch und dicht und verbarg eine alte Kellertür, die in den Boden eingelassen war. Amadon sah einen Moment lang zu, wie ich mich damit abkämpfte, die hölzerne Tür aus dem verzogenen Rahmen freizubekommen, dann half er mir. Zusammen zerrten wir sie auf. Ich zog meine Taschenlampe aus der Hose und spähte hinunter, auf eine Wolke fauliger Luft gefasst. Doch es roch nur nach muffiger Erde.

Ich bemerkte, dass der Sheriff mich nachdenklich ansah, mit einem Ausdruck von Neugier, gemischt mit Abscheu.

»Was ist das?«

»Der Wurzelkeller.«

»Und hier ist –«

»Ja«, unterbrach ich, weil ich nicht hören wollte, wie er das aussprach, was wir beide wussten.

»Bist du soweit?«, fragte er.

Ich nickte. »Gleich. Zuerst musst du noch etwas wissen.«

Ich erklärte ihm, woher mein Hinken stammte. Dann zeigte ich ihm die Narbe unter meinem Arm, wo das Messer den Muskel glatt durchstoßen hatte, und auch den Finger, der nie wieder gerade sein würde, weil ich ihn nicht vom Arzt hatte schienen lassen. Als nächstes ließ ich ihn die Brandnarbe im Nacken sehen, die sonst von langen Haaren verdeckt war – die Spur eines heißen Schürhakens.

Es gab noch weitere Narben an intimeren Stellen, aber ich hatte nicht vor, auch nur eine von ihnen dem Sheriff zu zeigen.

Amadons Gesicht verhärtete sich, aber er sagte keinen Ton.

»Geh nur, Dennis.« Ich nickte zum Eingang hin. »Fühl dich wie zu Hause.«

Er blickte auf die Tür, dann wieder zu mir, als fragte er sich, ob ich sie ihm auf den Kopf knallen würde, sobald er hinunterstieg. Er nickte zur Öffnung hin. »Du zuerst. Zeig's mir.«

Ich hatte eigentlich nicht vorgehabt, überhaupt hineinzugehen, aber darüber wollte ich mich jetzt nicht streiten. Vorsichtig stieg ich die Steinstufen hinunter, dem Lichtfleck hinterher, und spürte Amadons Anwesenheit im Rücken. Das Gefühl der Beklemmung wuchs mit jedem Schritt, den ich dem Boden näherkam, als ob die Zeit zusammen mit allem anderen hier eingeschlossen gewesen wäre.

Im gedämpften Licht des Kellers, den Blick fest auf die Schatten gerichtet, die durch das Licht der Taschenlampe an die Wand geworfen wurden – und weit entfernt von den großen Tonnen auf der anderen Seite –, erzählte ich Amadon die ganze Geschichte.

Es war mitten in der Erntezeit gewesen, und wir lagerten Wintervorräte ein: Körbe mit Äpfeln, Kisten mit Möhren und Rüben. Hatte es mit einem Streit begonnen? Wahrscheinlich, obwohl ich nicht sagen konnte, worüber. Alle unsere Kräche schienen zu einem zusammenzufließen.

Vielleicht hatte ich ihn gestoßen – oder er war gestolpert. Ich erinnere mich nur noch, wie still er da lag, ein Haufen am Fuß der Treppe. Er schien tot zu sein. Ich ging nach unten, um nachzusehen.

Gerade als ich einen winzigen Hoffnungsschimmer verspürte, bewegte er sich, öffnete schmerzerfüllte Augen, rollte sich auf die Seite, kämpfte sich auf die Knie hoch und brach mit einem Stöhnen wieder zusammen.

»Steh nicht so rum, Frankie. Hilf mir gefälligst!«, knurrte er, die Augen funkelnd vor Wut.

Hatte ich das Holzscheit von oben mitgebracht oder in einer dunklen Ecke gefunden? Noch ein Detail, das im Wirrwarr der Erin-

nerungen verschwunden ist. Wie auch immer es in meine Hände gekommen war, ich schlug es ihm mit aller Kraft auf den Kopf. Und wieder und wieder. Ich bin sicher, dass er schon lange tot war, bevor ich das Scheit auf den Betonboden fallen ließ.

Was als nächstes kam, war harte Arbeit; seine Masse in die vorderste Tonne zu hieven, zuerst den Kopf und die Schultern, dann seine Beine anzuheben, erschwert durch Tränen, die meine Augen versengten, und Blut, das in meinen Schläfen pochte. Anschließend bedeckte ich die Leiche mit Sand und Blättern.

Es war keine Notwehr, nach keiner Definition. Aber mich wird nie jemand überzeugen können, dass es irgendetwas anderes war – ich hatte meine Chance gesehen und sie genutzt.

Was ich dem Sheriff nicht erzählte, war, wie ich die folgende Woche im Bett verbrachte und nur aufstand, um würgend ins Bad zu stolpern, die Tiere zu füttern und die Kühe zu melken. Es war schwer zu sagen, ob die Schuld, die ich empfand, von meiner schrecklichen Tat herrührte oder von der Erleichterung, dass seine harten Fäuste mir nie wieder Schmerzen zufügen würden.

»Es tut mir nicht Leid«, schloss ich. »Er hat es verdient.«

Amadon sah mich mit einem Ausdruck an, den ich nicht deuten konnte. Schweigen. Die Sekunden zogen sich zu einer Ewigkeit, und gerade als meine Nerven es nicht länger aushielten, brach er das Schweigen. »Wo ist er?»

Ich zeigte darauf, immer noch unfähig, direkt dorthin zu blicken. Dann drückte ich ihm die Taschenlampe in die Hand und rannte die Treppe hinauf. Wieder an der frischen Luft, setzte ich mich auf einen flachen Stein und wartete, die Arme eng um mich geschlungen, damit ich nicht zitterte. Ich drückte die Stirn fest gegen die Knie und musste völlig verzweifelt ausgesehen haben. Aber wer wäre da gewesen, das zu sehen?

Es schien ein ganzes Leben zu dauern, bis der Sheriff wiederkam. Ich fragte nicht, ob er gefunden hatte, was er gesucht hatte. Das war nicht nötig – sein Gesicht war grau und seine Augen hell und hart.

«Bist du jetzt zufrieden?», fragte ich und bedauerte meine Wortwahl sofort. Was hatte ich überhaupt sagen wollen? Zufrieden, dass er nun wusste, was mit seinem Freund geschehen war, oder dass er mich endlich geschnappt hatte?

»Ich habe das nicht so gemeint«, fügte ich hastig hinzu. »Ich –«

»Schon gut«, unterbrach er mich, setzte sich auf einen Stein in der Nähe und rutschte herum, bis er eine bequeme Position fand. »Ich kann mir schon vorstellen, warum du mir das jetzt, nach all den Jahren, gezeigt hast, aber ich möchte es lieber von dir selbst hören.«

Ich ließ mir Zeit mit der Antwort, wählte meine Worte nun sorgfältiger aus. »Kate. Ich habe die Anzeichen erkannt. Ich hätte was unternehmen sollen, was sagen sollen. Vielleicht wäre sie dann noch am Leben.«

»Warum hast du mich nicht angerufen?«

Mein Kinn ruckte überrascht hoch. »Was hättest du denn getan? Was hast du vor fünfzehn Jahren getan?«

»Damals hast du mir auch nichts erzählt.«

»Ja, verdammt! Du warst sein bester Freund.« Das kam mit mehr Bitterkeit heraus, als ich gewollt hatte.

»Sieh mal, Frankie. Ich glaube, dass du denkst, ins Gefängnis zu gehen ist der Preis, den du für ein reines Gewissen in Bezug auf Kate bezahlen musst.«

Ich zuckte die Schultern und fing an, Gras zu rupfen, damit ich ihn nicht ansehen musste.

»Bin ich zufrieden?«, sann er laut. »Ich bin froh, dass ich weiß, was mit Luke passiert ist. Aber ganz egal, was du denkst, eine Freude ist es mir nicht, dich auf die Wache zu schleppen und wegen Mordes zu verhaften.«

Das ließ mich aufmerken. »Was?« Ich drehte mich zu ihm um mit dem Gefühl, etwas nicht mitbekommen zu haben. Er sah mir direkt in die Augen. »Vor fünfzehn Jahren hätte mich nichts mehr gefreut. Damals hatte mir ich auch noch keine Gedanken über misshandelte Ehefrauen gemacht. Seitdem habe ich aber welche gesehen. Viele Male.« Er schwieg.

»Und?«, ermunterte ich ihn.

Statt einer Antwort zog Amadon ein Notizbuch und einen Stift

aus der Tasche, kritzelte etwas, riss die Seite heraus und gab sie mir. »Sie ist die beste Strafverteidigerin, die ich kenne. Sag ihr nur nicht, dass ich dich schicke.«

Ich starrte auf den Namen auf dem Papier. »Warum nicht?«

»Sie kann mich genauso wenig leiden wie du.«

Nachdem ich den Zettel gefaltet und in die Tasche gesteckt hatte, sah ich Amadon wieder an und bemerkte, dass um seine Augen die Andeutung eines Lächelns lag.

Er stand auf. »Wenn die Jungs von der Spurensicherung hier durch sind, wird mir nichts anderes übrigbleiben, als dich einzubuchten. Aber jetzt bin ich viel mehr daran interessiert, was du alles über die Moravians weißt.«

Ich erhob mich ebenfalls; mein Hintern fühlte sich genauso flach an wie der Stein, auf dem ich gesessen hatte, und fast so betäubt wie mein Hirn. Wir gingen ins Haus und setzten uns an den Küchentisch. Amadon schrieb auf einen Spiralblock, während ich am Anfang begann, einem regnerischen Abend im Juni, als der Wind mir eine durchnässte junge Frau ins Haus blies.

Witterungsbeständige Pflanzen

Extreme Witterungsbedingungen, wie sie am vorliegenden Tatort herrschen, nämlich viel Feuchtigkeit in Herbst und Winter (Regen, Schnee), Hitze mit starken Gewitterregen und Trockenheit im Sommer, ertragen nur wenige Pflanzen.

Dazu gehören folgende:
Bäume: Sumpfeibe (Taxodium) und alle Arten der Weide (Salix).
Sträucher: Schneeball (Viburnum opulus »Sterile«) und Hartriegel (Cornus alba »Sibirica« und »Elegantissima«).
Stauden: viele Sorten der Prachtspiere (Astilbe), der Spierstaude (Filipendula), des Münzkrauts (Lysimachia) und alle Sorten von Knöterich (Polygonum), Iris sibirica und Trollblume (Trollius).

Für alle drei Gruppen gilt, dass der Boden während der Pflanzzeit nicht vollgesogen sein darf.

Das Thema Bodenwasser, verfügbare Wasserkapazität, Aufnahme des Bodenwassers und Bodenfeuchtigkeitsdefizit ist eine Wissenschaft für sich. Genaue Auskunft erhält man in dem bekannten Fachbuch »Das Wisley Gartenbuch, Erfahrungen aus englischen Gärten«.

Vitae

SUSAN WITTIG ALBERT wuchs auf einer Farm in Illinois auf, war Universitätsprofessorin für Literatur des Mittelalters und lebt jetzt in Texas auf dem Land, wo auch ihre Krimiserie um China Bayles spielt. Gemeinsam mit ihrem Mann schreibt Albert auch viktorianische Krimis und Jugendbücher.

LAWRENCE BLOCK ist Autor von mehr als 50 Romanen, überwiegend Krimis (einige wurden auch verfilmt), sowie mehr als 80 Kurzkrimis, außerdem veröffentlichte er vier Bücher über das Handwerk des Schreibens. Er ist vielfach international ausgezeichnet worden, unter anderem 1994 mit dem Grand Master Award und 2005 mit dem Gumshoe Lifetime Achievement Award, jeweils für seinen herausragenden Beitrag zum Krimigenre. Block lebt mit seiner Frau in New York.

ANDREA C. BUSCH war nicht nur als freiberufliche Übersetzerin, Autorin und Herausgeberin tätig, sondern arbeitete auch an der Fakultät für Biologie an der Universität Darmstadt als Zellbiologin. Sie schrieb zahlreiche Kurzgeschichten und einen Kriminalroman. Sie starb im Jahr 2008 im Alter von 45 Jahren.

MONIKA BUTTLER, Journalistin und Autorin, wurde 1939 in Berlin geboren, wuchs in Detmold auf und studierte in Hamburg Literaturwissenschaft, Germanistik und Philosophie. Neben ihrer langjährigen Tätigkeit als Redakteurin bei der Zeitschrift *Zuhause wohnen* übersetzte sie Thriller aus dem Dänischen und schreibt heute Krimis. Sie lebt mit ihrem Mann in Hamburg.

VICKI CAMERON schreibt Belletristik und Sachtexte, die Themen reichen vom Hundetraining bis zu Ufos. Sie hat mehrere Kurzgeschichten veröffentlicht und Krimi-Anthologien herausgegeben. Ihr erster Jugendroman *That Kind of Money* wurde in den USA für den Edgar und in Kanada für den Arthur Ellis Award nominiert.

Cameron lebt nicht weit von Ottawa in der kanadischen Provinz Ontario.

Bengt Fosshag, geboren 1940, hat Graphikdesign studiert und war Artdirector einer Werbeagentur. Seit 1983 ist er freier Illustrator. Er ist national und international vielfach ausgezeichnet worden, unter anderem mit dem Golden Award of Montreux und dem Silbernen Löwen von Cannes.

Ann Granger studierte in London Französisch und Deutsch, unterrichtete im Ausland und arbeitete in verschiedenen Botschaften. Mit ihrem Mann, einem Diplomaten, und den zwei Söhnen lebte sie in Sambia und Deutschland, bevor sie mit ihnen nach England zurückkehrte. Sie schrieb zunächst historische Liebesromane; seit 1991 erschienen von ihr mehr als 20 Krimis in drei Serien.

Almuth Heuner, geboren 1962, in Wattenscheid aufgewachsen, studierte Russisch und Englisch mit Abschluss Diplom-Übersetzerin, anschließend Germanistik. Bis 1998 war sie in der Redaktion einer Wochenzeitung tätig, seitdem schreibt sie und arbeitet als selbständige Übersetzerin für Belletristik und Sachbuch (Englisch). Sie lebt in Frankfurt am Main.

Heidi Holzer, geboren 1958 in Boston, aufgewachsen in Vermont, hat in Salzburg und Leipzig Deutsch und in Monterey Übersetzen studiert. Heute lebt sie als freie Übersetzerin mit Mann und Hund in Cupertino, Kalifornien.

Birgit H. Hölscher, 1958 in Memphis, Tennessee, als behütetes Kind mit morbiden Phantasien aufgewachsen, lebt nun in Mecklenburg-Vorpommern. Ihre jahrelangen Erfahrungen in Gefängnissen, in der Drogenszene und im Hamburger Rotlichtviertel St. Pauli mündeten beinahe zwangsläufig in das Dasein als freie Autorin. 2001 erhielt sie den Marlowe der Raymond-Chandler-Gesellschaft für die beste deutschsprachige Kriminalerzählung.

Carmen Iarrera studierte Politikwissenschaft, ist in Rom als Journalistin und Übersetzerin tätig und schreibt Kurzgeschichten über Kriminologie und Spionage sowie Drehbücher für Rundfunk und Fernsehen. Sie erhielt den Premio Gran Giallo Cattolica für die beste Spionagegeschichte; ihre Werke sind in mehrere Sprachen übersetzt.

H. P. Karr, geboren 1955 in Saalfeld, lebt seit 1960 im Ruhrgebiet. Er studierte Publizistik, Germanistik und Anglistik und ist Journalist und Autor von Romanen, Kurzgeschichten und Hörspielen. Mit Walter Wehner schrieb er eine Thrillerreihe, aus der *Rattensommer* 1996 mit dem Friedrich-Glauser-Preis ausgezeichnet wurde.

Ralf Kramp, geboren 1963 in Euskirchen, arbeitet als Karikaturist und Krimiautor in der Eifel. Für sein Erstlingswerk wurde ihm 1996 der Eifel-Literatur-Förderpreis verliehen, seitdem erscheint jährlich ein Roman. Er ist einer der Köpfe der Agentur Blutspur, die Krimifälle zum Mitmachen veranstaltet. Daneben spielt er Theater und moderiert Krimiveranstaltungen.

Hartmut Mechtel, geboren 1949 in Potsdam, studierte Journalistik in Leipzig. Drei Jahre war er Redakteur der *Freien Erde* in Mecklenburg. Seit 1978 arbeitete er als Autor und freier Theater- und Literaturkritiker für Zeitung und Hörfunk; 1980 war er Mitbegründer von theater Zinnober, der ersten freien Theatergruppe der DDR, seit 1996 auch Schauspieler. Er schreibt Romane, Erzählungen, Dokumentationen, Fernseh- und Hörspiele, Theaterstücke und Essays. 1997 wurde er mit dem Friedrich-Glauser-Preis für *Der unsichtbare Zweite* ausgezeichnet.

Paula J. Matter lebt in den USA. Sie schreibt Kurzgeschichten, leitet Schreibworkshops und engagiert sich im Autorenverband Penn Writers.

Marcia Muller, geboren 1944 in Detroit, gilt als Erfinderin der modernen Privatdetektivin. Seit 1977 hat sie mehr als 30 Romane veröffentlicht, die mehrfach ausgezeichnet wurden. 2005 wurde ihr der Grand Master Award für ihren herausragenden Beitrag zum Krimigenre verliehen. 2010 erhielt sie den Shamus Award in den Kategorien »Bester Roman« und »Beste P.I.-Serienfigur«. Muller lebt mit ihrem Mann, dem Krimiautor Bill Pronzini, in Nordkalifornien.

Kris Neri ist mehrfach ausgezeichnete Autorin zahlreicher Kriminalerzählungen und -romane. Daneben unterrichtet sie das Schreiben von Kriminalliteratur im Rahmen des Writers' Program der Universität von Kalifornien in Los Angeles. Sie lebt in Arizona, wo sie mit ihrem Mann einen Buchladen führt.

Nina Schindler arbeitete nach dem Studium bis Anfang der 1990er Jahre als Lehrerin, währenddessen Engagement im Bereich Kinder- und Jugendbuch als Übersetzerin, Rezensentin und vieles mehr. Sie hat eigene Kinder- und Jugendbücher verfasst, ist Krimifan und Herausgeberin des *Mordsbuch. Alles über Krimis.* Die Mutter von fünf Kindern lebt mit ihrem Mann in Bremen.

Heinz Siedler, geboren 1923 im friesischen Wittmund, hat in Göttingen Germanistik und Anglistik studiert, bevor er Studiendirektor in Hildesheim wurde. Seine Leidenschaft für Gärten führte ihn auf viele Reisen nach England. Heinz Siedler ist Autor und Übersetzer zahlreicher Gartenbücher.

Elizabeth Syme stammte aus Schottland, lebte aber lange in Kanada. Neben ihrer Tätigkeit als Bibliothekarin arbeitete sie für das Theater und verfasste mehrere Bühnenstücke. Außerdem schrieb sie Kurzromane und veröffentlichte einen Liebesroman. Sie starb 2012 im Alter von 88 Jahren.

Gabriele Wolff, geboren 1955, studierte Rechtswissenschaften. Von 2001 bis 2009 war sie als Oberstaatsanwältin am Justizministerium in Neuruppin tätig. Nebenher schrieb sie Kriminalerzählungen und -romane, unter anderem um die Kölner Staatsanwältin Beate Fuchs. Für ihren Roman *Das dritte Zimmer* wurde sie mit dem Friedrich-Glauser-Preis ausgezeichnet.

Peter Zeindler, geboren 1934 in Zürich, studierte an der Universität Zürich Germanistik und Kunstgeschichte und promovierte bei Emil Staiger. Er war Journalist beim Fernsehen, Hörfunk und bei Printmedien. Seit 1980 ist er freier Schriftsteller, vier seiner Romane wurden mit dem Deutschen Krimi Preis ausgezeichnet. 1997 erhielt er für sein Gesamtwerk den Friedrich-Glauser-Ehrenpreis. Er verfasste Fernsehdrehbücher, unter anderem für *Tatort,* Hörspiele und Theaterstücke. Peter Zeindler lebt in Zürich.

Details zu Anwendung und Wirkung der ›Mörderischen Giftpflanzen‹

Bilsenkraut (Hyoscyamus niger): Durch und durch giftig – in allen Pflanzenteilen, besonders der Wurzel. Allerdings führt das Hyoscyamin, ein Alkaloid, nicht unbedingt zum Tod, sondern verursacht »nur« Herzbeschwerden und Halluzinationen. In manchen Fällen sehr nützlich …

Eibe (Taxus baccata): Das giftige Taxin ist im Kern der Scheinbeere, in den Nadeln, in der Rinde sowie im Holz enthalten. Es kann Bewusstseinsstörungen, einen Kreislaufzusammenbruch und Atemlähmung hervorrufen.

Blauer Eisenhut (Aconitum napellus): Zu recht ein echter Klassiker; alle Pflanzenteile enthalten das hochgiftige Aconitin. Dem Opfer wird sehr kalt, es kommt zu Herz- und Atemlähmung, dann zu Krämpfen – und bei entsprechender Dosierung zum sicheren Tod.

Herbstzeitlose (Colchicum autumnale): Alle Pflanzenteile sind giftig; am wirkungsvollsten ist der Samen. Der Wirkstoff Colchicin führt zunächst zu Übelkeit und bald darauf zum Tod durch zentrale Atemlähmung. Sehr effektiv!

Maiglöckchen (Convallaria majalis): So hübsch und harmlos sie aussehen mögen – die eleganten Blätter und die zierlichen Blüten, aber auch die roten Beeren der schmucken Frühlingsboten enthalten das Gift Convallatoxin, ein Cardenolid, das Herzrhythmusstörungen verursacht.

Seidelbast (Daphne mezereum): Bei dieser Pflanze sind die Beeren von Nutzen. Ihr Gift Mezerin führt zu massiven Unpässlichkeiten, wie Übelkeit, Erbrechen und Herz-Kreislauf-Störungen.

Stechapfel (Datura stramonium): Eine sehr ergiebige Pflanze; besonders der Verzehr von Blättern und Samen ruft Fieber, Bewusstseinsstörungen und Halluzinationen hervor. Eine Alternative zu Bilsenkraut und Tollkirsche, die ebenfalls Hyoscyamin als Wirkstoff enthalten.

Tollkirsche (Atropa belladonna): Vor allem in den Beeren findet sich das Gift Hyoscyamin. Die Reaktionen fallen, wie der Name der Pflanze bereits andeutet, recht heftig aus: Halluzinationen gehen einher mit Tobsuchtsanfällen und Schüttelkrämpfen.

Wasserschierling (Cicuta virosa): Von dieser Pflanze kann man alles verwenden, um den guten alten Schierlingsbecher anzurühren. Das Cicutoxin bewirkt Übelkeit, Brechreiz und Krampfanfälle bis zur Atemlähmung. Noch tödlicher ist der Gefleckte Schierling (Conium maculatum).

Wunderbaum (Ricinus communis), auch Christuspalme genannt: Hier ist das Gift im Samen enthalten. Das Rizin führt zu Übelkeit, Fieber und heftigen Herzrhythmusstörungen.

Mord zwischen Messer und Gabel

34 Krimis 99 Rezepte
Herausgegeben von Andrea C. Busch
Illustrationen von Bengt Fosshag
384 Seiten, gebunden, Siebdruckcover mit Prägung
ISBN 978-3-8369-2522-8

Ein Krimibuch und Kochbuch der besonderen Art: 34 spannende kulinarische Kurzkrimis, die tödliche Eifersucht und bizarre Mordlust mit der Freude am guten Essen verbinden, und 99 aufregende Rezepte vom einfachsten Tellergericht zum ausgeklügelten sechsgängigen Menü. Aus aller Welt stammen die Autorinnen und die Rezepte dieses Buches: aus England, Kanada, Frankreich, Australien, Italien, der USA und Deutschland, wie zum Beispiel Claire McNab, Regula Venske, Carmen Iarrera, Sabine Deitmer und Ann Granger. Das Sahnehäubchen auf dem opulenten Krimimenü sind die kriminellen Illustrationen von Bengt Fosshag.

Perfekte Verbrechen und perfekte Menüs gehören zusammen wie Hühnerkeule und Gänsehaut! Mord zwischen Messer und Gabel ist ein Muß für krimiliebende Feinschmecker. Passend zu den Storys Rezepte von klassisch bis exotisch. Inspirierend.
Der Feinschmecker

Von der Stiftung Buchkunst als »Schönstes Buch« ausgezeichnet

Mord zwischen Lachs und Lametta

21 Krimis und viele internationale Festtagsmenüs
Herausgegeben von Busch & Heuner
Illustrationen von Bengt Fosshag
ISBN 978-3-8369-2742-0

Unschuldige Feiertage werden zu mörderischen Festen. Und trotzdem: Wie es sich für Festtage gehört, wird besonders gut gekocht und geschlemmt.
21 Autoren aus aller Welt, unter ihnen Larry Block, Carmen Iarrera, Ann Granger, Sabine Deitmer und Andrew Taylor zerstören in ihren Originalkrimis die Idylle von Valentinstag oder karibischem Karneval, von Thanksgiving oder Weihnachten.
Die internationalen Feiertagsmenüs vereinen 130 Rezepte. Bengt Fosshag hat die Atmosphäre der Geschichten in vielen opulent-kriminellen Bildern eingefangen.

Kulinarische Krimis sind ein ziemlich neues und höchst vergnügliches Genre. Top-Vertreter der Gattung: Mord zwischen Lachs und Lametta. Elle bistro

Das Buch ist ein Genuss für alle Krimifans und Gourmets. taz

Folgende Krimis wurden von Andrea C. Busch und Almuth Heuner
aus dem Englischen übersetzt:
Ann Granger, *Ein gut aussehender Bursche*
Lawrence Block, *Der Fremde im Sheridan Park*
Paula J. Matter, *Ein eigenes Fleckchen Grün*
Kris Neri, *Mörder im Park*
Marcia Muller, *Wilder Senf*
Elizabeth Syme, *Der Ausflug*
Susan Wittig Albert, *Starker Tobak*
Vicki Cameron, *Die Gartentour*
Heidi Holzer, *Das Grenzfeld*
Carmen Iarreras Krimi *Grün ist die Hoffnung* wurde
von Reinhild Weskott aus dem Italienischen übersetzt.

6., überarbeitete Auflage 2013

Gestaltung und Satz: typocepta, Köln
Satz aus der FF Clifford und der ITC Viner Hand
Umschlaggestaltung: Gerstenberg Verlag
Druck und Bindung: Ebner & Spiegel, Ulm
Printed in Germany

www.gerstenberg-verlag.de

ISBN 978-3-8369-2754-3

Maiglöckchen
Convallaria majalis
Bilsenkraut
Hyoscyamus niger
Wunderbaum
Ricinus communis
Eibe
Taxus baccata
Herbstzeitlose
Colchicum autumnale